Le Roman d'une
Princesse

MEG CABOT

Le Roman d'une Princesse

Traduit de l'anglais (États-Unis)
par Alice Delarbre

hachette

L'édition originale de cet ouvrage a paru en langue anglaise chez Avon,
an imprint of HarperCollins Publishers, sous le titre :

Ransom My Heart

Hachette Livre, 43 quai de Grenelle, 75015 Paris

À mon prince

Avant-propos

Je suis, depuis quelques années, chargée de rapporter les hauts et les bas de la princesse Mia Thermopolis, et c'est donc avec un immense plaisir que je présente aujourd'hui *Le Roman d'une Princesse*. Les familiers des chroniques de la princesse de Genovia (parues sous le titre *Journal d'une Princesse* – dix tomes) n'ignorent pas que Mia nourrit depuis longtemps le rêve secret d'être un jour publiée.

Ce jour est arrivé ! L'histoire d'amour sur laquelle elle a travaillé pendant des mois et des mois (entre le tome 9, *Cœur brisé*, et le tome 10, *Pour la vie*) sort enfin.

Les lecteurs trouveront peut-être dans ce livre des personnages ou des événements qui leur rappelleront vaguement la propre vie de Mia : le fait que la sœur de l'héroïne, Mellana, soit une brasseuse de bière émérite (souvenez-vous de la première expérience désastreuse de Mia en la matière dans le tome 7, *Petite Fête et Gros Tracas*), ou que le chien de l'héroïne s'appelle Gros Louis (presque comme le chat de Mia).

Je suis certaine que la princesse ne souhaiterait pas que les lecteurs commettent l'erreur d'y voir une quelconque signification... Qu'ils pensent, par exemple, qu'en inventant le personnage de Hugo, Mia avait en tête quelqu'un de sa connaissance, plus particulièrement quelqu'un qui serait parti à l'étranger, longtemps, puis revenu... (La princesse ferait d'ailleurs sans doute remarquer que Michael Moscovitz et elle ne sortaient même pas ensemble lorsqu'elle a écrit ce roman. Quant à savoir s'ils forment désormais un couple, je vous invite à le découvrir dans le tome 10 du *Journal d'une Princesse*.)

Tous les droits d'auteur de ce livre seront reversés à Greenpeace, son O.N.G. préférée. Et même si Mia ne passera pas une année avant l'université, comme elle en a pourtant caressé l'idée autrefois, à arpenter les mers, sur un canot pneumatique, pour protéger les baleines des harpons, les revenus générés par les ventes de ce titre aideront quelqu'un d'autre à le faire.

Ainsi, grâce à ce roman, les vœux humanitaires d'une princesse seront exaucés.

Et, pour tous ceux qui, grâce à Mia, ont réalisé leur rêve – vivre le quotidien d'une princesse –, voici l'occasion d'accéder aux rêves les plus secrets de cette princesse. Bonne lecture !

Meg Cabot
Janvier 2009

Chapitre 1

Angleterre, 1291

Le faucon était revenu.

Finnula le vit à l'instant où elle poussa les volets en bois de sa chambre pour s'assurer que le shérif et ses hommes étaient déjà partis. L'énorme rapace brun au regard malfaisant, perché sur le toit en chaume du poulailler, était impassible. Il avait occis deux des poules favorites de Mellana, la semaine précédente, et il en épiait une troisième, celle que Mel appelait Greta. Le volatile moucheté grattait le sol boueux à la recherche de reliefs de nourriture. En dépit du crachin glacial et persistant qui gouttait sur son plumage, le faucon restait aussi immobile qu'une statue. Finnula le savait prêt à fondre sur sa proie, pourtant.

Aussi vive que n'importe quel archer du comté, Finnula s'empara du carquois suspendu à une colonne du lit et visa le prédateur. La pièce était mansardée, et les poutrelles étaient si basses au niveau de la fenêtre qu'elles la déséquilibraient légèrement. Tirant la corde élimée de son arc, Finnula concentra son esprit sur la cible en contrebas : quelques plumes ébouriffées sur la poitrine de l'oiseau meurtrier. Elle n'entendit ni le pas de sa sœur qui grimpait jusqu'à cette chambre qu'elles partageaient autrefois, ni le craquement de la porte lorsqu'elle l'ouvrit en grand.

— Finn !

Les accents d'épouvante dans la voix de Christina surprirent tant Finnula qu'elle relâcha la corde trop tôt. Avec un bruit sec, la flèche s'envola par la fenêtre ouverte pour aller se planter aux pieds du faucon, dans le chaume. Toute inoffensive qu'elle fût, elle provoqua le cri indigné du prédateur et son envol.

— Va au diable, Christina ! jura Finnula en se redressant d'un bond et en pointant un index accusateur vers la cour. C'était une très bonne flèche ! Comment vais-je la récupérer ? Elle est fichée dans le toit du poulailler !

Christina était adossée au chambranle de la porte. L'ascension de l'étroit escalier avait rougi ses joues replètes, et l'une de ses mains reposait sur son large buste qui se soulevait à un rythme effréné.

— Palsambleu, Finnula ! haleta-t-elle lorsqu'elle eut enfin retrouvé l'usage de sa voix. Ne réfléchis-tu donc jamais ? Le shérif n'est point parti depuis cinq minutes que tu tires déjà sur de pauvres oisillons innocents !

— Innocents ! Pour ta gouverne, il s'agissait du faucon qui attaque les poules de Mellana !

Finnula fit glisser sur son épaule la lanière en cuir tanné de son carquois.

— As-tu donc perdu la tête ? Si le shérif avait vu la flèche sortir de cette chambre, il aurait rebroussé chemin pour venir t'arrêter sur-le-champ.

— Fi donc ! rétorqua-t-elle moqueusement. Arrêter une douce jouvencelle comme moi ! Il deviendrait aussitôt l'homme le plus haï du Shropshire.

— Que nenni ! Tu oublies le cousin du comte...

Maintenant qu'elle en était à son huitième mois de grossesse, Christina ne parvenait plus à se mouvoir avec son agilité coutumière, et elle s'affala en soupirant sur le lit que ses cadettes partageaient ; les boucles auburn qui s'étaient échappées de sa coiffe rebondirent.

— Pourquoi refuses-tu d'entendre raison, Finn ? Monseigneur sait pertinemment que c'est toi qui braconnes dans ses bois...

— Ah oui ? Dois-je te rappeler que Hugo Fitzstephen est en Terre sainte depuis dix ans et que personne n'a eu de ses nouvelles depuis la Saint-Michel ? Depuis que ce dégoûtant personnage qui lui sert de bailli a appris qu'il avait été fait prisonnier par les Sarrasins.

— Quand cesseras-tu de manquer de respect à nos maîtres ? Reginald Laroche est le cousin de Sire Hugo, et il veille sur le domaine des Fitzstephen en son absence. Comment oses-tu le traiter ainsi ? Tu sais pourtant que nous lui devons les mêmes égards que s'il était notre seigneur. Comment oses-tu...

— Tu parles de respect ? Il n'aura droit au mien que lorsqu'il le méritera. En attendant, ne me demande pas de lui donner du monseigneur. Car aucun suzerain digne de ce titre ne traiterait ses vassaux avec tant de...

Christina soupira derechef, cette fois d'exaspération, et interrompit sa sœur, à la langue si bien pendue :

— À ta guise, Finnula. Je sais qu'il ne sert à rien de débattre avec toi. Songe un peu, pourtant : Reginald Laroche a dit au shérif qu'il avait de bonnes raisons de te soupçonner d'être à l'origine de la disparition du meilleur gibier de Sire

Hugo. Il ne lui reste qu'à trouver une preuve, et tu finiras aux oubliettes.

Finnula décocha avec humeur un coup de pied dans le coffre de bois sis au pied du lit. Il contenait les bliauds qu'elle troquait volontiers contre le confort de chausses en cuir vieilli et d'une tunique en laine usée.

— Ce n'est pas comme si j'agissais de la sorte pour mon plaisir, grommela-t-elle. Si Hugo Fitzstephen était dans les parages et s'il voyait avec quelle négligence ce diable de Laroche traite ses serfs, il n'ergoterait pas sur la viande que je leur fournis.

— Là n'est pas la question, Finn.

Christina parlait d'une voix lasse. La querelle datait. Elle remontait peu ou prou au jour où leur frère aîné, Robert, avait mis un arc entre les mains de Finnula, alors âgée de quatre ans, et lui avait, par pur jeu, enseigné l'art du tir. Sa première flèche avait atterri en plein dans l'arrière-train de sa nourrice, Aggie, et depuis cet incident, nul n'avait pu lui arracher son arc.

— De surcroît, poursuivit Finnula comme si elle n'avait pas entendu les derniers mots de sa sœur, le shérif ne trouvera aucune preuve. Je ne rate jamais ma cible. Il est impossible qu'il mette la main sur l'une de mes flèches pour m'identifier. Sa visite de tantôt est due à un autre motif : il est amoureux de Mellana.

— Tu déraisonnes, Finn. Le sieur Laroche a informé le shérif de Brissac qu'un autre cerf avait disparu des terres du comte.

— Ça m'étonnerait ! lança Finn, alors que les coins de sa bouche voluptueuse s'étiraient en un sourire. Le cerf n'a point quitté le manoir de Stephensgate. Simplement, il se trouve désormais dans l'estomac de certains vassaux de Sire Hugo.

Christina était ébahie par l'impétuosité de sa sœur. Si elle abandonnait ses tenues excentriques pour revêtir une des robes de soie qu'on lui avait achetées à l'époque de son funeste mariage, et si elle prenait soin de sa magnifique chevelure auburn au lieu de la nouer en tresse, elle ferait une belle femme. De l'avis de Christina, ce n'était pas Mellana qui attirait le shérif dans la maison du meunier, mais Finnula en personne. Et pas uniquement à cause de son braconnage. Seulement, Finnula n'en avait guère conscience, et elle récuserait sans doute aucun cette hypothèse si quiconque osait l'évoquer devant elle.

Christina soupira une troisième et ultime fois, puis, s'aidant d'une colonne du lit, elle se hissa maladroitement sur ses pieds.

— Eh bien, j'aurai fait mon possible. Robert ne pourra point m'accuser de ne pas avoir essayé.

Le sourire toujours aux lèvres, Finnula caressa l'épaule replète de sa sœur.

— Pauvre Christina, lâcha-t-elle doucement. Je suis sincèrement désolée d'être une telle source d'inquiétude pour ton cher Bruce et pour toi. Je ne puis te promettre de changer, mais je te donne ma parole : je ne serai jamais prise et je ne t'embarrasserai jamais devant tes beaux-parents.

Christina, oubliant qu'elle était une femme mariée – respectable de surcroît (elle avait épousé le boucher du village) –, poussa un ricanement digne de ceux de Finnula.

— Ce jour-là, il poussera des dents aux poules ! (Elle éclata de rire en secouant sa charmante tête avant de poursuivre :) Eh bien, tu aurais tout intérêt à descendre prêter le même serment devant Robert.

— Robert ? s'étonna Finnula en chassant des boucles d'un roux flamboyant de son front blanc et lisse. Que nous vaut sa présence à cette heure-ci ? Ne devrait-il point être au moulin ?

— Il s'y trouverait s'il n'avait reçu la visite de ton admirateur le plus fervent, le shérif John de Brissac. Et ce ne fut point sa seule distraction de la journée. Rosamund l'accompagne, et je crois que Robert et elle ont quelque chose à t'annoncer...

Les prunelles grises de Christina brillaient d'un éclat singulier. Finnula retint son souffle. Contrairement à ses sœurs, les questions de mariage et de toilettes n'avaient jamais revêtu beaucoup d'attrait à ses yeux, mais elle chérissait son frère et son bonheur.

— Entends-tu que... le père de Rosamund a fini par donner son accord ?

Christina acquiesça, donnant libre cours à l'exultation qu'elle avait contenue le temps de réprimander sa cadette.

— Oui ! Va, maintenant, descends l'accueillir. La présence d'hommes armés dans son futur foyer l'a quelque peu surprise. J'ai dû lui assurer que ce n'était point habituel...

Finnula ne l'écoutait plus. Elle dévalait déjà l'escalier abrupt menant au rez-de-chaussée, où plusieurs personnes étaient réunies autour de la cheminée. Elle s'écria :

— Ventrebleu, Robbie ! Pourquoi ne m'as-tu rien dit ?

L'assemblée s'écarta pour livrer passage à l'immense Robert, qui fondit sur sa sœur, petite mais bruyante. De ses bras puissants, façonnés par des années de service au moulin du seigneur, il la souleva dans les airs avant de la reposer au sol et de lui appliquer sur l'arrière-train une tape cinglante qui lui arracha des larmes.

— Maudit sois-tu, Robert ! s'exclama Finnula en s'écartant et en massant son postérieur meurtri. Quelle mouche t'a piqué ?

— Voilà pour le cerf, répliqua-t-il avec une gravité qui surprenait au regard de sa bonne humeur habituelle. Si tu me forces encore à mentir, Finn, tu ne pourras t'asseoir d'une semaine tout entière, crois-moi sur parole.

Finnula ne s'était pas attendue à cet accueil. Ravalant ses larmes, qui étaient davantage le fruit de la colère que de la douleur, elle soutint le regard de son frère, feignant d'ignorer l'expression de perplexité qui se peignait sur le visage de Rosamund.

— Va au diable, Robert ! s'emporta-t-elle. Tu ne peux pas prouver que j'ai tué ce cerf, pas plus que le shérif de Brissac ou que ce répugnant Reginald Laroche. J'étais venue vous souhaiter, à Rosamund et à toi, joie et félicité, mais je ferais sans doute mieux de me rendre au shérif et de l'inviter à me pendre, puisque je ne suis même plus la bienvenue dans ma propre maison...

Elle tourna aussitôt les talons et se dirigea vers la porte d'entrée. Elle savait pertinemment que Robert, bien qu'il cherchât à lui inculquer un semblant de discipline depuis la mort de leurs parents, ne supportait pas de la voir marrie. Il était le seul garçon de sept enfants, et si chacune de ses sœurs, à sa façon, s'y entendait pour le manipuler, la plus jeune d'entre elles, Finnula, était passée maître dans cet art. Les autres membres de la famille retinrent à grand-peine un sourire en voyant la colère de Robert fondre comme neige au soleil.

— Ne laissons point l'emportement gâter ce jour… commença-t-il.

— En effet, intervint Rosamund, qui semblait ébranlée par la démonstration de virilité de son promis.

Finnula prit soin de conserver sa mine contrite avant de se retourner.

— Est-ce à dire que tu me pardonnes ? murmura-t-elle.

— Pour cette fois, répondit son frère en hochant la tête gravement, comme s'il venait d'accorder un sursis à un condamné à mort.

Avec un cri, Finnula se jeta de nouveau dans ses bras. Rosamund se joignit à leur étreinte. C'était la fille du maire de Stephensgate, et l'unique femme que Robert ait jamais courtisée. Elle lui avait d'abord opposé de la résistance, ce qui faisait qu'il l'avait considérée comme l'amour de sa vie. Rosamund avait éprouvé de la répugnance – sans doute fort compréhensible – à entrer dans une famille aussi étrange que celle du meunier. Après tout, Robert n'avait pas moins de six sœurs, ce qui, dans bien des lignées, était considéré comme une malédiction. Pis, la cadette s'affichait avec des vêtements de garçon et se vantait d'être le meilleur archer du comté, alors qu'à dix-sept ans révolus elle avait passé l'âge de pareilles sornettes. Sans oublier que le mariage de cette même Finnula avait connu une vraie débâcle…

Les cinq autres sœurs de la famille jouissaient d'une réputation sans tache, cependant. Il y avait l'aînée, Brynn, âgée de vingt-cinq ans, soit une année de moins que Robert, et mariée au forgeron du village. Elle avait déjà quatre garçons, et tous avaient hérité de la constitution solide de leur père et de la tignasse flamboyante de leur mère. Puis venaient Patricia, qui avait épousé l'aubergiste et enfanté à trois reprises, Camilla, qui, à force de larmes et de crises de nerfs, avait obtenu de s'unir à un vigneron ayant le double de son âge, Christina, qui venait de convoler avec le boucher, Bruce, qu'elle aimait d'un amour sincère, et Mellana, considérée par beaucoup comme la beauté de la famille, mais qui, alors que son vingtième anniversaire approchait, n'avait pas encore trouvé de fiancé.

L'un dans l'autre, il était difficile de retenir de véritables griefs contre la maisonnée Crais, surtout qu'il n'y avait point de meilleur parti que Robert dans tout le village. Le père de Rosamund ne s'y était point trompé, d'ailleurs. Non, n'était la question des mœurs singulières de sa plus jeune sœur, de sa défiance affichée des lois du braconnage et du malheureux incident qui la liait au défunt comte, le maire n'aurait point hésité. Comment oublier, en effet, que Finnula avait été, bien qu'à tort, accusée du meurtre de son propre époux ?

L'affection de Rosamund pour Robert était sincère, et elle avait fini par gagner son père à sa cause. Finnula était encore jeune, il était permis d'espérer qu'un jour elle se lasserait de la chasse... et de ces chausses de cuir qu'elle s'entêtait à revêtir. Au moins avait-elle le bon sens de rester à l'écart des routes principales quand elle sortait dans cette tenue. De surcroît, l'influence de Rosamund l'aiderait peut-être à ouvrir les yeux sur ses errements.

Avec la présence conjuguée des sœurs Crais, de leurs époux et de leurs progénitures, rassemblés pour célébrer les épousailles imminentes de Robert et Rosamund, il n'y avait rien de surprenant à ce que nul ne s'étonnât de l'absence de l'une d'entre elles... Jusqu'à ce qu'enfin Finnula s'interrogeât, à voix haute, sur le sort de Mellana.

Personne, toutefois, ne lui prêta la moindre attention, ce qui n'était guère plus surprenant : les récits abracadabrants de Finn ne trouvaient une oreille attentive qu'auprès de ses neveux et nièces. Posant son gobelet de bière, elle se mit en quête de sa sœur préférée, qu'elle découvrit devant la cheminée de la cuisine, sanglotant dans son tablier.

— Mellana ! s'écria Finn, sincèrement étonnée de la trouver dans pareil état. Que t'arrive-t-il ? Ton ventre te fait-il de nouveau souffrir ? Veux-tu que j'aille quérir une potion ?

À en juger d'après ses yeux rouges et gonflés, Mellana pleurait depuis un long moment. Les traits délicats, la silhouette élancée, elle était la seule à avoir échappé à la fatalité familiale : son visage en forme de cœur était encadré par une cascade de boucles non pas rousses mais blond vénitien qui rappelaient un voile doré. Ses yeux n'étaient pas gris, comme ceux de son frère et de ses sœurs, mais d'un bleu si sombre que, sous certains éclairages, ils paraissaient presque noirs. Surtout, Mellana n'avait pas hérité du même franc-parler que ses sœurs ; c'était une jouvencelle, une cuisinière accomplie et une maîtresse de maison hors pair, qui préférait, semblait-il, la compagnie des poules à celle des êtres humains. Il se disait au village, fut un temps, qu'elle était simple d'esprit. Robert et Finnula avaient, sans tarder, coupé court à cette rumeur, qui à l'aide de ses poings, qui à l'aide de son arc. Mellana avait eu davantage de prétendants que toutes ses sœurs réunies, mais aucun n'avait demandé sa main. Finnula était incapable de se l'expliquer.

— Mellana, ma douce, que se passe-t-il ? Pourquoi ne te joins-tu point aux réjouissances ?

Finnula écarta quelques boucles blondes que les larmes avaient collées sur les joues de sa sœur chérie. Cette dernière avait bien de la peine à parler. Entre deux sanglots, elle articula :

— Oh… Finn… si seulement je pouvais te raconter !

— Comment cela ? Mel, tu peux tout me dire, tu le sais bien.

— Pas ceci… Oh, Finnula ! J'ai tellement honte !

— Qu'as-tu donc fait, toi la plus aimable des créatures terrestres ? Tu as peur de n'avoir rien à porter pour les noces ?

Mellana essuya ses larmes du revers de sa manche ivoire.

— Oh, Finn, si seulement ! Je crains de m'attirer ton mépris en t'apprenant…

— Mon mépris ? Jamais, tu m'entends, Mellana ?

— J'ai quelque retard… lâcha-t-elle dans un souffle avant de sangloter de plus belle.

— Du retard ? répéta Finnula, les sourcils froncés de perplexité. Que nenni ! Nous venons tout juste d'entamer les célébrations…

En voyant sa sœur secouer la tête énergiquement, Finnula laissa la fin de sa phrase en suspens. En retard ? L'illumination s'accompagna d'incrédulité.

— Entends-tu par là que…

Mellana acquiesça piteusement. Finnula avait encore besoin d'éclaircissements : comment se résoudre à croire ce que sa sœur, si belle et si mesurée, venait de lui annoncer ?

— Mellana, veux-tu dire que tu attends… un enfant ?

— Ou-oui…

Finnula fit des efforts surhumains pour ne pas bousculer sa sœur en la traitant de dinde. Elle l'aimait d'un amour sincère et aurait rossé quiconque se serait joué d'elle, mais en vérité elle n'ignorait pas l'inconséquence de Mellana. Elle n'était donc guère surprise de découvrir qu'un félon avait tiré avantage de sa légèreté.

— Son nom ! exigea Finnula, en portant instinctivement sa main au poignard qui pendait à sa hanche.

Les pleurs de Mellana redoublèrent.

— Son nom, Mel ! Le malotru sera mort avant la tombée de la nuit.

— Oh, je savais que je n'aurais jamais dû me confier, gémit Mellana. Finn, je t'en supplie, épargne-le. Tu ne comprends guère. Je l'aime !

Finnula laissa retomber sa main.

— Tu l'aimes ? Du fond du cœur ?

En voyant sa sœur opiner, Finnula se renfrogna.

— Voilà qui change la situation… Je ne puis le tuer dans ces conditions. Pourquoi ces larmes, alors ? Épouse-le !

— C'est impossible… Oh, Finn, je ne puis l'épouser !

De nouveau, les doigts de Finnula caressaient le manche de son poignard.

— Le bougre est déjà marié, alors ? Fort bien. Nous le ferons pendre en moins de temps qu'il n'en faut pour le dire. Ressaisis-toi, Mel ! Ce sera une bien belle exécution.

— Il n'est point marié, renifla-t-elle.

Finnula se laissa tomber à genoux devant l'âtre en soupirant. Aujourd'hui la patience nécessaire pour supporter son écervelée de sœur lui manquait. Il était dix fois plus facile de pister un ours sauvage que de suivre les méandres de sa cervelle.

— Où est donc le problème, alors ? S'il n'a point d'épouse et que tu nourris des sentiments sincères à son encontre, qu'est-ce qui vous empêche de vous unir ?

— Ma... ma dot, Finn.

— Ta dot ? Oh, Mel, dis-moi que tu n'as point fait ce que je soupçonne, dit-elle en se prenant la tête entre les mains.

— J'y étais contrainte, Finn ! Cinq épousailles en cinq ans ! Et je n'avais rien pour me vêtir. J'ai porté la robe en brocart bleu pour le mariage de Brynn, celle en soie lavande pour celui de Patricia, celle en velours bordeaux que j'avais fait venir de Londres pour celui de Camilla, celle en lin rose pour celui de Christina, et celle en brocart doré pour le tien...

Mellana adressa un regard contrit à Finnula en se souvenant, un peu tard, qu'il valait mieux éviter de mentionner ce dernière événement.

— Je... je suis confuse, Finn, reprit-elle. Je dois te paraître bien frivole. Après tout, tu ne te soucies que de flèches et d'arcs, pas de rubans et de fanfreluches. J'aurais été la risée du village si je m'étais présentée dans la même robe à toutes ces noces...

Finnula doutait que quiconque à Stephensgate soit en mesure de noter pareille chose : c'était loin d'être la capitale mondiale de la mode. Elle garda cette réflexion pour elle, cependant.

— Serais-tu en train de m'expliquer, Mellana, que tu as dépensé toute ta dot en bliauds ?

— Pas uniquement... en chainses, aussi.

Si Mellana s'était trouvée en présence d'une autre de ses sœurs, elle aurait eu droit à des remontrances pour son attitude égoïste et imbécile. Bien que Finnula partageât cette opinion, elle ne pouvait s'empêcher d'éprouver également de la peine pour Mellana. C'était un bien triste sort que le sien. Quand Finnula finit par se relever, l'expression de son visage était indéchiffrable.

— As-tu la moindre idée de la réaction de Robert lorsqu'il découvrira tes agissements ?

— Je le sais, Finn ! Je ne le sais que trop bien ! Pourquoi ces larmes, à ton avis ? Oh ! Et Jack qui ne possède pas une seule pièce d'or...

— Jack ?

— Jack Mallory, rétorqua Mellana en rougissant et en baissant les yeux. Le troubadour. Te souvient-il ? Il jouait divinement du luth au mariage de Christina...

— Par la mordieu, maugréa Finnula en fermant les paupières. Un troubadour ? Tu t'es fait engrosser par un troubadour ?

— Oui et, vois-tu, c'est la raison qui explique que nous ne pouvons nous unir sans ma dot. Jack a pour unique fortune son rebec et quelques balles de son. Oh, et une ânesse, Kate. Robert ne m'autorisera jamais à épouser un homme qui ne possède pas d'habits de rechange, sans parler d'un toit pour nous accueillir...

Finnula soupira, regrettant que les larmes de Mellana n'aient pas été découvertes par une autre de ses sœurs. Brynn aurait compati, Patricia réprimandé, Camilla ri et Christina tressailli, mais toutes se seraient montrées maîtresses de la situation. N'ayant jamais connu pareil sentiment, Finnula ignorait comment l'on pouvait aimer un homme au point de se perdre. À en juger par le cas présent, elle s'en portait pour le mieux.

— Eh bien, au lieu de t'apitoyer sur ce qui s'est volatilisé, pourquoi n'utilises-tu point ce que tu as gagné en brassant la bière...

Finnula s'interrompit en voyant Mellana secouer résolument la caboche.

— Qu'y a-t-il ?

— Ne... ne vois-tu pas ? Je l'ai dépensé...

— Tu as tout dépensé ! Mais il y avait plus de cinquante...

— J'avais besoin de nouveaux peignes, murmura-t-elle en sanglotant. Et de rubans. Et puis le vendeur ambulant qui est passé l'autre jour vendait des corsets adorables...

Finnula ne put retenir une bordée de jurons, qui lui attira un regard réprobateur de sa sœur.

— Tu as dilapidé en bagatelles toute la fortune que tu avais amassée cet hiver ? Oh, Mellana ! Cet argent devait servir à acheter du malt et du houblon pour honorer nos commandes de l'été !

— Je le sais. Je le sais ! Mais une jouvencelle ne peut se préoccuper de bière en permanence.

Finnula n'en revenait pas. Sa sœur n'avait pas inventé le fil à couper le beurre, mais sa bêtise dépassait soudain les limites de l'entendement ! Elle avait entrepris, depuis un moment, cette petite affaire de brassage dans la cave familiale. La bière de Mellana était tenue pour la meilleure du Shropshire. Les aubergistes des villages voisins faisaient même le voyage pour acheter un ou deux tonneaux à la jolie brasseuse. Si elle n'avait plus d'argent pour acquérir les ingrédients nécessaires, les jours de l'entreprise étaient comptés.

— Une jouvencelle... répéta Finnula amèrement. Mais tu n'es plus une jouvencelle, n'est-ce pas, Mellana ? Tu attends un enfant. Comment comptes-tu l'élever ? Tu ne peux espérer vivre toujours ici avec Robert. Il sera marié tantôt, et Rosamund a beau être la plus délicieuse des femmes, elle ne tolérera pas longtemps une belle-sœur avec moins de jugeote qu'un gallinacé, sans parler d'un enfant sans père...

Finnula regretta aussitôt ses paroles sévères. Les larmes de Mellana repartirent de plus belle, et elle bredouilla entre deux sanglots :

— Oh ! tu es bien placée pour me faire la leçon, Finnula Crais ! Toi, qui ne fus guère mariée plus d'un jour avant de revenir au moulin...

— J'y suis revenue veuve, précisa Finnula, qui refusait de se laisser attendrir par les pleurs de sa sœur. Rappelle-toi, Mellana, que mon mari est mort la nuit de mes noces.

— Oui, un coup du sort bien commode, quand on sait la haine que tu lui vouais.

Finnula devint rouge, mais, avant qu'elle ne puisse donner libre cours à sa colère, Mellana saisit son poignet et lui dit d'une voix implorante :

— Oh, Finn, pardonne-moi ! Je regrette mes mots. Je sais bien que ce n'était pas ta faute. Je t'en prie, ne m'abandonne pas. J'ai tant besoin de ton aide. Tu es si intelligente, et moi si sotte. Veux-tu bien rester un moment et m'écouter ? J'ai peut-être trouvé le moyen de gagner de l'argent... seulement... seulement je suis bien trop timide pour l'exécuter.

Finnula ne prêtait qu'une oreille distraite aux supplications de sa sœur. Le mari de Camilla avait dû sortir son luth, car les accents d'une mélodie joyeuse s'élevèrent soudain. Par-dessus les notes, Finnula distingua parfaitement la voix de son frère qui les appelait. Ventrebleu ! Il serait bientôt dans la cuisine, et Mellana était la plus piètre menteuse qu'elle connaisse. La vérité serait découverte, et les célébrations interrompues. L'affaire se solderait par un meurtre, que ça leur plaise ou non. Finnula espérait que Jack Mallory et sa satanée ânesse n'étaient pas dans les parages.

Mellana se redressa soudain, ses grands yeux bleus écarquillés.

— Mais toi, tu pourrais le faire, Finn ! Tu n'es pas timide, toi. Tu n'as peur de rien. Et ce ne serait pas plus difficile qu'attraper un renard ou un cerf. J'en ai la conviction !

— Je n'entends rien à ton charabia, rétorqua Finnula en considérant sa sœur.

Cette dernière était transfigurée : finies les larmes et les paupières gonflées. Ses yeux étincelaient désormais, et ses lèvres rouges tremblaient d'excitation.

— Oh, dis que tu m'aideras, Finn ! s'écria-t-elle en prenant la main de sa sœur dans la sienne. Dis-le !

Finnula, désireuse de mettre un terme à cette scène embarrassante, répondit impatiemment :

— Bien entendu que je t'aiderai si je le puis, Mellana. Mais j'ignore comment tu espères te tirer de ce mauvais pas.

— Fais-moi confiance, veux-tu ?

— Entendu. Maintenant rejoignons les autres, Mel. Ils

nous appellent. Il ne faudrait pas qu'ils soupçonnent quelque chose…

— Oh, merci, Finn !

Toute à sa bonne humeur retrouvée, Mellana serra sa cadette aussi fort que possible.

— Je savais que je pouvais compter sur toi. Tu as toujours été bonne avec moi. Je me fiche de ce que disent les autres, je ne te trouve pas le moins du monde étrange. Et, avec tes talents de chasseresse, je suis persuadée que tu réussiras à capturer l'homme le plus riche du Shropshire !

Finnula la dévisagea avec curiosité :

— De quoi parles-tu, Mel ?

Surprise par la question de Finnula, Mellana lui exposa la situation. Et il lui fallut verser bien d'autres larmes pour que Finnula finisse par accepter de tenir une promesse qu'elle avait faite dans un moment d'inattention.

Chapitre 2

Hugo Fitzstephen avait peut-être combattu, ces dix dernières années, en Terre sainte, pour autant il n'était pas un saint. Loin de là. Pour preuve : il avait passé la nuit précédente avec la femme d'un aubergiste, puis refusé de payer un dédommagement à son époux, qui les avait surpris, comme la coutume l'exigeait toutefois.

En tant que fils cadet du comte, Hugo n'avait pas d'autre choix que partir en croisade. À moins d'entrer au monastère, ce à quoi il se refusait fermement. Le vœu le plus cher de sa mère, pourtant, était qu'il ne fasse qu'un avec le Seigneur. Hugo, lui, préférait ne faire qu'un avec les femmes, et il en trouva moult au royaume de Jérusalem. Naturellement, il ne prévoyait pas de tomber entre les mains des Arabes, et lorsque la Couronne avait enfin payé sa rançon, Hugo s'était lassé de la Terre sainte et des croisades en général. Il avait appris le décès de son frère aîné, suivi de près par la mort étrange de leur père. Hugo était désormais le septième comte de Stephensgate, et il décida de rentrer en Angleterre pour jouir de son nouveau titre.

La fortune, cependant, n'était pas de son côté. À peine avait-il revu les verts pâturages du Shropshire qu'il était déjà dans les ennuis jusqu'au cou. Cette fois, ce n'étaient point les Sarrasins qui le poursuivaient, mais le mari d'une blonde, fort bien faite de sa personne, avec laquelle il avait folâtré à Londres. Le malheureux époux réclamait un petit pactole en réparation de son « humiliation ». Hugo soupçonnait les deux époux d'être de mèche : la femme attirait les riches chevaliers dans sa couche, puis son mari « découvrait» les amants et réclamait une compensation exorbitante. Pardieu ! Plutôt être damné que satisfaire aux exigences de cet homme.

Par crainte de croiser l'aubergiste et ses compères sur la route principale, Hugo et son écuyer se voyaient contraints d'emprunter routes secondaires et sentiers pour rentrer à Stephensgate. Non que Hugo redoutât une confrontation ; simplement, à son goût, il avait assez livré bataille au cours des dix dernières années pour mériter de se reposer le reste de ses jours. À vingt-cinq ans, il rêvait de se retirer dans son manoir et d'y couler une vie paisible jusqu'à sa mort.

Afin d'éviter les auberges et les villages, où le mari aurait pu les trouver, Hugo et son écuyer dormaient à la belle étoile. Heureusement, à l'exception d'orages occasionnels, le printemps était doux, et la nature leur offrait un cadre bien plus agréable que celui de la plupart des hôtelleries. Le recoin exigu et crasseux à partager avec sa monture, le pain sec et la bière éventée servis le matin, le matelas infesté de poux… Hugo préférait une botte de foin odorante en guise de matelas et son manteau en guise de couverture.

Peter, son écuyer, était habitué au confort de Londres, où Hugo l'avait engagé après la mort de l'ancien maître d'icelui, un de ses frères d'armes. Il se plaignait amèrement des mauvais traitements que lui infligeait Hugo : chaque nuit en plein air lui semblait un affront personnel. Ayant grandi dans les ruelles bondées et embrumées de Londres, le jouvenceau était terrifié à l'idée d'être attaqué par des loups – ou pire, des bandits de grand chemin –, dans cette campagne inquiétante. Hugo supportait ces complaintes sans sourciller, mais savait que tantôt il donnerait au garçon la taloche qu'il méritait.

Ils étaient à deux jours de Stephensgate, lorsque Hugo se résolut à faire halte dans le petit village de Leesbury pour s'approvisionner. Il s'inquiétait surtout pour sa monture, Skinner, un destrier bien dressé qui l'avait accompagné sans broncher dans toutes ses aventures et qui méritait bien de troquer son festin quotidien d'herbe contre un bol d'avoine. Mais Hugo devait bien admettre qu'il se serait également volontiers mis sous la dent une miche de pain blanc avec un bon morceau de fromage, en arrosant le tout de ce breuvage dont il avait été privé à Jérusalem : la bière. Or, il ne trouverait rien de tel en rase campagne.

Peter exultait à la perspective de leur retour à la « civilisation », même si Hugo doutait que Leesbury réponde à ses attentes. Après l'avoir enjoint à ne pas lui donner du « messire » en public, Hugo les mena jusqu'au premier établissement respectable.

Après avoir précisé au garçon d'écurie qu'il souhaitait la meilleure avoine possible pour leurs montures et lui avoir glissé une pièce d'or dans la paume afin de s'assurer que ses ordres seraient obéis, Hugo fit signe à Peter de le suivre à l'intérieur de l'auberge *Au Renard matois*. Avec son mètre quatre-vingt-quinze, Hugo dut non seulement courber la tête mais aussi faire pivoter ses larges épaules pour passer dans l'étroit chambranle. Aussi impressionnant fût-il, son entrée ne perturba pas le moins du monde la clientèle, occupée à cuver sa bière.

Son arrivée eut en revanche un tout autre effet sur le propriétaire des lieux. Le visage de Hugo, à la peau tannée par le soleil, dissimulé en partie par une barbe abondante, trahissait son séjour en Terre sainte. Et le patron n'ignorait pas que personne n'en revenait les poches vides. Ce n'étaient pas les reliques des saints ou de la Croix qui l'intéressaient. Non, comme tout homme sensé, il convoitait les diamants, rubis, émeraudes, saphirs, perles, lapis et turquoises, l'or et l'argent qui avaient été pris à Byzance. C'était l'odeur de ce butin qui attirait l'aubergiste auprès de Hugo.

— Bonjour, monsieur ! Pourquoi ne pas vous asseoir à cette table et vous rafraîchir en buvant la bière de ma belle-sœur ?

— Avec plaisir, répondit Hugo en indiquant à Peter de s'installer en face de lui.

Peter se laissa tomber avec soulagement sur la chaise en bois, se sentant enfin traité avec les égards que l'écuyer d'un puissant seigneur méritait. La flagornerie de l'aubergiste lui paraissait on ne peut plus naturelle, et il se rua de bon cœur sur le festin qu'on leur servit : l'épaisse miche de pain encore chaud, les fromages crémeux et parfaitement affinés, les fruits frais, les soupières fumantes. Tout en mastiquant, il parcourut du regard la salle comble et ne décela aucun motif d'alarme. Les clients étaient tous des rustauds inoffensifs. En sifflant la mousse qui couronnait son gobelet, Peter se carra dans sa chaise et ferma les paupières.

Hugo, lui, ne se détendait pas. Rompu à l'art de la guerre, il savait que l'ennemi profitait des moments de relâchement de son adversaire pour attaquer. Ses yeux ne quittaient donc jamais les visages de ceux qui l'entouraient, pas davantage que la porte.

C'est ainsi qu'il aperçut, dès son arrivée, la jouvencelle qui passa le seuil de l'auberge, quelques instants à peine après eux. Au premier coup d'œil, il la prit pour un jeune garçon. Aucune femme n'aurait l'impudeur de revêtir des chausses en cuir aussi ajustées ! Pourtant, réalisa-t-il bientôt, c'était précisément le cas. Une femme, jeune de surcroît, avec un visage angélique et une chevelure rousse tordue à la hâte en une longue tresse qui balayait une taille particulièrement fine. Elle ne portait ni guimpe ni bliaud pour dissimuler ses formes, mais une blouse de linon légèrement transparente. En travers de son dos, pour parfaire l'ensemble, un petit arc et un carquois battaient.

Cette apparition ne sembla surprendre personne. En vérité, l'aubergiste l'accueillit comme s'il s'agissait de sa propre sœur, en lui offrant une chaise et un gobelet de bière, et les autres habitués la gratifièrent de laconiques salutations. En se tournant vers Peter, Hugo constata avec plaisir que son écuyer, lui, goûtait ce spectacle avec délectation.

— Ventrebleu ! souffla-t-il. Mais c'est une demoiselle !

— Et une beauté, ajouta Hugo en opinant du chef.

La surprise de son commensal le réconfortait. Dix ans auparavant, à son départ d'Angleterre, les jouvencelles n'arpentaient pas la campagne en habits d'homme et ne fréquentaient pas les auberges seules. Les choses avaient donc bien changé en son absence...

À moins que cette demoiselle ne soit une curiosité du coin et que ses mœurs étranges ne soient acceptées que parce qu'elles étaient familières. Peut-être était-elle apparentée à l'aubergiste. Ils étaient tous deux absorbés dans une conversation qui portait sur le bonheur d'un certain Robert. Après quelques minutes, le propriétaire indiqua Hugo et murmura à l'oreille de la jeune fille des paroles qui lui firent tourner la tête dans la direction du comte. Il se retrouva bientôt sous le feu d'un regard si perçant qu'il sentit ses joues s'empourprer. Les femmes de Jérusalem dont il avait partagé l'intimité étaient trop modestes pour plonger leurs yeux dans ceux d'un homme, étranger qui plus est. Heureusement pour lui, son épaisse barbe blonde dissimulait ses pommettes rougissantes.

Elle se désintéressa de lui rapidement et reporta son attention sur Peter, qui manqua s'étouffer avec une gorgée de bière quand il s'en rendit compte. L'aubergiste s'approcha alors de leur table pour savoir s'ils manquaient de quoi que ce soit.

— Rien n'est excessif pour des hommes ayant défendu une cause aussi juste, dit-il pour signifier à Hugo qu'il avait compris qu'il revenait de croisade. Si je puis quelque chose pour vous, appelez-moi.

Saisissant l'homme par le bras avant qu'il n'ait eu le temps de s'éloigner, Hugo l'attira vers lui et lui murmura au creux de l'oreille d'une voix grave :

— Qui est cette jouvencelle attifée comme un garçon ?

L'aubergiste parut surpris.

— Finn ? lança-t-il en se tournant vers la jeune fille, qui, fort heureusement, regardait dans la direction opposée. Vous parlez de Finnula ? Mon frère, qui possède une auberge à Stephensgate, au bout de la route, a épousé sa sœur. Tout le monde connaît Finn la Fière.

Comme pour confirmer ses propos, une vieille bique qui

jusque-là s'était tenue près de la cheminée, en dépit du temps resplendissant, vint tirer la manche de la jouvencelle. Celle qui répondait au nom de Finnula lança, avec grâce, une piécette que la bougresse attrapa au vol, avant de retourner devant l'âtre.

— Voyez un peu ! reprit joyeusement l'aubergiste. Tout le monde connaît Finnula Crais, la fille du meunier. Et le meilleur archer du comté.

La réponse était loin de combler ses attentes, mais Hugo lui tendit une pièce malgré tout. L'homme s'éloigna en se massant le bras – meurtri par la poigne de fer de Hugo. En observant la monnaie d'or dans sa paume, il retint son souffle. Il n'en avait jamais vu pareille. Il était tellement perturbé qu'il faillit trébucher sur les jambes étendues de deux ivrognes installés à une table voisine. Comme ils grognaient, il brandit la pièce en guise d'excuses. Les deux hommes émirent un sifflement appréciateur, qui attira l'attention de la jeune fille : elle reporta son regard intense sur Hugo.

Sous la table, Peter lui décocha un coup de pied.

— C'est la deuxième fois qu'elle nous observe. Je parierais qu'elle m'apprécie !

— Debout ! lâcha Hugo, impassible. Nous partons.

— Comment ? Mais nous venons tout juste d'arriver !

— Nous partons, répéta Hugo. Nous avons suffisamment attiré l'attention.

En grommelant, Peter fourra des morceaux de pain et de fromage dans ses poches, puis engloutit la fin de sa bière. Hugo jeta quelques piécettes sur la table, sans prendre garde à leur valeur, puis prit son manteau et se dirigea vers la sortie en évitant le regard de la jouvencelle.

Il atteignait le seuil lorsqu'une voix râpeuse l'interpella.

— Messire ? Vous n'oubliez point que'que chose ?

Hugo n'avait nul besoin de se retourner. Il avait entendu un bruit de remue-ménage dans son dos et avait, à tort, conclu qu'il s'agissait de l'aubergiste récupérant son butin sur la table.

Le comte se raidit. Ses yeux se réduisirent bientôt à deux fentes menaçantes. Il posa une main sur la poignée de son épée et, sans pivoter, déclara :

— Relâchez-le.

Les deux malfrats, ronds comme des queues de pelle, ricanèrent.

— Le r'lâcher, messire ? Oui-da ! nous le r'lâch'rons. Contr' un' rançon.

En soupirant, Hugo leur fit face. Il était si las de la violence, si dégoûté de la mort. Il n'avait aucune envie d'occire les deux rustres qui détenaient son écuyer. Autrefois, il leur aurait tranché la gorge en riant. Aujourd'hui, c'était différent. Il avait vu tant de trépas inutiles pendant les croisades qu'il ne supportait même plus de tuer un insecte.

Toutefois, s'ils l'y contraignaient, il n'hésiterait pas à dégainer son arme.

Les deux hommes, qui s'étaient levés, semblaient mal assurés sur leurs jambes. Le plus grand des deux avait passé un bras puissant autour du cou frêle de Peter. Ce dernier se débattait pour se libérer de cet étau ; son visage poupin avait viré à une nuance inquiétante de cramoisi. L'attaque l'avait pris au dépourvu, et il savait que ces bougres pouvaient le lui faire payer cher. Sans parler de son maître.

— Ne vous inquiétez pas pour moi, messire, balbutia

Peter en s'étouffant à demi. Sauvez votre vie. La mienne ne vaut rien...

— Enfer et damnation, maugréa Hugo en levant les yeux au ciel.

— Dick, s'écria l'aubergiste, hors de lui. Laissez cet homme en paix. Je ne tolérerai pas d'échauffourée chez moi...

— Si messire nous cède sa bourse, répondit le plus petit, y aura aucune échauffourée, Simon. Nous nous estim'rons quittes, hein, Timmy ?

Le géant émit un grognement pour marquer son assentiment.

Trois événements se produisirent alors simultanément : Peter, se rappelant soudain qu'il avait des dents, les planta dans le bras de Timmy, lequel relâcha l'écuyer en hurlant, tandis que Dick, pour prouver à Hugo qu'il n'avait pas intérêt à prendre l'affaire à la légère, fondait sur Peter en pointant devers lui le tranchant d'un stylet aiguisé. En voyant cela, Hugo dégaina son épée et se jeta sur le malintentionné Dick. Dans sa course, il buta contre Simon, l'aubergiste, qui avait entrepris de ramasser les piécettes laissées par le comte, afin d'éviter de les perdre dans la bataille.

Pour éviter de blesser une âme innocente, Hugo dévia de sa trajectoire et s'abattit lourdement sur une table qu'il fit voler en éclats. Tirant profit de la situation – le comte était étendu au sol, hors d'haleine –, Dick bondit pour immobiliser de ses genoux pouilleux le bras armé de Hugo. Les petits yeux de fouine du malfrat brillaient d'un éclat cupide quand il appliqua la lame de son stylet sur la gorge du comte. Il exultait de tenir en son pouvoir un homme aussi puissant, dans tous les sens du terme.

— Belle culbute, le complimenta-t-il avec un sourire qui découvrit une denture pourrissante. Crache la monnaie, maint'nant...

Du coin de l'œil, Hugo constata que Timmy avait reprit l'avantage sur Peter et qu'il lui arrachait des touffes de cheveux pour lui apprendre à mordre. L'écuyer s'égosillait, et les autres clients de l'auberge s'égaillaient dans toutes les directions. L'aubergiste, quant à lui, était encore occupé à rassembler ses piécettes à quatre pattes.

Hugo soupira. Il dissimulait toujours un poignard dans sa botte gauche, en prévision d'occasions comme celle-là. Il pourrait trancher la gorge du malandrin avant qu'icelui ait le temps de réagir, même si Hugo répugnait à l'idée de souiller son manteau de sang. Dieu qu'il était las de la mort !

— Fort bien, soupira-t-il derechef en feignant la reddition. Prenez-la.

À l'instant où la main de Dick se posait sur la bourse pendue à la ceinture du comte, un objet effleura la joue du coupe-jarret avant de venir se ficher dans sa manche, arrimant son bras au sol, pile entre les jambes de Hugo. La flèche empennée de violet était passée si près de la main du gredin qu'il en pleurnichait. Hugo, quant à lui, avait retiré sa propre main à temps pour éviter qu'elle ne soit empalée. Il tourna la tête vers la jouvencelle que l'aubergiste avait appelée Finn et qui visait le large dos de Timmy. Cette fois, elle prit le temps de prévenir sa victime d'une voix calme.

— Relâche le garçon ou je te brise la colonne vertébrale.

Le géant s'immobilisa. Puis il pivota lentement et considéra Finn puis son complice, cloué au sol.

— Tire pas, la gueuse. On pensait pas à mal avec Dick…

Il libéra Peter, qui s'éloigna d'un pas incertain en se frottant la gorge et en gémissant plus fort que nécessaire de l'avis de Hugo. La jeune fille à la chevelure flamboyante baissa son arme et s'approcha avec nonchalance du comte. On aurait dit qu'elle venait étendre du linge. Elle ignora superbement Dick et Hugo et se pencha pour extraire la flèche du plancher où elle s'était enfoncée.

Profitant de leur proximité, Hugo ne put s'empêcher de la contempler. Il s'attarda sur la peau blanche et veloutée, teintée de rose aux joues et aux lèvres, et sur les longs cils incroyablement sombres. Il s'imprégna de son parfum fleuri. Il était rare qu'il soit frappé de mutisme en présence des femmes – c'était même plutôt le contraire –, étrangement, pourtant, il ne trouva rien à dire.

— À la fin ! s'exclama la jouvencelle en libérant, sans l'abîmer, la flèche de sa prison de bois.

Elle examina la pointe avec attention et fit glisser son pouce sur son fil pour en éprouver le tranchant. Le résultat de son examen dut la satisfaire, car son charmant minois s'illumina d'un sourire révélant une rangée de dents blanches parfaitement alignées.

— Incroyable ! dit-elle pour elle-même. J'aurais juré que celle-ci était perdue.

À peine put-il se mouvoir que le malheureux Dick se redressa en pestant et en tâtant son bras.

— Maudite garce ! hurla-t-il. Pourquoi qu't'as fait ça ? On voulait just' rir' un peu. Hein, Timmy ? S'amuser un peu avec le ch'valier…

Finnula Crais ne lui prêtait aucune oreille. Elle glissa la

flèche intacte dans son carquois, puis, calmement, franchit la porte.

Icelui bondit sur ses pieds en un éclair. Esquivant l'aubergiste, toujours à quatre pattes, Dick, qui bouillait de rage, et la table qu'il avait réduite en miettes, il fut sur le seuil peut-être une ou deux secondes après la demoiselle, mais elle s'était volatilisée aussi subitement qu'elle était apparue. Il balaya des yeux la rue pavée, mais ne découvrit aucune trace de sa présence.

Il blasphémait dans sa barbe lorsque Peter le rejoignit.

— Sacré spectacle, messire ! haleta-t-il d'une voix excitée. De ma vie, je n'ai jamais rencontré meilleur archer. Son arc paraissait le prolongement de son bras. Inouï, non ?

Hugo, qui observait toujours la rue bondée à la recherche d'un signe, émit, pour toute réponse, un grognement. L'écuyer ne l'entendit pas, ou bien il s'entêta en dépit de l'avertissement de son maître.

— Elle nous a sauvé la vie, ne pensez-vous pas, messire ? Pourquoi s'est-elle donné cette peine ? Une jouvencelle comme elle... C'est nous qui aurions dû voler à son secours, non, messire ? Messire ? Pourquoi cette mine ? Il avait croisé le regard de centaines de femmes ; aucune ne lui avait fait autant d'effet. Il les avait bien évidemment attirées dans son lit, et ils avaient partagé un moment délicieux, mais il n'avait jamais éprouvé semblable trouble.

— Voyons, messire, s'écria Peter, elle ne doit guère être loin. Laissez-moi aller...

Le comte retint si brusquement le garçon par le bras qu'il faillit tomber.

— Tu n'en feras rien. Va chercher les chevaux. Nous quittons cet endroit sur-le-champ.

Peter aurait volontiers échangé quelques amabilités avec la petite rousse en chausses de cuir. Il avait beau être habitué à la grande variété de femmes qu'offrait Londres, de la danseuse nue à la princesse de sang, il n'avait jamais rencontré pareille donzelle.

— Je n'aurais aucun mal à la débusquer, grommela-t-il. Avec ses cheveux et sa tenue… Songez que nous lui devons la vie, de surcroît. Ou du moins la bourse…

Hugo gronda derechef.

— Quelque chose vous chagrine, messire ? insista Peter, fort peu sagement. Pensez-vous avoir affaire à une sorcière pour mettre autant d'acharnement à la fuir ?

La fureur peignait des étincelles dorées dans les prunelles noisette de Hugo.

— Que nenni ! rétorqua-t-il sèchement à l'impudent en se dirigeant vers les écuries. Elle nous a cependant témoigné un intérêt suspect…

— Intérêt dont je me réjouissais.

— Comme si cela avait échappé à quiconque ! Mais quel intérêt une jeune fille aussi charmante trouverait-elle à l'un d'entre nous ? Le forgeron de son village, et même le chevalier du comté doivent la poursuivre de leurs assiduités.

Le ton de Hugo était mordant. Peter aurait voulu répondre qu'il était sans doute aucun digne de cette jeune fille, aussi ravissante soit-elle. Il n'aurait pu dire de même de son maître, qui avait près de deux fois son âge, qui portait la barbe et était dépenaillé en dépit de son rang et de sa fortune.

— Je veux éviter d'attirer l'attention, reprit le comte. Et même si ces marauds ont déjà mis à mal notre discrétion, il n'y a rien de pire que se faire remarquer par le père ou le frère d'une jeune vierge…

— Ah ! s'exclama Peter. Comme cette danseuse que vous avez rencontrée à Londres, il y a une quinzaine ? Et qui en a appelé à son entremetteur lorsque vous…

Hugo bouillait d'impatience.

— J'ai dit non ! tonna-t-il d'une grosse voix sans s'expliquer davantage, préférant presser Peter d'aller quérir leurs montures.

En l'attendant, Hugo laissa son regard vagabonder sur les pavés. Où avait-elle appris à tirer ainsi ? Et pourquoi avait-elle pris part à cette querelle ? Hugo s'efforça de modifier le cours de ses pensées et de se concentrer sur l'ampleur de la tâche qui l'attendait à Stephensgate : il lui faudrait réparer les erreurs de son père.

Pourtant, les prunelles couleur de brume continuèrent à l'obséder longtemps après qu'il fut monté en selle et qu'il eut aiguillonné son cheval. Eût-il jeté un dernier regard par-dessus son épaule, il eût aperçu ces fameuses prunelles vrillées sur son dos.

Finnula aussi réfléchissait à la tâche qui l'attendait.

Chapitre 3

Finnula savait pertinemment ce qu'il lui restait à faire. Elle avait choisi sa proie et l'avait protégée de l'attaque d'un autre prédateur. Elle n'avait plus qu'à tendre son piège. Cependant, elle avait le cœur lourd – ce n'était point de pitié pour sa future victime, mais de colère contre elle-même… et, même si elle répugnait à l'admettre, contre Mellana.

Elle n'aurait jamais dû accepter cette entreprise ridicule. Si Robert l'apprenait, et le risque était grand, il risquerait de percer un trou à l'arrière de ses chausses, comme il l'en avait toujours menacée… ou du moins de s'y essayer. Finnula n'était pas une fille de ferme écervelée : elle n'ignorait pas que son attitude l'exposait à l'ire de ses parents. Bien que ne jouissant d'aucun titre ni d'aucune terre, la famille Crais était l'une des plus respectées de la région. Elle s'occupait du moulin du comte de Stephensgate depuis bien des générations. Que la fille de Phillip et Helene Crais s'adonne à un acte aussi… vil… était impensable.

Mellana avait souligné, avec insistance, que « toutes les jeunes filles de Stephensgate » avaient pour habitude de vider les poches de leur mari, amant, père ou frère pour se procurer les ingrédients nécessaires au brassage de la bière, mais Finnula n'avait pas la moindre considération pour ces péronnelles, qui ne se préoccupaient que de rubans à cheveux et d'hommes. Sans oublier que l'Église désapprouvait cette pratique, ce que Finnula avait d'ailleurs rappelé à Mellana, ce jour-là, dans la cuisine.

— Mellana, tu as perdu le sens. Que tout Stephensgate se conduise de façon aussi immorale ne signifie guère que…

— Cela n'a rien d'immoral, avait regimbé Mellana. Isabella Laroche s'y est prêtée des dizaines de fois et elle…

— Isabella est une fieffée gourgandine !

La patience de Finnula s'épuisait. L'amitié de Mellana avec Isabella Laroche, cette créature ridicule dont le père gérait si misérablement le manoir de Sire Hugo en son absence, la désolait chaque jour davantage.

— Ne t'avise pas de nier, avait-elle repris, qu'elle est prête à soulever ses jupons pour tout ce qui porte chausses. Par la mordieu ! elle m'a prise pour un jouvenceau à moult reprises, et elle m'a proposé de l'accompagner au manoir pour partager un gobelet de bière. Rien de surprenant à ce qu'une telle femme ne voie aucun mal à enlever un homme et à l'échanger contre une rançon. Mais tu sais aussi bien que moi qu'au cours de son dernier sermon le père Edward a réprouvé cette méthode avec virulence…

— Et toi, tu n'es pas sans savoir qu'il n'est pas insensible aux charmes de la grosse Maud, avait persiflé Mellana.

Finnula l'avait concédé d'un haussement d'épaules. Que le prêtre soit un hypocrite, Finnula était la première à le reconnaître. Toutefois, c'était un homme bon, au fond, qui faisait de son mieux pour administrer la pauvre paroisse de ce fief sans seigneur depuis plus d'un an. Voyant qu'aucun de ses arguments n'avait de poids auprès de sa sœur, Finnula avait accédé à sa requête de mauvaise grâce.

— Très bien, je capturerai un homme et je te le ramènerai. Tu pourras le séquestrer jusqu'à obtenir une rançon, que tu utiliseras pour du houblon ou pour ta dot, à ta guise. Mais je t'en supplie, Mellana, arrange-toi pour que Robert ne le découvre pas. Il nous tuerait toutes les deux.

— Oh, tu exagères. Tu sais bien que tu es la préférée de Robert. Il te passe tous tes caprices.

— Tu ne l'as pas vu après la visite du shérif, avait soupiré Finnula en baissant les yeux vers ses mains qui, en dépit de quelques callosités, demeuraient fines et douces. Je suis habituée à chasser des animaux, mais un homme ?

Mellana, qui avait obtenu gain de cause, se désintéressait des détails pratiques.

— Dieu, est-ce que j'en sais quelque chose, moi ? avait-elle déclaré en se recoiffant pour rejoindre le reste de la famille. Assure-toi simplement qu'il n'est pas de Stephensgate.

— Pardon ? Tu veux que j'enlève un étranger ?

— Évidemment. Isabella a déjà rançonné tous les hommes du village au moins une fois. Et ceux de Shrewsbury et de Dorchester, également. Leurs familles refuseront de payer une seconde fois. L'entreprise perd de son charme quand on l'use trop...

Finnula avait lâché quelques-uns de ses meilleurs jurons provoquant ainsi la fuite de sa sœur, sincèrement choquée. Elle s'était retrouvée seule, les yeux rivés sur les dalles de la cuisine. Pour capturer un étranger, s'était-elle inquiétée, il lui faudrait faire deux jours de route jusqu'au plus proche bourg. Elle connaissait bien Leesbury, où son braconnage la menait parfois. Le beau-frère de Patricia, Simon, tenait l'auberge *Au Renard matois*, et il servait la bière avec générosité. Cependant, elle doutait que les habitants de Leesbury se divertissent d'un enlèvement. Leur curé était bien moins libéral que le leur et réprouverait sans doute sévèrement ce qui, à Stephensgate ou à Dorchester, passait pour une coutume piquante.

Pourtant, lorsque Finnula avait vu la pièce d'or que le voyageur barbu remettait à Simon, elle avait compris qu'elle tenait la proie idéale. Le grand gaillard, à l'évidence un étranger, possédait une bourse et un écuyer, ainsi qu'une monture de choix, comme elle le découvrit par la suite. C'était un homme bien installé dans la vie.

Finnula avait tout de suite senti qu'il s'intéressait à elle. Elle ne se considérait pas comme une beauté, mais elle n'avait pu s'empêcher de remarquer que, ces derniers temps, elle attirait de plus en plus la convoitise masculine, ce qui la gênait profondément. Les transformations que le temps avait imposées à son corps étaient une source d'irritation constante. C'était d'ailleurs la cause du naufrage de son bref mariage. Elle était en permanence rabrouée par des hommes respectables qui lui rappelaient qu'elle ne devait pas courir la campagne en chausses et qu'elle ferait mieux de manier l'aiguille plutôt que l'arc.

À l'inverse, l'intérêt récent qu'elle suscitait chez l'autre sexe s'était parfois révélé utile. À plusieurs reprises, elle avait usé de ses charmes pour convaincre le bailli de fermer les yeux sur ses nombreuses violations des lois du braconnage. Et il n'y avait pas un commerçant du village qui ne payât grassement le gibier, pris en toute légalité, qu'elle vendait et qui ne se vantât devant ses clients qu'il avait été abattu par Finn la Fière. Comme Diane, la déesse de la chasse des Anciens, la réputation d'archer de Finn lui nuisait moins qu'elle ne suscitait l'admiration de ceux dont elle apaisait la faim.

Naturellement, maintenant qu'elle s'était lancée dans cette entreprise, elle comptait user de ses charmes pour appâter sa proie.

Il ne traversa guère l'esprit de Finnula que le grand barbu pouvait repérer le piège. Elle avait senti qu'il l'avait dévorée du regard dès qu'elle avait franchi le seuil de l'auberge. Elle y avait lu de la faim, mais de la méfiance également. Pas suffisamment cependant, puisqu'il s'était retrouvé au cœur d'une échauffourée avec les deux fripons. Il avait peut-être tiré les leçons de son erreur, malgré tout : en le suivant, elle avait constaté avec plaisir qu'il évitait la route principale.

Sa prudence, cependant, causerait sa perte : en restant sur les sentiers, il pénètrerait directement sur son territoire de chasse, les collines entourant Stephensgate et, plus particulièrement, le domaine du comte.

Lorsque le grand chevalier et son écuyer quittèrent à la hâte Leesbury, ils ignoraient que leur équipage comptait désormais un troisième membre. Finnula les suivait en se tenant à une distance prudente, se dissimulant dans l'ombre des arbres quand c'était nécessaire avec sa monture, une jument qu'elle possédait depuis l'enfance. Elle ne payait pas de mine, mais elle était aussi bien entraînée que n'importe quel destrier. Violette – dont le nom illustrait les goûts d'une fillette de dix printemps – avait appris à fouler en silence les fougères et à demeurer aussi immobile qu'une statue lorsque sa maîtresse poursuivait une proie. Elle était également capable de rentrer seule au moulin lorsque Finnula l'orientait dans la bonne direction. Elles formaient ainsi un duo redoutable, plus dangereux que n'importe quelle association de malfaiteurs.

Finnula observait les deux voyageurs avec beaucoup d'intérêt, recueillant autant d'informations que possible. Celui après qui elle en avait était vêtu de sorte à ne rien révéler de lui-même. Une épaisse barbe blond foncé dissimulait ses traits. Le manteau grossier, la tunique sans forme et les chausses simples ne trahissaient pas la taille de la bourse qu'il portait à la ceinture. Impossible, cependant, de déguiser sa carrure, qui était impressionnante. Pardieu, il dépassait sans doute Robert !

Le serviteur, quant à lui, ne présentait aucun danger. De taille moyenne, son habillement imitait celui des grands de ce monde : bliaud de velours et chausses de couleur vive. Elle n'aurait aucun mal à le prendre dans un filet. Son maître, en revanche, exigeait davantage de subtilité.

Contrairement à bien des chasseurs de sa connaissance, c'était la traque et non la mise à mort que Finnula prisait. Elle ne tuait le gibier que parce que des familles du comté n'avaient pas de viande sur leur table. Dieu l'avait dotée d'un bras ferme et d'une précision infaillible, il était donc de son devoir de veiller à ce que les moins fortunés soient bien nourris.

Elle n'aimait rien tant que prendre ses proies dans des pièges inoffensifs avant de les relâcher. Tout le monde ignorait qu'elle libérait souvent les animaux pris dans les pièges d'autres braconniers. Elle vouait une haine particulière aux cruels crocs de fer que les chasseurs du comte installaient pour attraper les loups et, chaque fois qu'elle en croisait sur sa route, elle les enterrait à un endroit où on ne les retrouverait pas.

La traque avait quelque chose de délectable, et, même si elle ne le reconnaîtrait jamais devant Mellana, il y avait de fortes chances pour que la poursuite de cette proie en particulier se révèle très plaisante. Pour une fois, elle avait affaire à un adversaire intelligent. Bien entendu, en tant que membre de la gent masculine, il était d'une intelligence inférieure – Finnula n'avait jamais croisé un homme capable de rivaliser d'esprit avec elle. Quoi qu'il en soit, cette chasse constituait un défi digne d'intérêt pour Finn la Fière.

Il lui fallut pourtant se rendre vite à l'évidence : l'étranger connaissait la campagne qu'il traversait, et il filait droit vers Stephensgate. Il ne lui restait plus qu'une solution. Elle répugnait à s'y résoudre, tant les conséquences avaient été tragiques, la première fois. Mais si elle n'agissait pas rapidement, la proie lui échapperait, et qui sait quand elle en débusquerait une autre aussi prometteuse ? Elle ne pouvait pas laisser tomber Mellana, pas après avoir prêté serment. De surcroît, elle avait un an de plus, maintenant. Et elle aurait le contrôle de la situation. Elle était préparée.

Éperonnant Violette, elle dépassa le voyageur et son valet pour mettre en œuvre son plan.

Chapitre 4

Hugo n'était pas sûr de pouvoir souffrir encore longtemps les plaintes incessantes de son écuyer. Après la fille de l'auberge, il s'en prenait à son cheval, qui n'avait pas l'endurance de celui du comte et qui réclamait de s'arrêter. Hugo en personne avait sélectionné la monture de Peter : elle était aussi robuste que la sienne, bien qu'elle n'eût pas reçu le même entraînement. Non, c'était Peter qui avait besoin de se reposer, alors qu'il était à peine midi et que le ciel était dégagé. Qu'avait donc fait Hugo pour mériter la torture de la compagnie de ce jeune pleurnicheur ? Ne pouvait-il se tenir coi pour qu'ils chevauchent en paix ?

— Messire ! l'interpella Peter, qui s'était laissé distancer. Messire, attendez ! Nous n'avons rien avalé depuis Leesbury, et je suis sur le point de défaillir.

L'appétit de ce garçon, comme son bavardage, était insatiable.

— Il y a du pain et du lard dans ton bagage, grogna Hugo de sa voix la plus menaçante. Contente-toi de cela pour l'heure.

Avec un peu de chance, il aurait la bouche trop pleine pour parler. Peut-être même s'étoufferait-il...

Le paysage se transforma soudain, et la colère de Hugo se dissipa. Il pénétrait dans la futaie où il avait abattu son premier cerf, quelque vingt années plus tôt, dépassait le taillis où il avait embrassé la grosse Maud pour la première fois, dix ans plus tard. Il leur restait encore deux longues journées avant d'atteindre le manoir, mais ils avançaient désormais en territoire familier. Ah ! qu'il était bon de se retrouver chez soi après des années d'errance !

Lorsqu'ils atteignirent le sentier menant au rocher surplombant la source Saint-Elias, Hugo hésita. C'était l'endroit rêvé pour piquer une tête. Il avait passé bien des étés de son enfance à chasser sur ces collines et à se baigner dans cette eau avec son frère. Ils avaient appris à nager dans les zones les plus profondes et à plonger depuis le promontoire.

La source n'était plus exploitée par l'Église : elle était tombée en disgrâce une cinquantaine d'années auparavant, parce qu'elle n'avait pas réussi à soigner un seul lépreux. La nature avait donc repris ses droits sur l'étendue d'eau et ses abords, rendant aux lieux leur beauté brute. Des fleurs sauvages poussaient dans les crevasses, et les branches des arbres qui avaient vaincu la barricade de roche caressaient la surface de l'eau. Hugo résolut d'aller s'y ébattre.

Peter, naturellement, avait d'autres idées.

— Se baigner ? répéta-t-il sans y croire, lorsque Hugo lui fit part de son projet. Dois-je vous rappeler que j'ai grandi à Londres, messire ? Comme si je savais nager !

— Évidemment… maugréa le comte.

— Je ne raconte pas de sornettes. J'abreuverai nos montures pendant que vous nagerez. Je vous signale toutefois que l'eau doit être glaciale. Sauf votre respect, messire, nous sommes en mai, pas en juillet.

Hugo n'était pas d'humeur à discuter. Se laissant glisser

de sa selle, il attrapa la bride de son cheval et l'entraîna vers le rocher qui dominait la source, afin de jouir d'abord de la vue et de s'assurer que l'endroit n'avait pas trop changé depuis dix ans. Il abandonna Peter à ses jérémiades et quitta l'herbe verte et grasse du chemin pour s'enfoncer dans la solitude silencieuse des bois.

Le soleil de midi dardait des traits à travers le dais de jeunes feuilles. Le sol était éclaboussé d'or. Hugo emplit ses narines de la douce odeur de tourbe dont il avait été privé trop longtemps.

Les brindilles et les fougères craquaient sous ses semelles, les oiseaux s'apostrophaient sous la voûte feuillue, un grondement montait de la source... Soudain Peter poussa un cri. Hugo se figea un instant, puis poursuivit son chemin : son écuyer devait avoir trouvé une nouvelle raison de se plaindre. Hugo atteignit bientôt le rocher.

À l'exception des arbres, qui paraissaient plus grands et plus tordus que jamais, la source était semblable à son souvenir. L'épais feuillage filtrait la lumière dorée, l'eau était aussi limpide que le ciel, sa surface immobile n'était perturbée que par la cascade qui l'alimentait. La source de Saint-Elias coulait sous terre avant d'émerger par une crevasse et de se précipiter, à grand renfort d'écume, dans le bassin, quelques mètres plus bas.

L'eau était d'une douceur incomparable lorsqu'elle jaillissait à l'air libre ; il fallait l'attraper avant qu'elle n'atteigne le bassin. Hugo et son frère avaient passé des heures à plat ventre sur ce rocher, pour remplir leurs gourdes.

Constatant que la sienne était presque vide, Hugo entreprit de répéter l'exercice de son enfance. Il s'allongea sur la pierre chauffée par ce jour printanier. Alors qu'il tendait le bras pour atteindre le jet d'eau bouillonnant, il aperçut un éclair coloré, tranchant sur le vert tendre et le doré du décor.

C'était la jouvencelle de l'auberge.

Il la reconnut aussitôt, bien qu'elle ne portât ni ses chausses ni sa blouse de batiste blanche. Sa peau ivoire scintillait sous les rayons du soleil. Elle se tenait sur la rive pierreuse du bassin, nue. Sa chevelure rousse flottait librement sur ses épaules laiteuses, sa taille était si fine qu'il aurait pu la contenir entre ses deux mains.

Il la vit s'étirer, nouer ses cheveux sur le sommet de sa tête puis plonger dans les eaux cristallines avec la grâce d'un marsouin.

Hugo prit alors conscience qu'il avait retenu sa respiration de peur de rompre le charme. Vu sa position, il était impossible que la jeune fille l'ait repéré, mais il resta immobile, craignant de manifester, malgré lui, sa présence et de provoquer la fuite de la délicieuse apparition.

Il était certain qu'elle disparaîtrait si elle le découvrait. Elle possédait quelque chose de sauvage, mais, comme toutes les jeunes filles vertueuses, elle refuserait de se baigner avec un étranger.

En la regardant nager, ses pensées furent aussitôt en émoi. Une question, surtout, le préoccupait : qui était-elle ? Pourtant il connaissait la réponse : Finnula Crais, la fille du meunier. Il se souvenait qu'un des serfs de son père portait ce nom.

Mais à quoi pensait le meunier ? Comment pouvait-il la laisser se promener seule dans la campagne, vêtue de façon aussi provocante – ou dévêtue, plutôt, à présent ?

Dès son arrivée au manoir de Stephensgate, Hugo convoquerait cet homme et lui demanderait de veiller d'un peu plus près sur sa fille à l'avenir. N'avait-il pas ouï dire qu'un gredin allait par les chemins et s'en prenait aux demoiselles ?

Hugo était si absorbé par ses réflexions qu'il ne s'aperçut pas que la jeune fille avait disparu. Ne pouvant voir, depuis le rocher, le bassin où l'eau de la source cascadait, il imagina qu'elle se baignait sous les cascatelles. Peut-être même se rinçait-elle les cheveux ?

Avec un plaisir indicible, il attendait qu'elle réapparaisse. Il se demandait néanmoins si le code d'honneur des chevaliers n'exigeait pas qu'il s'en aille discrètement, pour se retrouver plus tard sur son chemin – comme par hasard – et lui proposer de l'escorter jusqu'à Stephensgate ?

Tout à coup, un petit bruit derrière lui, attira son attention. L'instant d'après, un objet tranchant se posait contre sa gorge et une personne très légère se tenait à califourchon sur son dos.

Hugo s'efforça de contrôler ses instincts guerriers qui le poussaient à frapper avant de questionner.

Jamais il n'avait été prisonnier d'un bras aussi mince ni de cuisses aussi fines. Sa tête, tirée en arrière, entra en contact avec le plus doux des coussins.

— Ne bougez pas, lui intima son ravisseur, et Hugo se fit un plaisir d'obtempérer. J'ai un couteau, l'informa la jouvencelle d'une voix grave, presque masculine, mais je n'en ferai usage qu'en cas de nécessité. Si vous obéissez à mes ordres, il ne vous arrivera rien. Je vous épargnerai. Avez-vous bien compris ?

Hugo songea qu'il devait résister, même s'il ne désirait rien moins que la blesser. Il entreprit donc de relever les bras. La jeune fille ne l'entendait pas de cette oreille : elle abattit un adorable peton sur son avant-bras. Il fut tellement surpris qu'il lâcha sa gourde dans le bassin.

— Je vous ai dit de ne pas bouger ! s'exclama-t-elle, toujours assise à califourchon sur le dos de Hugo.

Celui-ci, admirant la courbure des pieds d'icelle – la seule partie visible de son anatomie –, jugea bon de s'excuser. Après tout, elle avait des raisons d'être en colère ; elle était venue à la source pour prendre un bain en toute innocence, point pour être espionnée. Il avait tout intérêt à la calmer puis à la raccompagner à Stephensgate, où il s'assurerait qu'elle ne se retrouverait plus à grimper sur le dos d'autres hommes et, par là même, se préserverait du danger.

— Je vous demande sincèrement pardon, mademoiselle, dit-il sur un ton qu'il espérait contrit, tout en retenant à grand-peine un rire. Je vous ai surprise dans votre plus simple appareil et, pour cela, je vous prie d'accepter mes plus humbles excuses.

— Je vous pensais lourdaud, mais pas idiot, répondit la jeune fille.

Hugo n'en revint pas. Se moquait-elle de lui ?

— Je me suis arrangée pour que vous me voyiez ainsi, poursuivit-elle.

Vive comme l'éclair, elle fit disparaître son couteau puis saisit Hugo par les poignets et les lui plaqua dans le dos avant même qu'il n'ait le temps de comprendre ce qui lui arrivait.

— Vous êtes mon prisonnier, dit Finnula Crais avec satisfaction. Pour recouvrer votre liberté, vous allez devoir payer. Et grassement.

Chapitre 5

Hugo n'en croyait pas ses oreilles.

— Comment ? demanda-t-il bêtement.

— Vous m'avez entendue. Vous êtes mon prisonnier.

Tout en prononçant ces mots, elle desserra son étreinte autour du cou de Hugo. Il sentit qu'elle s'éloignait de lui. Une seconde plus tard, elle détachait son épée de sa ceinture et récupérait le poignard qu'il pensait si bien caché dans sa botte. Puis, de nouveau, elle s'installa sur son dos, à califourchon.

— Votre écuyer également, l'informa-t-elle d'un air détaché. Je l'ai fait prisonnier. Il est tombé dans l'un des filets que j'avais tendus il y a un quart d'heure. Je suis surprise que vous ne l'ayez point entendu crier. Il a un fichu caractère. Vous êtes bien plus commode.

Hugo savoura ce maigre compliment, tout en s'interrogeant sur les mœurs de cette jeune femme. Une pensée terrible lui traversa soudain l'esprit :

— Ces hommes, à l'auberge. Vous êtes de mèche avec eux ?

Elle ricana.

— Dick et Timmy ? Certainement pas. A-t-on jamais vu pareils nigauds ? Mais je ne pouvais point les laisser prendre ce que je convoitais.

— Voulez-vous dire que vous... que tout ceci était calculé ?

— Naturellement. Je vous ai vu au *Renard matois*, et il m'a semblé que vous feriez un bon otage. Je ne sais quel sort réserver au garçon. Il est quelque peu pénible, non ? Nous trouverons bien une solution...

Hugo osait à peine croire à sa bonne fortune. Il avait été poursuivi par nombre de femmes, bien plus belles que Finnula Crais, bien plus sophistiquées et cultivées, mais aucune ne l'avait séduit aussi soudainement que cette jouvencelle. Elle lui avait annoncé sans détour que seul son argent l'intéressait et qu'elle n'avait nullement l'intention de recourir aux stratagèmes de la séduction pour le lui soutirer. Elle l'avait donc enlevé, purement et simplement, et Hugo trouvait la situation si amusante qu'il retint un éclat de rire.

Les autres femmes qu'il avait connues, au sens littéral comme biblique du terme, n'avaient eu qu'un but en tête : devenir la maîtresse du manoir de Stephensgate. Hugo n'avait rien contre l'institution du mariage, mais il n'avait jamais rencontré celle avec laquelle il aurait eu envie de passer le restant de sa vie. Cette jeune fille franche comme l'or était un souffle d'air frais qui lui rendait confiance dans la gent féminine.

— Me voici donc condamné à être votre otage, déclara-t-il. Qui vous dit, cependant, que je suis en mesure de payer la rançon ?

— Vous me prenez pour une cruche ? J'ai vu la pièce que vous avez donnée à Simon. Vous devriez être plus prudent avec votre fortune. Vous avez de la chance d'être tombé sur moi plutôt que sur les amis de Dick et de Timmy. Ce ne sont pas des individus recommandables, vous savez. Ils n'auraient pas hésité à vous tuer.

Hugo sourit. Dire qu'il s'était inquiété pour sa sécurité à elle, sans se douter qu'elle se faisait du souci pour lui.

— Pourquoi souriez-vous ? demanda-t-elle.

Au grand dam de Hugo, elle se laissa glisser à terre et l'obligea à se relever en lui assénant un coup de pied assez violent.

— Asseyez-vous, dit-elle, et chassez ce sourire de votre figure. Je ne vois pas ce qu'il y a de réjouissant dans votre situation. Je ne paie peut-être pas de mine, mais j'ai apporté la preuve tantôt, il me semble, que j'étais l'un des meilleurs archers de tout le comté. Aussi, je vous prierais de ne point l'oublier.

Sur ces paroles, elle lui lia les mains dans le dos. Hugo comprit bien vite qu'elle savait ce qu'elle faisait : le nœud n'était ni trop serré – il n'aurait pas la circulation coupée –, ni trop lâche – il ne pourrait s'en débarrasser aisément.

Il leva les yeux. Sa jeune ravisseuse s'était agenouillée à quelques pas de lui. Une cascade de boucles rousses en bataille encadrait son pâle visage de sylphide puis venait se mêler aux violettes à ses pieds. Sa blouse en batiste adhérait encore par endroits à sa peau humide.

Surpris, Hugo se rendit compte que la jeune fille n'avait nullement conscience de l'effet qu'elle produisait sur lui.

— Bien, lâcha-t-elle d'une voix sèche, puisque nous allons nous côtoyer dans les jours à venir, je ferais mieux de me présenter. Je suis Finnula Crais.

Il ne put réprimer un sourire.

— Votre père sait-il que vous courez la campagne à la recherche d'innocents à séquestrer et que vous réclamez une rançon en échange de leur libération, Finnula Crais ?

— Bien sûr que non ! Mon père n'est plus de ce monde.

Le sourire de Hugo s'évanouit.

— Vraiment ? Qui veille sur vous, alors ?

— Je n'ai besoin de personne, rétorqua-t-elle, non sans fierté. Mon frère aîné, Robert, garde un œil sur moi, mais comme nous sommes six...

— Comment cela, six ?

— Six sœurs. Ce n'est point aisé pour lui...

— Bon Dieu ! Vous voulez dire qu'il y en a cinq autres comme vous ?

— Bien sûr que non. Je suis la plus jeune. Quatre de mes sœurs sont déjà mariées, et la cinquième, Mellana, aimerait l'être, seulement...

Ses sourcils bruns, pareils aux ailes d'un oiseau sur le ciel blanc de son front, se froncèrent.

— Dites donc, reprit-elle d'un ton réprobateur, vous ne m'aurez pas ainsi. C'est moi qui pose les questions, ici. Maintenant, apprenez-moi votre identité.

Hugo prit le temps de réfléchir. S'il lui avouait la vérité, il y avait toutes les chances pour qu'elle le relâche aussitôt. Après tout, la famille de la jeune fille devait allégeance au comte de Stephensgate. Il faudrait qu'elle se révèle bien ingrate – et idiote – pour garder son seigneur en otage. Non, il ne courrait pas le risque de lui révéler son identité tout de suite. Il se réjouissait d'être le prisonnier d'une si jolie geôlière.

— Palsambleu ! s'impatienta Finnula. Je vous ai seulement demandé votre nom. Si vous vous triturez les méninges pour inventer un mensonge, je vous conseille d'y réfléchir à deux fois. Les mensonges ne feront que retarder votre libération.

— Hugh Fitzwilliam, lâcha-t-il tout à trac.

Il ajouta qu'il était le fils d'un chevalier vivant dans un manoir près de Caterbury, un village voisin de Stephensgate.

Finnula acquiesça d'un air entendu, comme s'il venait de confirmer ses soupçons.

— Et vous êtes de retour des croisades, répliqua-t-elle en passant sa main sur son menton, comme pour signifier que seuls les croisés portaient la barbe dans cette région.

Hugo avait prévu de se raser, mais la querelle au sujet de la femme de l'aubergiste l'en avait empêché.

— Avez-vous été emprisonné là-bas ? reprit Finnula.

— Oui... À Saint-Jean-d'Acre. Pendant plus d'une année.

S'il escomptait attendrir la jouvencelle avec son ton miséreux, il fut déçu. Elle ne semblait posséder aucun des sentiments qu'il avait pris l'habitude de rencontrer chez le sexe faible, parmi lesquels la pitié.

— Eh bien, lança-t-elle d'un ton guilleret, je suis certaine que votre femme sera ravie de payer pour votre libération, maintenant qu'elle vous sait si proche d'elle. Et n'ayez crainte, je ne réclamerai pas de somme excessive.

Le visage de Hugo se fendit d'un large sourire.

— Je n'ai point d'épouse.

— Votre père, alors.

— Trépassé.

Finnula était si perplexe qu'il dut retenir un fou rire. Elle s'était donné la peine de l'enlever et il n'y avait personne pour payer la rançon.

— Que vais-je faire de vous, alors ? Je ne puis déambuler avec une espèce de lourdaud accroché à ma chemise. Quelqu'un doit bien être prêt à payer pour votre libération. Réfléchissez. Personne ne se réjouirait donc de vous revoir ?

Hugo la dévisagea. Il n'appréciait guère d'être traité de « lourdaud ». Il était habitué à entendre des compliments dans la bouche des femmes.

— Je suis au regret de vous décevoir, mademoiselle, rétorqua-t-il vertement, avant d'ajouter : cependant, un de mes cousins a reçu pour instruction avant mon départ en Terre sainte de verser toute rançon…

— Fort bien !

Elle le gratifia d'un sourire si chaleureux qu'il oublia toutes les contrariétés qu'elle lui avait infligées. Dans sa distraction, il n'entendit point le bruit de brindilles brisées signalant la présence d'un intrus.

Comme surgi de nulle part, Peter se jeta sur Finnula avec une force herculéenne. Il plaqua la jeune fille au sol en s'écriant :

— Sauvez-vous, messire ! Profitez de l'occasion !

Hugo n'avait jamais ressenti pareille fureur. Il fallait que son abruti d'écuyer choisisse cet instant pour faire une démonstration de puissance – et contre une jouvencelle sans défense ! Hugo poussa un rugissement qui provoqua l'envol des oiseaux et plaqua les oreilles de sa monture.

— Laisse-la ! hurla Hugo en bondissant sur ses pieds (ce qui n'était guère aisé avec les mains liées dans le dos). Imbécile ! Elle a perdu connaissance à cause de toi !

Peter considéra la silhouette blanche sans vie et se mordit la lèvre.

— Je suis confus, messire, mais j'ai cru que vous étiez en danger. J'ai été pris dans un filet et soulevé à plus d'un mètre du sol. Je viens seulement de m'en libérer, et j'ai pensé...

— Tu as pensé que la jeune fille que voici représentait une menace mortelle ? Relève-toi !

Peter s'éloigna maladroitement de Finnula, et Hugo tomba à genoux près d'elle, scrutant son visage pâle. Il ne découvrit aucune blessure. En promenant son regard à l'entour, il ne vit aucune pierre qu'elle aurait pu heurter dans sa chute. Elle devait simplement avoir perdu connaissance.

— Va remplir ta gourde à la source, intima-t-il à Peter, et humecte ses lèvres avec cette eau fraîche. Si elle ne se réveille pas vitement, tu le paieras de ta vie, fieffé idiot !

Ébranlé par la colère de son maître, Peter suivit ses instructions à la lettre. Saint-Elias avait beau être tombée en défaveur auprès de l'Église, au contact de ce breuvage régénérant, la jeune fille battit des paupières, et ses joues reprirent des couleurs.

— Je ne comprends toujours rien, s'inquiéta Peter. J'ai vu que vos mains étaient entravées, et j'ai failli trébucher sur votre épée et votre poignard, abandonnés au sol, un peu plus loin... J'ai cru que les marauds de l'auberge nous avaient suivis, et qu'elle appartenait à leur bande...

— Non, gronda Hugo, elle m'a capturé de son propre chef. J'honorerai sa demande de rançon...

— Une rançon ! J'ai ouï dire que de telles choses existaient, mais je n'ai jamais ajouté foi à ces rumeurs...

— Quelles rumeurs ?

— À Londres, les jeunes filles de la campagne ont la

réputation d'enlever des hommes et de les séquestrer contre une rançon qu'elles dépensent ensuite en ingrédients pour le brassage de la bière...

— La bière !

— Oui-da, messire. Elles en font commerce pour financer leurs noces. C'est une dot, en quelque sorte...

— Je n'ai jamais rien entendu de plus grotesque.

Ce pays courait à sa perte si de telles pratiques étaient aussi fréquentes que Peter le sous-entendait.

— Eh bien, je ne me figure aucune autre raison pour expliquer qu'une jeune fille risque sa vie en rançonnant des étrangers...

— Elle ne risquait pas sa vie avant que tu ne débarques. Je n'aurais jamais levé la main sur elle, et je suis persuadé qu'elle le savait.

— Je ne comprends toujours pas...

— Non, effectivement. Maintenant écoute-moi bien avant qu'elle ne se réveille. Rends-toi seul à Stephensgate, et attends-y de mes nouvelles. Dis à mon bailli que j'ai été retardé mais que j'arriverai bientôt. Le shérif ne doit, sous aucun prétexte, être mêlé à cette histoire, sinon...

Hugo s'interrompit en voyant Finnula revenir à elle. La confusion se lisait dans ses grands yeux gris.

Elle bondit sur ses pieds à l'instant, se glissa dans le dos de Hugo et appliqua la lame de son petit poignard de chasse sur son cou. Il était si grand qu'à genoux il ne mesurait qu'une tête de moins qu'elle, et il sentit les battements de son cœur affolé contre son dos.

— J'aurais dû vérifier vos bottes, lança-t-elle rageusement à Peter, dont les joues avaient viré au cramoisi. Je vous croyais trop stupide pour y dissimuler un couteau. Et pourtant, c'était le cas, n'est-ce pas ?

Pour la première fois depuis que Hugo le connaissait, Peter avait perdu sa langue. Il acquiesça en silence.

— C'est bien ce qui me semblait, dit-elle en resserrant l'étreinte de son bras autour du cou de Hugo. Ne vous approchez pas ou je lui tranche la jugulaire.

Peter n'aurait pas pris cette menace au sérieux s'il ne se souvenait de l'attaque dans l'auberge, et il se tint coi. De surcroît, son maître lui avait donné des ordres, et il ne s'y déroberait pas. Il ne se risquerait plus jamais à provoquer l'ire du comte.

— Je fe-ferai ce que... vous me direz, bredouilla-t-il. Je suis désolé de vous avoir... assommée. Vous n'êtes pas... Tout va bien ?

Finnula renforça encore la pression de son bras. Hugo commençait à avoir du mal à respirer : elle ignorait l'étendue de sa propre force, qui était bien plus grande qu'il n'y paraissait.

— Vous êtes l'écuyer de Sire Hugh ? demanda-t-elle à Peter, qui, bien que surpris par le changement de prénom, acquiesça.

— Bien. Alors rendez-vous à... Quelle était votre destination, déjà, messire ?

— Mon écuyer le sait. Pars, mon garçon, maintenant...

— Et préviens son cousin, ajouta Finnula, qu'il recevra tantôt des instructions pour la rançon du chevalier. Dans l'intérêt de Sire Hugh, n'avertissez pas le shérif de Brissac. Il a des affaires bien plus sérieuses à traiter que celle-ci !

Hugo se délecta de cette dernière information. La virulence du ton de la jouvencelle indiquait qu'elle avait par le passé eu maille à partir avec l'homme de loi et qu'elle était désireuse d'éviter toute confrontation. Combien d'hommes Finnula Crais avait-elle enlevés ? Peu, à en juger par son jeune âge et son inexpérience manifeste. Quels ennuis avait-elle pu s'attirer pour se retrouver face au shérif du comté ?

— Oui, mademoiselle, répondit Peter en s'éloignant vivement. Je veillerai à ce que personne ne le mêle à votre entreprise, vous avez ma parole.

— File, lança-t-elle avec un mouvement de son poignard.

Dans sa précipitation, Peter faillit s'étaler de tout son long. Finnula attendit que le bruit des sabots de sa monture ne couvre plus celui de la source pour s'écarter du comte. Elle ne vint pas lui faire face pour autant. Il entendit un soupir et, en tournant la tête, il la découvrit assise sur un rocher. Les coudes posés sur les genoux, la tête entre les mains, elle demeura ainsi un moment, enveloppée dans son épaisse chevelure rousse. Ce n'était plus Diane l'intrépide qui l'avait ficelé comme un poulet mais une jouvencelle faible et sans défense, dont l'endurance venait d'être éprouvée.

Hugo était toujours agenouillé, les mains liées dans le dos, et il commençait à avoir des doutes sur la situation. Maudit garçon ! Il ne lui pardonnerait jamais d'avoir mis la jeune fille en difficulté, et il veillerait à ce qu'il soit châtié en conséquence de retour au manoir de Stephensgate.

— Vous vous sentez mal, mademoiselle Crais ? demanda-t-il d'une voix douce. Puis-je faire quoi que ce soit pour vous être agréable ?

Elle releva la tête, le visage empreint de douleur.

— Ce n'est rien, rétorqua-t-elle sèchement, comme un enfant trop fier pour reconnaître qu'il a mal. Cela va passer.

Hugo sut alors qu'elle avait une blessure sérieuse. Une fille si têtue n'avouerait jamais sa souffrance si elle n'était réelle.

— Laissez-moi regarder.

— Non, répondit-elle en secouant fermement la tête. Je vous l'ai dit, ce n'est rien. Venez, nous devons nous mettre en route pour atteindre notre destination avant la nuit. Il n'est pas prudent de parcourir ces collines après le coucher du soleil…

Elle avait tenté de se redresser, mais la douleur l'en avait empêchée. Perdant patience, Hugo la tança comme il l'aurait fait avec son valet.

— Jeune écervelée ! Vous êtes blessée ! Détachez-moi et laissez-moi vous examiner. Je ne chercherai pas à m'enfuir, puisque vous m'avez capturé en toute équité. Je jouerai le jeu jusqu'au bout, entravé ou non. Alors libérez-moi !

Elle lui rabattit le caquet vertement, comme s'ils étaient mariés depuis des années.

— Je vous interdis de me parler sur ce ton ! Je ne suis pas votre sujet ! Vous ne pouvez pas me dire ce que je puis et ne puis faire. C'est moi qui donne les ordres, ici, pas vous !

Surpris par sa vivacité, Hugo tressaillit. Il n'avait jamais rencontré de femme aussi peu sensible à son ire. Il se rendit compte qu'elle ne le craignait pas et se demanda comment procéder. L'intimidation était vaine, tout comme la séduction. La logique aurait peut-être raison d'elle.

— Autour de mon cou, vous trouverez une cordelette de soie. Tirez-la.

— Je n'en ferai rien.

— Tirez-la, je vous dis. À son extrémité se trouve un joyau brut d'une valeur bien plus estimable que toutes les rançons. La fille d'un sultan me l'a offert.

— Elle l'a aussi plongé dans un venin exotique grâce auquel, sans doute, vous espérez me tuer.

— Êtes-vous aussi idiote que mon écuyer ? Il n'en est rien. Prenez-le, vous dis-je.

La voyant toujours hésiter, il tempêta si fort que sa monture se cabra :

— Exécutez-vous !

— De quel droit ordonnez-vous ? gronda-t-elle à son tour. Si vous ne cessez point de me hurler dessus, je vous bâillonne !

Hugo était tellement hors de lui qu'il aurait pu se libérer de ses liens tout seul. Il s'apprêtait d'ailleurs à le faire, quand il la vit se lever en grimaçant de douleur, pour se diriger devers lui et chercher, sous sa chainse, la cordelette noire. L'énorme émeraude brute qui y pendait pesait lourd dans la paume de la jeune fille, et elle l'observa un instant en silence.

— Elle est à vous, l'informa-t-il. Jusqu'à ce que ma rançon vous soit versée, en tout état de cause. Prenez-la, Finnula. Si je m'enfuis, vous pourrez la garder et en disposer à votre guise. Elle vous paiera une tonne de houblon et de malt.

— Comment… comment savez-vous ?

— Détachez-moi.

— Mais…

— Détachez-moi. Maintenant.

Sans le quitter des yeux, elle passa la cordelette autour de son propre cou. Puis elle tira le poignard qu'elle avait rangé dans sa ceinture et trancha ses liens. Libéré, Hugo se redressa de toute sa hauteur. Finnula, qui dépassait à peine son coude, le considérait sans trembler.

— Où avez-vous mal ? demanda-t-il en s'efforçant de contrôler sa voix.

Elle se tenait si près de lui qu'il en était mal à l'aise. Il ne savait ce qui de l'envie de la frapper ou de celle de l'embrasser était la plus forte.

Sans un mot, elle se laissa tomber sur le rocher plat et souleva sa blouse jusqu'à la naissance du sein droit, révélant un bleu. Hugo se mit à genoux pour l'examiner. Comme il approchait une main pour tâter la peau meurtrie, elle se recula.

— Me permettez-vous ? demanda-t-il.

— Qu'est-ce qui me prouve que vous pouvez me guérir ?

— Quel autre choix avez-vous ? Je ne vois aucune de vos sœurs ici ; vous, oui ?

Finnula opina, en se mordant la lèvre inférieure et en fermant les yeux, comme pour anticiper la douleur – ou l'humiliation – de ce contact.

Il posa délicatement ses doigts sur la chair bleutée. Il n'avait jamais touché peau si douce. Il avait passé tant d'années sur le champ de bataille qu'il était habitué aux blessures, et il possédait quelques connaissances médicales, mais il n'avait jamais eu de patient aussi charmant.

Espérant que sa voix ne trahirait pas son désir, il demanda :

— Est-ce douloureux lorsque vous respirez ?

— Un peu. Est-ce ma côte ?

— Oui.

— Est-elle cassée ?

— Je ne crois pas. Peut-être fêlée. Mais une blessure aussi légère n'est rien pour une femme de votre trempe...

— Vous vous moquez de moi, messire ?

— Moi ? Oser me moquer d'une chasseresse comme vous !

Les joues de Finnula avaient viré au rouge.

— Vous vous repentirez de vous être gaussé de mes talents de chasse, messire, lorsque je souperai d'un lièvre rôti et vous laisserai quérir votre nourriture tout seul.

— Ah, mais il est de la responsabilité d'un ravisseur de veiller à ce que son captif soit bien nourri... et bien logé...

— Oh, vous serez très bien logé, messire. En compagnie des chevaux, lâcha-t-elle avec un sourire.

Hugo le lui retourna, admirant sa fougue.

— Si vous m'y autorisez, je vais vous faire un pansement.

Elle inclina sa tête en guise de réponse.

Arrachant une large bande de tissu à la doublure de son manteau, qui était en satin et ne risquait pas d'irriter la peau délicate, il lui demanda d'inspirer profondément et noua le pansement improvisé autour de sa cage thoracique. Ce serait suffisant. Il ne lui restait plus qu'à la convaincre de prendre quelque chose contre la douleur.

— J'ai de l'essence de pavot dans l'une de mes sacoches. Quelques gouttes de ce remède allégeront votre souffrance. Accepterez-vous de les avaler ?

— Pensez-vous que ma raison bat la campagne ? Je

connais une femme qui, pour en avoir absorbé, ne s'est pas souvenue de ses agissements au cours des vingt-quatre heures suivantes. Tout le village, lui, se rappelle parfaitement l'avoir vue déambuler nue...

Cette perspective était des plus séduisantes, mais Hugo se sentait responsable de la blessure de la jeune fille.

— Je ne vous laisserai pas en absorber une telle quantité, répliqua-t-il d'une voix douce. Juste ce qu'il faut pour combattre la douleur.

Elle se méfiait de lui, bien entendu, mais quel autre choix avait-elle ? Elle capitula soudain, en décrétant qu'elle goûterait le médicament si c'était l'unique moyen de le faire taire. Elle hésita en humant le breuvage, mais finit par accepter qu'il dépose deux gouttes sur sa langue rose.

— Maintenant, mettons-nous en route, lança-t-elle, car le soleil est déjà bas et nous avons du chemin à parcourir si nous voulons arriver à Stephensgate avant la tombée de la nuit demain soir...

— Qu'y a-t-il à Stephensgate ? s'enquit Hugo.

— Voyons ! C'est là que je vis. Je dois vous ramener à Mellana.

— Mellana ? Et qui est cette personne ?

— L'une de mes sœurs. Je lui ai promis de capturer un homme afin qu'elle puisse le rançonner...

Hugo était plus que désappointé par cette nouvelle.

— Vous voulez dire que vous ne comptez pas me rançonner vous-même ?

Son petit nez se fronça de dégoût.

— Bien sûr que non ! Lorsque j'ai besoin d'argent, je recours à des méthodes bien plus sensées.

Devant le regard interloqué de Hugo, elle haussa les épaules.

— Il me suffit de tuer un daim ou deux, et de les vendre à l'aubergiste. Il est toujours preneur de gibier, et les bois du comte de Stephensgate en regorgent…

Elle s'interrompit, consciente de son imprudence, et se reprit :

— Non que je tue le gibier du comte… ce serait du braconnage. Et le braconnage, c'est très mal.

On aurait dit une enfant récitant sa leçon. Hugo comprit soudain pourquoi elle craignait de croiser le shérif. Ne voulant pas éveiller ses soupçons, il se contenta de répondre :

— Vous devez aimer votre sœur Mellana d'un amour sincère pour prendre autant de risques.

— Oh, tout le monde l'aime. Mellana est la beauté de la famille… Elle ne m'est guère semblable. Elle serait incapable de tirer une flèche pour sauver sa vie. C'est une jeune fille comme il faut… enfin, elle l'était avant de rencontrer ce troubadour.

— Je vous demande pardon ?

— Mais elle fabrique la meilleure bière de la région…

Hugo éclata de rire à cette déclaration. Finnula lui décocha un regard noir.

— Vous rirez moins une fois que vous y aurez goûté…

— Parce que je vais goûter à sa bière ?

— Je m'engage à ce qu'elle vous remette un ou deux tonneaux à votre libération, répondit-elle d'un air espiègle.

Hugo était séduit par le pragmatisme et la bonne humeur retrouvée de Finnula. Ils étaient si inhabituels chez une jeune fille.

— Vous agissez donc en son nom…

— Oui-da. Je lui en ai fait le serment, voyez-vous, dans un moment de faiblesse. J'étais distraite par toute cette agitation autour du mariage de Robert…

— Votre frère se marie ?

— Il épouse la fille du maire. Ce seront les plus belles noces de l'année. Bien entendu, cela pourrait devenir l'enterrement de l'année, si Robert apprenait l'existence de ce troubadour…

— C'est la seconde fois que vous mentionnez ce pauvre hère. Quel crime a-t-il donc commis pour s'attirer vos foudres ?

— Peu importe. Il vous suffit de savoir que j'ai promis avant de connaître l'objet de la requête, ce qui explique que je me retrouve ici, avec vous. J'espère que vous ne m'en tiendrez point rigueur. Je ne vous aurais jamais blessé, confessa-t-elle en levant ses grands yeux gris vers lui. Je n'ai tiré mon poignard que pour effrayer votre écuyer. La ruse a marché à merveille, il me semble, non ?

Hugo lui sourit en songeant que sa jeunesse et sa naïveté étaient bien grandes pour qu'elle se confie ainsi à un inconnu. À moins qu'elle n'en sache davantage qu'elle ne le prétendait. Comment avait-elle prévu qu'il viendrait à la source et qu'il la verrait se baigner ?

Lorsqu'il lui posa la question, elle évita son regard et chaussa ses bottes.

— J'ai compris, en voyant le chemin que vous empruntiez, que vous connaissiez la région, finit-elle par avouer. Lorsqu'on connaît la région, on connaît la source. Et lorsqu'on y a été une fois, il est difficile de résister à la tentation d'y revenir. De surcroît… vous… vous me rappelez quelqu'un, que j'ai rencontré dans des circonstances très similaires… à l'exception du poignard.

Il eut beau la presser de développer cette allusion obscure, elle se déroba. Elle insista derechef sur la nécessité de partir tantôt au risque qu'ils ne soient confrontés à des complications majeures.

— Voulez-vous vous tourner afin de je vous lie les mains ?

— Il me semblait que nous avions déjà tranché ce point. Je me suis occupé de votre blessure, vous m'avez détaché…

— Mais je ne peux pas courir ce risque ; vous seriez capable de vous échapper à la moindre occasion, répliqua-t-elle d'un ton sans appel. En tant qu'homme de guerre, vous me comprenez, n'est-ce pas ?

Hugo ne trouva pas d'argument à opposer à cette démonstration implacable. Il finit par lui suggérer de monter sur son cheval, avec lui : il ne serait pas en mesure de s'enfuir si elle partageait la même monture. Après avoir grommelé qu'elle aurait dû le bâillonner depuis le début, Finnula capitula.

— Pouah, je n'ai jamais vu un chevalier aussi bavard que vous !

— Vous n'avez guère eu de chance. J'ai rencontré bien des hommes avec lesquels j'ai partagé de délicieuses conversations autour d'un repas.

— Eh bien moi, j'ai passé des heures à la table d'un seigneur, et je n'ai entendu que des rots. Il s'agissait d'un comte.

— Que faisiez-vous avec un comte ?

— Est-ce que cela vous regarde ? Vous avez la fâcheuse

tendance de vouloir me tirer les vers du nez. Je le jure, je n'ai jamais rencontré un soldat aussi curieux !

— Et moi, rétorqua Hugo en la voyant rentrer les pans de sa blouse dans ses chausses, je n'ai jamais vu de jeune fille se conduire de la sorte.

Finnula se contenta d'un éclat de rire. Elle se hissa lestement en selle ; sa côte ne la gênait apparemment plus.

— Qu'adviendra-t-il de votre monture ? demanda Hugo. Ne devrions-nous pas attacher sa bride à celle de Skinner.

— Que nenni ! Violette suivra.

— Violette ? répéta-t-il avec un sourire moqueur.

— Oui, elle s'appelle Violette. Et voulez-vous me faire le plaisir de chasser cet air moqueur de votre visage ? Elle est aussi bien entraînée que n'importe quel destrier. Et de meilleur tempérament. Je l'ai depuis mon enfance, et je ne l'échangerais contre aucune autre monture.

— Depuis votre enfance, hein ? Vous devez à peine compter seize printemps !

Finnula pressa les lèvres et rejeta ses longs cheveux en arrière. Hugo grimpa derrière la jouvencelle indignée et tendit les bras de part et d'autre de sa taille pour attraper les rênes. Pour toute récompense de ses efforts, il reçut une tape sèche sur le revers de ses mains.

— Je tiendrai les rênes. Vous ne connaissez même pas le chemin de toute façon.

Hugo haussa les épaules et plaça ses mains sur les hanches de la jeune fille. Cette fois, il reçut un coup de coude dans le ventre.

— Ventrebleu ! Quel crime ai-je encore commis ?

— Si vos mains ne peuvent rester tranquilles, je les attacherai dans votre dos.

Elle s'était retournée dans la selle pour lui faire face, et le doux parfum de ses cheveux et de sa peau emplit les narines de Hugo. Il dut se contrôler pour ne pas l'étreindre, tant cette fragrance éveillait son désir. Il lui promit de se tenir sagement.

Alors qu'elle talonnait son cheval, Hugo songea avec plaisir au cours que cette journée prenait. Aurait-il cru, en se réveillant ce matin-là dans une meule de foin, des brins de paille dans les cheveux et de la rosée sur les vêtements, que le soir venu il se retrouverait prisonnier d'un ravisseur si charmant ?

Il était fasciné à l'idée d'être passé devant le moulin, au cours de toutes ces années avant son départ, sans imaginer une seule seconde que le toit de chaume abritait un divertissement aussi délectable que Finnula Crais. Son retour au pays serait bien plus plaisant qu'il ne se l'était figuré.

Il gloussa de joie, ne se souciant guère que la jeune fille le prenne pour un fou.

Chapitre 6

L'insupportable chevalier semblait se délecter de la situation, ce qui mettait Finnula hors d'elle.

Non point qu'elle eût espéré terroriser son prisonnier, mais elle escomptait que ses talents de chasseresse lui attireraient un peu de respect. Les taquineries constantes de Sire Hugh étaient la preuve qu'il ne la prenait pas au sérieux. Elle n'avait plus le sentiment de contrôler la situation, même si elle était celle qui possédait un poignard. Son autorité s'était étiolée, d'abord lorsque cet imbécile d'écuyer l'avait terrassée, puis lorsqu'elle avait été contrainte de trancher les liens du chevalier afin qu'il examinât sa blessure.

Elle avait commis une erreur fatale : elle aurait dû désarmer le garçon lorsqu'elle en avait l'occasion. Elle l'avait sous-estimé et elle avait payé pour sa négligence.

Pressant discrètement son flanc meurtri, elle constata que la douleur était tout à fait supportable. Elle pourrait brûler un cierge à la mémoire de saint Elias, qui lui avait apporté un prisonnier au toucher si délicat. Ce Sire Hugh, en dépit de sa haute taille – et de son visage mangé par la barbe –, l'avait surprise par sa gentillesse. Elle était heureuse d'avoir entraperçu sa vraie nature, sous son armure de cynisme.

Pour autant, elle l'aurait volontiers troqué contre une autre victime. Et pas seulement parce qu'elle ne lui inspirait aucun sentiment de peur. La façon dont il la jaugeait du regard chaque fois que ses prunelles noisette se posaient sur elle, la moue moqueuse de ses lèvres, à demi cachées par sa barbe, la mettaient mal à l'aise. Finnula ne manquait pas, en règle générale, de confiance en elle, et elle ne s'expliquait pas pourquoi Sire Hugh lui inspirait pareil sentiment. Elle lui en voulait. Profondément.

Même si son plan ne s'était pas exactement déroulé comme prévu, Finnula devrait se satisfaire de ce prisonnier. Mellana pourrait en exiger une somme coquette ; c'était tout ce qui comptait. Finnula n'avait guère besoin de l'apprécier. Il lui suffisait de le livrer. Entier.

Ils chevauchaient depuis près de deux heures, la plupart du temps en silence, sauf lorsque Hugo l'interrogeait sur sa famille ou sa vie personnelle et que Finnula refusait de répondre, quand le soleil couchant les invita à trouver un abri pour la nuit. Finnula conduisit la monture de Hugo – bien plus docile que son maître – à travers une prairie qui flamboyait dans la lumière du crépuscule jusqu'à un râtelier d'écurie.

— Voici notre chambre pour ce soir ?

Finnula poussa un soupir las. Elle redoutait de passer la nuit à côté du chevalier.

— En effet, répondit-elle d'une voix qu'elle voulait ferme. Je connais le fermier qui possède ce champ, et il m'a autorisée à y dormir à ma guise...

— C'est très généreux de sa part.

— En échange, je chasse les loups de ses taillis. Démontez.

Hugo balaya du regard le champ où les ombres des arbres s'allongeaient déjà ; le froid gagnait, maintenant que le soleil disparaissait à l'horizon.

— Comment, ici ?

— Oui, ici.

Finnula attendit qu'il soit à terre avant de l'imiter. Elle s'approcha du flanc de Violette pour tirer une longueur de corde de sa sacoche. Puis, se tournant vers le géant, elle lui lança :

— Si vous voulez bien vous asseoir là, au pied du râtelier.

Hugo la fixait sans comprendre. La lumière crépusculaire rendait ses prunelles vertes.

— De quoi parlez-vous ?

Finnula tapa du pied d'impatience.

— Je dois préparer un feu et nous trouver un dîner, ce que je ne puis accomplir tout en gardant un œil sur vous...

— Vous comptez donc m'attacher à un morceau de ferraille ? En voilà une riche idée !

— Cela ne me fait guère rire. Qu'est-ce qui vous empêchera de fuir pendant que je chasse ?

— Si vous l'ignorez, ce n'est certainement pas moi qui vous l'apprendrai, déclara Hugo, toujours hilare.

En voyant Finnula plisser les yeux de colère, il ajouta :

— Ne me regardez pas ainsi, jeune femme au cœur de pierre. Je vous promets de rester tranquille. Vous avez mon émeraude, vous vous souvenez ?

Les doigts de Finnula se portèrent à la lourde gemme autour de son cou. Elle l'avait oubliée. Naturellement, il ne chercherait pas à fuir tant qu'elle aurait un objet de si grande valeur en sa possession. Et s'il avait eu l'intention de la lui arracher par force, il l'aurait déjà fait. Dieu sait qu'il aurait pu profiter de l'intervention de son écuyer pour s'enfuir. Même si elle répugnait à l'admettre, Sire Hugh Fitzwilliam avait le sens de l'honneur. Il était capable de jouer le jeu jusqu'au bout, ne serait-ce que pour avoir le plaisir de se moquer encore d'elle.

— Je m'occupe du feu, proposa-t-il, pendant que vous irez nous chercher quelque chose à manger. J'ai hâte de voir vos talents de chasseresse à l'œuvre... j'en ai tellement entendu parler.

Finnula considéra la longueur de corde entre ses doigts. Elle brûlait de l'attacher et de le bâillonner pour jouir de quelques heures de paix et de silence. C'était impossible, toutefois. Il lui faudrait le supporter encore pendant quarante-huit heures. Avec un peu de chance, elle en passerait seize à dormir. Si elle réussissait à fermer l'œil en présence d'un tel homme.

Elle rangea donc la corde dans sa sacoche et prit son arc et ses flèches. Elle sentait le regard de son captif dans son dos. Pourquoi ne la quittait-il pas des yeux ? Il était inconcevable qu'il soit encore séduit par elle, après qu'elle s'était montrée odieuse tout l'après-midi.

— J'espère que vous aimez le lièvre, lâcha-t-elle d'un ton sec. Parce que c'est tout ce qu'il y aura pour dîner.

Hugo se frotta une main sur le ventre, comme si elle venait de lui annoncer un civet de sanglier servi avec une sauce délicate aux champignons. Finnula se détourna en fulminant et fonça vers le fourré le plus proche. Pourquoi cet homme ne cessait-il de la provoquer ? Et pourquoi, elle, si calme d'ordinaire, perdait-elle son sang-froid ?

La traque d'un lièvre retors dans ce jour déclinant lui

apporta le divertissement dont elle avait besoin. Finnula ne chassait pas les femelles, de peur qu'elles laissent des orphelins derrière elles. Elle prit son temps, laissant sa proie lui échapper plusieurs fois avant de conclure la chasse en lui décochant une flèche dans la tête.

Après l'avoir dépecée d'une main experte, Finnula se rinça les mains dans un ruisseau voisin, où elle remplit également sa gourde. De retour au râtelier, elle fut presque déçue de découvrir que Sire Hugh, et ses airs supérieurs, n'avait pas détalé, mais qu'il avait réussi à lancer un feu sur lequel une marmite bouillonnait même joyeusement.

Hugo releva le nez du petit chaudron, d'où émanait une odeur d'échalote. Le soleil s'était couché et, à l'exception du rougeoiement des flammes, la prairie était plongée dans l'obscurité. Finnula constata qu'à la lumière de la flambée son captif avait fière allure. Cette découverte la contraria.

— Qui vous a autorisé à fouiller dans mes affaires en mon absence ? lâcha-t-elle d'une voix froide.

Hugo haussa les épaules et assaisonna sa soupe en ajoutant une pincée d'épices, que Finnula avait apportées avec elle.

— Il faut apprendre à connaître son ennemi, je l'ai toujours dit, rétorqua-t-il enfin. Vous êtes venue avec un bataillon d'ingrédients. J'ai utilisé des navets et quelques échalotes, vous ne m'en tiendrez pas rigueur ? J'ai pensé qu'en y ajoutant la carcasse de notre gibier et en la laissant mijoter toute la nuit, nous aurions une bonne soupe bien épaisse au matin.

Finnula tenta de cacher sa surprise. Voilà un homme qui savait cuisiner ? Robert aurait été incapable de distinguer un navet d'un panais. La curiosité fut plus forte que le dégoût qu'il lui inspirait ; elle lui demanda :

— Où avez-vous appris à cuisiner ?

— Ahhh... soupira Hugo en remuant sa préparation avec une branche qu'il avait débarrassée de son écorce. Ce n'était guère prudent de manger la nourriture locale en Terre sainte. J'ai vu davantage d'hommes succomber à une intoxication provoquée par une viande rance qu'à un coup de cimeterre. Nous avons appris à préparer nos propres repas, dans nos casques la plupart du temps. Ce qui, naturellement, se révélait dangereux, lorsque l'un d'entre nous, oubliant que son dîner de la veille était resté dans son heaume, plaçait ce dernier sur sa tête...

Finnula ne put s'empêcher de rire. Il lui sourit en contemplant le lièvre qu'elle avait embroché sur une branche.

— Ah, le plat de résistance !

Se redressant de toute sa hauteur, le chevalier s'approcha d'elle pour examiner sa prise.

— Un coup net, dit-il d'une voix où perçait l'admiration. Vous l'avez porté avec cet arc ?

Finnula était incroyablement flattée par le compliment, alors qu'il n'avait rien d'exceptionnel. Que lui arrivait-il ?

— Oui, répondit-elle en lui montrant son carquois. Je n'ai guère besoin d'autre chose. Un arc plus grand m'encombrerait. De surcroît, je n'ai nulle nécessité de percer une armure...

Hugo mania l'arme d'une main experte.

— Il est de belle facture. C'est vous qui l'avez fabriqué ?

— Oui.

Finnula se sentit rougir. Que lui importait ce qu'il pensait d'elle, pourtant ? Bien évidemment, c'était une chose d'être admirée pour son physique, sur lequel nul n'avait prise, c'en était une tout autre d'être complimentée sur ses talents. Finnula accordait beaucoup plus de valeur à ces derniers. Afin de dissimuler son embarras, elle lui fit remarquer une entaille qu'elle avait pratiquée sur chacune de ses flèches pour améliorer leur trajectoire.

— Cependant, remarqua Hugo en examinant le projectile empenné de violet, si cela les rend plus efficaces, cela les rend aussi plus reconnaissables.

Finnula haussa les épaules sans comprendre où il voulait en venir.

— Le shérif de Brissac ne sait-il pas encore comment reconnaître votre œuvre ?

Finnula saisit aussitôt l'allusion et, gênée par le tour que la conversation prenait, lui reprit son carquois des mains et changea à dessein de sujet :

— Je vais enduire notre compagnon d'herbes. Avec un peu de chance, il sera cuit dans une demi-heure...

— Je vois, l'interrompit Hugo. Vous tenez à garder secrets vos ennuis avec le shérif ?

Finnula se laisser tomber à genoux près du feu pour badigeonner la bête, espérant que la lueur des flammes dissimulerait la rougeur de ses joues.

— Je n'ai aucun ennui avec le shérif. Rien qu'il ne puisse prouver en tout état de cause, ajouta-t-elle en risquant un bref regard dans la direction du chevalier.

Hugo s'assit à son côté sur le sol dur pour surveiller sa soupe.

— Je vois, répliqua-t-il, mais il lui suffirait d'une seule flèche...

— Je ne les laisse pas traîner.

— Mais il vous arrive sûrement de rater votre cible de temps à autre...

— Jamais.

— C'est impossible.

— Si. Vous vous figurez que, parce que je suis une femme, mes talents laissent d'une façon ou d'une autre à désirer ? Je vous ferai savoir que je suis le meilleur tireur de tout le comté. Pour preuve, la pointe de flèche en or que j'ai remportée à la foire de Dorchester...

— Je dis simplement qu'il arrive à tout le monde de rater.

— Pas moi. Je tire pour tuer, pas pour blesser. Vous ne trouverez pas, sur les terres du comte, une seule biche errant avec un de mes traits dans son flanc.

Sire Hugo ajouta une pincée d'épices à sa soupe.

— Et ce comte, dont vous braconnez le gibier...

Finnula comprit son erreur trop tard. Quand apprendrait-elle à tenir sa langue ?

— Je n'ai jamais rien dit de tel, maugréa-t-elle.

— Au temps pour moi. Il me semblait que c'était la cause de vos ennuis avec le shérif de Brissac.

Finnula fit tourner le lièvre au-dessus des flammes. Les odeurs de viande grillée et de soupe commençaient à envahir l'air, et elle se rendit compte qu'elle avait faim. Elle n'avait pas mangé depuis Leesbury.

— Ce n'est pas réellement du braconnage. Le gibier que je tue ne quitte jamais les terres du comte à proprement parler...

— Comment cela ? demanda-t-il en lui décochant une œillade inquisitrice (ses prunelles changeantes parurent jaunes subitement). Qu'en faites-vous, pardieu ?

L'intensité de son regard la mettait mal à l'aise, et sa gorge s'assécha subitement. De sa main libre, elle tâtonna à la recherche de la gourde qui pendait à son côté, mais Hugo lui tendit la sienne.

— Essayez ceci.

Elle porta la flasque à ses lèvres, et la retira presque aussitôt. Sa bouche était en feu.

— Tenez-vous à m'empoisonner ! l'invectiva-t-elle quand elle eut retrouvé sa voix.

— Je vous demande pardon. Ce n'est que de la bière, mais elle est plutôt forte. Je m'étais figuré que la sœur d'une brasseuse était habituée aux surprises que réserve parfois ce genre de boisson.

— Mais je croyais que vous me passiez de l'eau. De surcroît, ce n'est pas de la bière blonde, mais brune. Vous l'avez achetée à Londres, je parie.

— Je plaide coupable.

— C'est bien ce que je pensais. Celui qui vous a vendu ce breuvage l'a laissé fermenter trop longtemps.

Vexée d'avoir été surprise en situation de faiblesse, Finnula but la potion agressive à longues goulées, afin de démontrer qu'elle n'était pas pleutre. Les larmes lui montèrent aux yeux, mais elle réussit à sourire.

— Je vous remercie, dit-elle en lui rendant sa gourde.

— Le gibier du comte, alors... qu'en faites-vous s'il ne quitte pas ses terres ?

Dieu que cet homme était têtu ! Quand il avait une idée en tête, il ne l'avait pas ailleurs ! Elle était acculée ; il faudrait bien qu'elle lui avoue la vérité.

— Vous devez comprendre que le comte, je devrais dire le défunt comte, puisque Sire Geoffrey est décédé il y a plus d'un an, a laissé son domaine entre les mains de son bailli...

— Ce seigneur n'a point de descendance ? l'interrogea Hugo sans quitter des yeux la viande qui rôtissait.

— Oh que si ! Seulement personne ne sait où trouver son fils. Il a été pris par l'ennemi en Terre sainte, où il vadrouillait...

— Vadrouillait ! souffla Hugo dans sa barbe.

Finnula l'entendit pourtant.

— Oui, eh bien, je puis difficilement utiliser un autre terme en ce qui le concerne. Je n'ai jamais croisé plus piètre incarnation de la bêtise masculine... Vous le connaissez, peut-être ? ajouta-t-elle en lui jetant un regard de biais. Le fils de Sire Geoffrey, s'entend...

— Vous feriez mieux de tourner la broche, rétorqua Hugo en indiquant la viande. Ça brûle... Ainsi donc, l'héritier est introuvable, et le domaine est resté une année sans seigneur ?

— Un peu plus même. Le bailli, un certain Reginald Laroche, le cousin du défunt comte, s'est installé, avec sa fille, dans le manoir...

Finnula se retint à temps d'ajouter : « Ils forment une belle paire de vils égoïstes. » Après tout, son prisonnier n'était pas un étranger, et il connaissait peut-être Reginald Laroche. Cependant, il ne releva pas et poursuivit :

— Ce Laroche n'est pas à la hauteur de la tâche, si je vous suis bien ?

Finnula savait qu'elle ne devait point se plaindre de ses maîtres... Elle avait toutefois la certitude qu'elle, une simple fille de meunier, s'occuperait mieux du domaine de Stephensgate que cette poule mouillée de Reginald Laroche.

Hugo lui proposa à nouveau sa gourde, et elle accepta. Après avoir avalé plusieurs lampées de bière, elle s'essuya les lèvres du revers de la main. Le breuvage était immonde, mais il lui réchauffait les entrailles, comme le feu lui réchauffait la peau. À la vérité, en dépit de sa côte, qui la lançait toujours un peu, Finnula se sentait bien : la nuit silencieuse les enveloppait comme une couverture, les étoiles scintillaient au-dessus d'eux et leur dîner exhalait des parfums délicieux. Son compagnon ne l'ennuyait plus autant qu'avant. Elle était presque en confiance.

— Reginald Laroche part apparemment du principe que le domaine de Stephensgate doit lui rapporter le double de ce qu'il rapportait au comte de son vivant. Si bien qu'au lieu de travailler trois jours pour monseigneur et quatre pour eux, les paysans sont contraints de s'échiner six jours par semaine dans les champs de Laroche. Ce qui ne serait rien sans les impôts. Elle me paraît cuite, qu'en dites-vous ?

Hugo fut surpris par ce changement subit de sujet.

— Euh... oui, elle est cuite, répondit-il en lui prenant la broche des mains et en soufflant sur la chair grésillante. Ces impôts... Il les a augmentés, c'est cela ?

Finnula aurait préféré souffler elle-même sur son dîner, mais elle le laissa faire de bonne grâce et avala une nouvelle gorgée de bière brune. Elle se sentait de mieux en mieux.

— Oui-da, d'un tiers. Ajoutez cette augmentation aux trois jours de travail supplémentaires et vous comprendrez le ressentiment des serfs.

Elle accepta le morceau de lièvre que Hugo lui tendait et mordit dedans à belles dents.

— Mmm ! s'exclama-t-elle, c'est délicieux.

— Les serfs ne s'en sont-ils plaints à personne ? demanda Hugo, la bouche pleine.

— Oh que si, au shérif de Brissac. C'est un homme bon, reconnut-elle à contrecœur, même s'il cherche à me jeter en prison. Malheureusement, il n'y peut mais. Reginald Laroche avait déjà les grâces de Sire Geoffrey avant sa mort. Il héritera si Sire Hugo ne revenait jamais de croisade. Puisse Dieu nous venir en aide dans ce cas...

— Vous êtes en train de m'expliquer que ce Laroche affame petit à petit les gens de Stephensgate ?

— Les serfs, en tout cas. Mon frère et les autres hommes libres du village ne souffrent pas autant que les paysans...

Hugo avait interrompu sa mastication et la fixait si intensément que son sentiment de gêne s'accrut. Ses yeux avaient quelque chose d'étrangement familier, ce que Finnula ne pouvait s'expliquer.

— Alors vous tuez le gibier du comte, reprit Hugo d'une voix menaçante, et vous le donnez à ses serfs afin qu'ils ne meurent pas de faim.

Finnula ne s'expliquait pas pourquoi Sire Hugh semblait si contrarié, mais elle en avait trop dit pour reculer.

— Autrement, ils auraient été affamés tout l'hiver, il a été particulièrement rude...

— Enfer et damnation !

L'exclamation de Hugo la surprit tant qu'elle faillit en lâcher le morceau de lièvre qu'elle rongeait. C'est exactement ce que lui fit avant de bondir sur ses pieds. Il arpenta la prairie à grandes enjambées puis revint, les poings serrés.

Elle ne comprenait pas comment un étranger pouvait prendre autant à cœur le sort des serfs de Stephensgate et se persuada que sa colère était dirigée contre elle. Elle regretta aussitôt de s'être confiée à un inconnu. C'était peut-être un agent envoyé par le roi pour enquêter sur la disparition mystérieuse de gibier dans la forêt de Fitzstephen. Elle n'aurait pu dire pourquoi le roi s'intéressait à cette forêt, mais elle ne voyait d'autre explication pour l'attitude étrange de Sire Hugh.

Elle ignorait quelle réaction adopter. Mellana aurait sans doute fondu en larmes, mais Finnula n'était même pas capable de feindre le remords. Elle jeta donc le restant de son repas dans la marmite qui bouillait sur le feu – son appétit l'avait soudain abandonnée –, et attendit patiemment que le chevalier donne libre cours à sa colère.

La tempête ne se déchaîna pas. Finnula ramena ses genoux vers son menton et observa les flammes en silence. Lorsque Hugo prit enfin la parole, sa voix n'avait rien d'orageux. Il paraissait fatigué, ce qui n'était pas si surprenant pour un homme de son âge, songea Finnula. Après tout, la journée avait été longue.

— Pourquoi avez-vous agi ainsi ? demanda-t-il.

La question la prit au dépourvu. Elle se tourna vers lui pour déchiffrer l'expression de son visage, mais il était plongé dans l'obscurité.

— Je vous l'ai dit, si personne n'était intervenu, les paysans n'auraient point survécu aux frimas. Les greniers n'étaient pas suffisamment remplis, surtout avec le nouvel impôt instauré par Laroche...

— Mais pourquoi vous ?

Finnula refusait de quitter le feu du regard. Elle ne pouvait certes pas lui avouer la vérité. En tout cas, pas toute la vérité.

— J'ai reçu un don à la naissance. Ce serait un péché de ne pas en faire usage. C'est ce que répétait ma mère.

— Vous risquez votre vie, reprit Hugo après un silence. Pour des serfs.

— Pour vous, peut-être, ils ne sont que cela, mais pour moi, ils sont avant tout des amis, des gens que j'ai connus toute ma vie, ma famille pour ainsi dire. Si leur seigneur ne veille pas sur eux, je m'en charge. Ce n'est que justice.

Il se mura de nouveau dans le silence, ce qui mit Finnula hors d'elle.

— Vous ne pouvez rien prouver, ajouta-t-elle d'une voix indignée. Pas plus que le shérif de Brissac ne peut fournir de preuve contre moi. Aucun serf ne parlera jamais. Retournez-vous-en donc auprès du roi Edward et dites-lui que, si un braconnier sévit dans la forêt de Fitzstephen, vous n'avez pu le traduire en justice faute de pièces à produire.

Elle tremblait en prononçant ces derniers mots. Pas de peur, non ! Bon Dieu, évidemment qu'il s'était montré un otage conciliant ! Il espérait lui soutirer une confession, et il y était parvenu, d'une certaine manière. Même s'il n'avait aucune confirmation.

— De quoi parlez-vous, palsambleu ? demanda-t-il en venant s'asseoir à son côté.

Il prit la gourde, qu'elle avait posée contre un des pieds du râtelier, et but à longs traits bruyants. Ses prunelles étaient vertes maintenant. Finnula ne se faisait pas à ce changement constant de couleur.

— Je sais qui vous êtes, lança-t-elle.

Il parut surpris. Il la fixa longuement avant de reprendre :

— Qui je suis ? Comment cela ?

— Cessez votre petit jeu. Qu'il est malhonnête de profiter de la situation ainsi ! Après tout, je ne suis qu'une jouvencelle innocente. Vous devriez avoir honte !

Hugo partit d'un rire franc.

— Vous êtes peut-être une jouvencelle, Finnula Crais, mais j'ai de sérieux doutes quant à votre innocence. J'en veux pour preuve votre stratagème à la source de Saint-Elias...

Finnula rougit à ce souvenir, mais elle refusait de se laisser distraire.

— Là n'est point la question. Lorsque mon frère l'apprendra, vous pouvez être certain qu'il ira se plaindre au roi du mauvais traitement que vous m'avez infligé...

— Que je vous ai infligé ? N'est-ce pas vous qui m'avez ficelé comme un poulet ? N'est-ce pas vous qui m'avez menacé de la pointe de votre poignard ?

— Vous feignez l'indignation, quand c'est vous le menteur et le vilain. J'ignore comment vous pouvez fermer l'œil, la nuit venue. Les hommes de votre espèce ne valent guère mieux que les vers de terre qui grouillent sous nos pieds...

— Je vous présente mes excuses, jeune demoiselle, si je vous ai offensée...

— M'offenser ? En effet, une arrestation constitue une forme d'offense...

— Une arrestation ? Pourquoi vous arrêterais-je ?

— Oh ! s'écria-t-elle en se redressant brutalement. Vous

vous enferrez ! N'êtes-vous point un agent du roi, envoyé ici pour me débusquer ?

Le prisonnier éclata d'un rire franc et sonore. Sa réaction était si inattendue que Finnula le dévisagea, la mâchoire décrochée. Son rire semblait inextinguible, et la jeune fille s'impatienta.

— Cela n'est guère amusant.

Il ne parvenait pas à s'arrêter. Finnula parcourut les quelques mètres qui les séparaient pour venir se planter sous son nez, les mains sur les hanches. Ses yeux lançaient des flammes.

— Riez tant que vous voulez ! Nous en reparlerons lorsque mon frère aura mis la main sur vous. Il a des poings comme des sacs de farine, et il n'appréciera guère de me voir revenir dans les fers.

Elle ne réussit qu'à redoubler l'hilarité du chevalier. Elle tapa du pied d'impatience.

— J'ai des beaux-frères également, quatre pour être précise, et Bruce est le boucher du village. Ses bras sont aussi épais que des troncs de chêne...

Avant qu'elle n'ait le temps de comprendre ce qui se passait, Sire Hugo la souleva dans ses bras qui, s'ils n'étaient pas comparables à ceux de Bruce, étaient les plus longs et les plus musculeux qu'elle eût jamais vus. Finnula poussa un cri de protestation, même si, force lui était de l'admettre, elle avait connu des situations bien plus désagréables...

Elle fut bâillonnée par des lèvres déterminées.

Finnula avait déjà été embrassée, mais les rares hommes qui s'y étaient risqués l'avaient vite regretté : la jeune fille était aussi habile avec ses poings qu'avec une flèche et un arc.

Pourtant, ces lèvres-là avaient quelque chose de particulier, et la force avec laquelle elles s'étaient pressées contre les siennes avait éveillé en elle un curieux sentiment.

Elle ne pouvait nier que son prisonnier embrassait bien. Il le faisait de manière légèrement inquisitrice – certainement pas timide –, comme s'il lui posait une question à laquelle elle seule, Finnula, avait la réponse. Et ce n'est que lorsque la jeune fille sentit sa langue contre la sienne qu'elle comprit qu'elle venait de répondre à cette question, sans savoir comment pourtant. À présent, son baiser n'avait plus rien d'interrogateur ; il avait tiré la première salve et deviné que les défenses de Finnula ne résisteraient pas. Il passait donc à l'attaque et se montrait sans pitié.

Il vint alors à l'esprit de Finnula, avec la violence d'un coup de poing, que cette étreinte n'avait rien d'ordinaire et qu'elle ne contrôlait point la situation comme elle l'aurait souhaité. Bien qu'elle luttât contre l'assaut soudain et troublant de ses sens, elle fut bientôt incapable de se soustraire au charme hypnotique de la bouche de son ravisseur. Elle se sentit céder entre ses bras. Elle avait l'impression de s'abandonner tout entière contre lui, à l'exception de ses mains qui, mues par leur propre volonté, se glissèrent autour de son cou pour trouver, sous le capuchon de son manteau, ses cheveux étonnamment doux.

S'arrachant soudain à son emprise et posant une main contre son large torse, Finnula releva la tête d'un air accusateur et fut surprise de découvrir sur le visage de Hugo, non pas le sourire moqueur auquel elle s'attendait, mais des yeux remplis de... de quoi ? Finnula était incapable de nommer ce qu'elle voyait là, mais elle en fut autant effrayée qu'émue.

Il fallait qu'elle mette un terme à cette folie avant qu'elle ne l'entraîne trop loin.

— Avez-vous perdu la raison ? demanda-t-elle, les lèvres encore engourdies par la force de ce baiser. Relâchez-moi séance tenante.

Hugo la regarda avec l'expression ahurie d'un homme qui vient de se réveiller d'un long sommeil. Il cilla plusieurs fois en silence. Lorsqu'il prit enfin la parole, ce fut d'une voix rauque, presque indistincte :

— J'ai bien peur que ce ne soit point la raison que j'aie perdue, mademoiselle Crais, mais mon cœur.

Finnula ricana. Il lui semblait surtout qu'il avait perdu son jugement.

— Me pensez-vous si niaise ? Niaise à tomber en pâmoison pour quelque compliment bien tourné ? Niaise à vous supplier de faire de moi ce que vous voudrez ? Ah ! Vous rêvez, mon cher !

— La nuit va être longue, soupira Hugo. Longue et glaciale. Songez au réconfort que nous pourrions trouver dans les bras l'un de l'autre.

Finnula le frappa du plat de la main sur le front ; Hugo la lâcha sous l'effet de la surprise. Finnula s'éloigna.

— Ne me contraignez point à vous blesser ! hurla-t-elle en pointant un index menaçant vers Hugo, quand il s'avança. J'ai promis de vous rendre sain et sauf à votre écuyer, et je détesterais devoir revenir sur ma parole...

Hugo se contenta de la dévisager. Toute expression de désir avait déserté son visage, ses yeux ambre avaient retrouvé leur éclat moqueur.

— Rappelez-moi, marmotta-t-il, de ne plus jamais me frotter à une vierge.

— Vous ne pouvez vous en prendre qu'à vous-même ! Je ne vous ai jamais encouragé à me poursuivre de vos assiduités !

— La peste m'étouffe si c'est le cas ! Que faisiez-vous à la source, alors ?

— Je vous tendais un piège.

— Oui-da. Un appât pour un être ignare et bestial comme moi. Et je suis tombé dans le panneau, n'est-ce pas ? Je dois vous avouer ma surprise de constater qu'une femme qui prise l'honnêteté plus que toute autre valeur s'abaisse à de tels stratagèmes…

— Je vous l'ai dit ! Ma sœur…

— Oui, oui, oui. Votre sœur a besoin d'argent. À quelle fin d'ailleurs ? S'est-elle fait engrosser ?

Finnula fut si surprise de constater qu'il avait deviné ce qu'elle s'était efforcée de lui dissimuler depuis le début, qu'elle ne put décrocher un mot. Hugo éclata de rire.

— C'est donc cela ! Mellana a le visage d'un ange et la vertu d'une gourgandine…

— Retirez ces propos ! lui ordonna-t-elle en se rapprochant. Comment osez-vous ?

— Voilà qui explique également vos allusions déplaisantes à ce malheureux troubadour. Il est le père, n'est-ce pas ? Eh bien, il n'est guère étonnant que la belle Mellana ait cruellement besoin d'argent. Frère Robert est-il au courant ? Je parierais que non…

Finnula bouillait d'une telle rage qu'elle dut se retenir de lui sauter à la gorge.

— Mellana n'est point une gourgandine. Ce maudit ménestrel l'a piégée !

— Pardi ! Il lui a tendu un piège dans lequel elle a perdu

sa virginité ? Je serais curieux de rencontrer ce troubadour capable de tours qui font que les jouvencelles vertueuses accordent leurs faveurs de si bonne grâce. Je connais une certaine demoiselle à laquelle je rêverais de jouer pareil tour…

Finnula lui aurait bien planté son poignard dans le cœur, mais c'était peut-être une réaction excessive. Le meurtre, même d'un mufle, pourrait la mener au gibet. Mais elle ne réussirait jamais à supporter sa compagnie toute une journée encore.

— Tenez ! s'écria-t-elle en jetant l'émeraude à ses pieds. Votre fichu gemme ! Vous êtes libre ! Prenez votre cheval et décampez ! Je ne veux plus jamais vous revoir !

Elle était tellement hors d'elle qu'elle sanglotait presque. Elle se détourna, satisfaite d'avoir aperçu une expression de déconfiture sur le visage du chevalier. Elle s'apprêtait à lui rendre son épée et son poignard, quand elle l'entendit prononcer son prénom avec des accents qu'elle ne lui connaissait point. Elle ne lui adressa pas un seul regard, mais hurla suffisamment fort pour que Violette rabatte ses oreilles :

— Je vous l'ai dit, vous êtes libre ! Fichez le camp ! Votre vue me rend malade !

Quelques secondes plus tard, une voix étonnamment douce s'éleva juste dans son dos.

— Finnula, retournez-vous.

— Certainement pas.

Elle laissa tomber l'épée, puis le poignard, et se réjouit de chaque cri que la chute de si belles lames arracha au chevalier. Resserrant son manteau doublé de fourrure autour d'elle, elle lança :

— Je veux que vous partiez.

— Je ne le puis.

Il se tenait juste derrière elle : elle sentait son souffle sur sa nuque.

— Comment cela ?

Prenant une profonde inspiration, elle pivota et fut surprise de découvrir qu'il était encore plus proche qu'elle ne se l'était figuré. Les traits de son visage étaient indéchiffrables, et Finnula se mordit la lèvre inférieure. Oh ! la folie d'accepter une telle entreprise ! Elle la ferait payer à Mellana dès son retour.

— Je ne puis vous abandonner seule au milieu de nulle part. Ignorez-vous donc que la campagne regorge de coupe-jarrets et de bandits de grand chemin à la recherche de jouvencelles ?

— Comme Timmy et Dick ? Qu'ils essaient un peu. Je goûterais fort une nouvelle entrevue avec ces deux...

— Bien plus dangereux que ces marauds-là. Croyez-moi, Finnula, vous avez eu de la chance jusqu'à présent...

— De la chance ? De me retrouver avec quelqu'un de votre espèce ?

— Je ne supporterais pas de vivre avec l'idée qu'il pourrait vous arriver du mal. Je suis un chevalier, ne l'oubliez pas. Il est de mon devoir de protéger les innocents, c'est-à-dire vous, en dépit de vos talents d'archer.

Finnula baissa les yeux en espérant que la nuit dissimulait le feu de ses joues.

— Je vous présente mes excuses pour avoir qualifié votre sœur de gourgandine. Puisque nous voyageons dans la même direction, prisonnier ou pas, je ne vois guère de raison pour ne pas chevaucher ensemble. Je vous promets de ne plus vous toucher. Il faut me pardonner ce moment d'égarement. Vous êtes très séduisante lorsque vous vous mettez en colère.

Sans autre préambule, il lui glissa la lourde émeraude autour du cou.

— Je vais m'occuper du repas de demain, ajouta-t-il en s'agenouillant devant la marmite fumante. Vous pouvez vous coucher.

Finnula n'en croyait pas ses oreilles. Elle l'avait relâché et il refusait de partir ? Elle devait trouver le moyen de se débarrasser de lui. Si elle se réveillait avant lui, peut-être pourrait-elle en profiter pour partir... Oui, mais alors elle aurait échoué dans sa mission. Et où dénicherait-elle un autre homme à enlever ? Dieu qu'il l'irritait !

Au lieu de s'allonger à même l'herbe de la prairie, Finnula grimpa dans le râtelier, s'enfonçant jusqu'aux genoux dans le foin. Elle l'observa un long moment. Il gagnerait sans aucun doute à raser cette barbe qui lui dévorait le visage...

Après plusieurs minutes de réflexion, Finnula songea qu'elle serait plus à son aise allongée. Elle veilla à ne pas heurter sa côte meurtrie et s'installa sur la couche de foin doux et odorant. Peut-être Sire Hugh fuyait-il un amour malheureux ? Peut-être cette émeraude était réellement un présent de la fille du sultan, un gage du cœur ? Peut-être son père s'était-il opposé à leur passion ?

En jouant avec le joyau, Finnula roula sur le dos pour observer les étoiles. Elles brillaient d'une lueur froide, contrairement à l'émeraude, qui semblait abriter un feu en son centre. Un feu qui rappelait celui qu'elle avait découvert dans les yeux de son prisonnier après leur baiser. Les prunelles de Sire Hugh brûlaient-elles avec la même ferveur chaque fois qu'il embrassait une femme ? Ou bien était-ce leur embrassement qui avait allumé ce brasier ?

Finnula n'était pas certaine d'être capable de repousser ses assiduités une seconde fois. Enfer et damnation !

Chapitre 7

Sire Hugo Fitzstephen, septième comte de Stephensgate, regarda la jeune fille blottie contre son flanc et se demanda comment diable il avait pu atterrir dans un tel sac de nœuds.

Il avait connu des situations rocambolesques à Jérusalem, dangereuses pour la plupart, mais il ne se souvenait pas avoir jamais eu maille à partir avec semblable adversaire.

Il s'était glissé dans le râtelier, la veille, alors que la nuit était déjà bien avancée, en veillant à ne pas troubler le sommeil profond de Finnula. Quand il s'était réveillé, ce matin-là, il l'avait retrouvée serrée contre lui, la joue posée sur son bras étendu. Comme s'il n'y avait pas d'endroit plus confortable. Elle dormait si profondément qu'on aurait pu penser qu'ils étaient habitués à partager la même couche depuis des années, comme deux époux.

Laissant le cours de ses pensées dériver, Hugo repensa aux révélations de la veille. Il connaissait suffisamment son cousin, Reginald Laroche, et son âpreté au gain, pour ne pas douter de ce que Finnula lui avait dit. L'idée qu'il affame ses serfs lui était intolérable. Les familles qui travaillaient sur le domaine de Stephensgate depuis des décennies méritaient un meilleur sort que celui que son père leur réservait. Ses impôts étaient les plus élevés de toute la région.

Accroître cette somme déjà ridiculement haute pour remplir ses poches, c'était passer les bornes. Reginald Laroche lui devait des explications, et il les lui fournirait sans doute depuis une cellule. Hugo n'avait aucune envie de semer le trouble à son retour mais, si cela se révélait nécessaire, il n'hésiterait pas.

Une grosse goutte de pluie tomba du ciel couleur de plomb, chargé de nuages depuis l'aube, et se posa sur le petit nez retroussé de Finnula. Elle se réveilla en sursaut, portant une main à son visage et l'autre à son poignard.

Hugo demeura parfaitement immobile. Lorsque les yeux pleins de sommeil et de surprise se posèrent sur lui, il arbora son sourire le plus ironique.

— Bonjour. Vous avez bien dormi, ce me semble. Avez-vous eu assez chaud ?

Finnula le considéra d'un air accusateur, une moue boudeuse aux lèvres.

— Ne me regardez pas ainsi ! Je n'y suis pour rien !

Avec un grognement de fureur, Finnula se redressa, prête à déverser un flot d'injures fleuries. Mais avant que la première n'ait le temps de franchir le seuil de sa bouche, son visage pâlit et elle agrippa son flanc.

— Votre côte vous fait souffrir ? demanda-t-il d'une voix sincère, avant de se morigéner pour la bêtise de sa question.

Naturellement qu'elle la faisait souffrir. Finnula le foudroya de ses prunelles, du même gris que le ciel.

— Oh non, répondit-elle, tout va bien.

— Laissez-moi voir, intima-t-il.

Elle secoua la tête, et quelques brins de foin s'échappèrent de sa chevelure rousse.

— Non, je vous l'ai dit, tout va bien...

Hugo insista. Il avait vu trop souvent des hommes négliger des blessures mineures, qui s'étaient, par la suite, infectées, entraînant ainsi leur trépas.

— Je vais vous examiner, rétorqua-t-il en bloquant son bras d'une poigne de fer.

Heureusement, l'espace confiné du râtelier ne lui permettait guère de s'échapper.

— Fort bien, concéda-t-elle. Vous pouvez regarder, mais ne me touchez pas.

— Je n'ai point oublié notre accord.

Elle défit le bandage de soie, révélant une contusion verte marbrée de noir. Hugo se pencha pour scruter la blessure et constata avec soulagement que les extrémités de la contusion viraient au brun jaunâtre, ce qui était un indice de guérison. C'était sans doute douloureux, mais pas fatal.

Se reculant, Hugo lui annonça la bonne nouvelle :

— C'est en bonne voie. Laissez-moi refaire le bandage et vous donner quelques gouttes de ce remède au pavot...

— En bonne voie ! Mais c'est encore plus sensible qu'hier !

— Certes, mais l'aspect de la contusion est rassurant. De surcroît, vous ne vous êtes pas ménagée hier, entre le cheval, la chasse, la persécution de ma pauvre personne...

— Je ne comprends pas ce que vous faites toujours ici.

— Je vous l'ai dit, je suis un chevalier. Il est de mon devoir de veiller à ce que personne n'attente à la pudeur de jeunes filles...

— À l'exception de vous-même !

Hugo ignora sa pique et attacha le bandage.

— Allons voir comment se porte notre soupe, maintenant !

Il enjamba le râtelier et lui proposa un bras, qu'elle repoussa, comme il s'y attendait. À peine avait-elle touché le sol qu'elle disparut de sa vue. Le feu s'était éteint pendant la nuit, mais ses braises rougeoyaient toujours, et Hugo étendit ses mains pour les réchauffer. Le temps prévoyait d'être maussade, et, à moins que la pluie fine et pénétrante cesse, à la tombée de la nuit, ils seraient trempés.

La soupe dépassait les espérances de Hugo. Elle devait à la carcasse de lièvre sa consistance et aux herbes son fumet. Il avait été surpris par la quantité et la diversité d'objets découverts dans les sacoches de Finnula : herbes séchées, peigne, têtes de flèche, robe du lin le plus fin... Tout embaumait la rose, ce qui s'expliquait par la présence, en nombre, de boutons séchés de cette fleur. Le contraste entre la chasseresse capable de tuer un lièvre d'un trait à cinquante pas et la jeune fille qui parfumait ses affaires à la rose l'émerveillait.

Quand Finnula revint, Hugo constata qu'elle s'était lavée et qu'elle avait chassé les brins de paille de ses cheveux et le sommeil de ses yeux. Elle n'avait pas attaché sa chevelure de feu, et les gouttelettes de pluie qui s'étaient déposées sur ses boucles brillaient comme des diamants. L'air frais lui avait rosi les joues. Sa fraîcheur poussa Hugo à s'interroger sur le spectacle qu'il devait offrir avec sa tignasse et sa barbe en bataille. Il lui faudrait bientôt s'en préoccuper : il avait remarqué les regards désapprobateurs que Finnula lui lançait parfois, et il n'y était guère habitué.

— Tenez, lui dit-il en lui tendant la marmite, une cuiller

en bois qu'il avait tirée de ses propres affaires et la fiole de sirop de pavot.

Au bout de quelques minutes de silence, Finnula lui proposa de la soupe.

— Elle est bonne. Vous en voulez ?

— Merci, acquiesça-t-il. Le temps est vraiment mauvais. Que diriez-vous de trouver une auberge et de passer cette journée au chaud ?

Finnula grimaça.

— Vous vous refusez même à y réfléchir ?

— C'est chose faite, répondit-elle en haussant les épaules. J'ai pris ma décision. Je dois être à Dorchester avant la tombée de la nuit...

— Pourquoi une telle hâte ? Le ventre de Mellana grossit-il si rapidement ?

Elle lui décocha un regard noir et lui rendit sa fiole.

— Aucunement. Seulement, lorsque je m'absente trop longtemps, le souci gagne Robert...

— À quel sujet ? Il me semble qu'il aurait tout intérêt à s'inquiéter pour celle qui attend sagement au coin du feu...

— Certes, concéda Finnula avec amertume. Robert ne s'est jamais fait beaucoup de mouron pour Mellana. C'est toujours moi qui lui cause du tracas. Moi que le shérif menace d'emprisonner.

— Si Frère Robert avait surveillé d'un peu plus près Sœur Mellana, elle ne se retrouverait peut-être pas dans cette position inconfortable aujourd'hui.

— Certes, certes... répondit-elle en poussant un profond soupir. Quoi qu'il en soit, il me faut atteindre Dorchester aujourd'hui pour être à Stephensgate demain.

— Il me faut ? N'oubliez-vous point quelqu'un ?

— Non pas. Vous ne m'accompagnez pas, rétorqua-t-elle d'un ton mordant.

— Comment cela ? Je suis toujours votre prisonnier, n'est-ce pas ?

— Que nenni. Je vous ai libéré hier au soir, avez-vous oublié ?

Il était terriblement déçu. C'était justement ce qu'il escomptait.

— Et Mellana ? demanda-t-il aussitôt. Comment réunira-t-elle suffisamment d'argent pour l'orge et le malt sans ma rançon ?

Finnula le dévisagea avant de lui prendre des mains la marmite vide. La conversation était apparemment terminée, et il n'était en aucun cas sorti victorieux de cette joute verbale. Sans un autre mot, elle se détourna et s'éloigna d'un pas décidé. Elle considérait sans doute que c'était un échange de bons procédés : il préparait le repas, elle s'occupait de la vaisselle. Son geste le toucha, malgré tout, parce qu'il n'imaginait pas Finnula en femme au foyer accomplie. Quel sort le destin lui réservait-il ? Elle était en âge de se marier, après tout. Elle ne pouvait espérer trouver un mari qui approuverait de la voir déambuler dans la campagne en chausses à l'affût de gibier. À moins qu'elle n'épouse un homme suffisamment riche pour n'avoir pas besoin de rester derrière les fourneaux.

Un homme comme lui, par exemple.

Hugo se ressaisit aussitôt. À quoi songeait-il ? Il ne pouvait pas épouser Finnula Crais, la fille du meunier. Son père se retournerait dans sa tombe. Non, Hugo se marierait avec une veuve fortunée pour le bien-être du domaine des Fitzstephen.

Lorsque Finnula revint avec la marmite propre, Hugo ne put résister à l'envie de lui proposer qu'elle lui attache les mains dans le dos. Bien entendu, Finnula déclina. Tout comme elle s'opposa à l'idée de partager son destrier, ainsi qu'ils l'avaient fait la veille. Puisqu'il n'était plus son prisonnier, elle n'avait nul besoin de le surveiller.

Hugo savait que c'était ridicule, mais il était déçu. C'était une compagne de voyage agréable, lorsqu'elle ne le frappait pas.

— Ce que je ne saisis point, lança-t-il lorsqu'ils eurent fini de nettoyer le camp et furent en selle, c'est comment vous comptez aider votre sœur maintenant que vous m'avez relâché.

Finnula était recroquevillée sous son manteau. Elle clignait les yeux pour chasser les gouttes de pluie.

— Ventrebleu ! s'écria-t-elle (contre lui ? contre la pluie ? contre Mellana ?). Je l'ignore. Il faudra sans doute que je trouve quelqu'un d'autre.

— Quelqu'un d'autre ? demanda Hugo en guidant Skinner plus près du flanc de sa jument.

— Oui-da. Bien que j'ignore où je dégoterai un prisonnier aussi intéressant que vous. Isabella Laroche a déjà pris en otage au moins une fois tous les hommes du coin. Je crains que leur famille refuse de débourser une seconde rançon.

— M'autorisez-vous une suggestion ?

— Cela promet d'être intéressant, je vous écoute.

— Ne recourez pas au stratagème que vous avez utilisé avec moi. Vous avez une réputation à préserver, vous savez. Vous ne pouvez pas vous montrer nue devant toute la population du Shropshire. Vous aurez du mal à vous marier par la suite.

Le sourire qu'elle réprima ne lui échappa guère.

— Voilà votre conseil ?

— Oui. Et j'en profite pour vous recommander quelqu'un de plus jeune que moi.

— Mmm, je vois… Vous avez trouvé le rôle d'otage trop pénible pour un homme d'âge avancé comme vous.

— Certainement pas, répliqua-t-il, piqué au vif. Je voulais simplement dire que quelqu'un de plus jeune serait peut-être une proie plus facile et moins susceptible de vous causer du tort.

— Moins susceptible de me poursuivre de ses assiduités, surtout.

— Ce n'est point…

— C'est inutile. Le souci que vous montrez de ma personne est touchant, Sire Hugh, très touchant, mais je crois être capable de choisir toute seule mes futurs otages…

— Si je puis être d'une quelconque aide, n'hésitez pas.

— Merci, mais ce genre d'entreprise est, par définition, une affaire de femmes. Votre aide sera superflue.

— Si vous le permettez, j'aimerais vous offrir mon écuyer, Peter, comme otage.

Elle l'observa de ses grands yeux écarquillés avant d'éclater de rire.

— Que trouvez-vous de si amusant ? demanda-t-il. Il est sous ma responsabilité. Je serai ravi de payer sa rançon…

— Vous vous interrogez sur la raison de mon hilarité ? Votre écuyer est encore plus pénible que vous ! Je devrais le ficeler et le bâillonner pour être sûre de ne pas avoir envie de le tuer, et je doute sincèrement que quiconque débourse la moindre piécette pour le revoir… De surcroît, je lui dois ma blessure. Il vous reste à lui enseigner l'art de la chevalerie.

— Qui enlèverez-vous alors ? répliqua vertement Hugo. Un forgeron à la force herculéenne qui tombera amoureux de vous et vous suivra comme un petit chien ?

Hugo fut soulagé qu'elle ne fît point remarquer qu'il venait, en quelque sorte, de se décrire.

— Et qu'y aurait-il de mal à cela ?

— Rien, je suppose. Je vous imagine mal en épouse d'une brute épaisse mais, si c'est le futur que vous choisissez, je ne vous en empêcherai pas.

— Je cherche un otage, pas un mari, rétorqua Finnula en éclatant de rire.

Éperonnant Violette, elle devança le destrier de Hugo de quelques pas.

— Vous ne devriez pas parler avec autant de condescendance des forgerons, ajouta-t-elle par-dessus son épaule. Nous serions bien en peine de vivre sans ! Je serais très honorée d'en épouser un.

Hugo leva les yeux au ciel.

— Nous en reparlerons quand vous attendrez votre treizième morveux et que votre mari le forgeron rentrera de la taverne du village en empestant la bière et en vous ordonnant de lui préparer à dîner.

Comme elle ne tournait pas la tête, il ne put s'empêcher d'ajouter :

— Ah ! j'oublie que la puanteur de la bière n'outrage pas

vos délicates narines ! C'est une odeur à laquelle vous êtes accoutumée avec votre sœur !

Finnula piqua des deux et s'éloigna à une allure déraisonnable étant donné la pluie et la boue. Hugo pressa son destrier, mais le cheval, plus grand, avait une foulée moins assurée que la jument. Quelques minutes plus tard, en constatant qu'elle était toujours suivie, Finnula tira sur les rênes. Lorsque Hugo la rejoignit, il était essoufflé et amer.

— Voilà qui n'était guère malin, l'accusa-t-il entre deux râles. À quoi songiez-vous ? Vous avez mis votre monture en danger. Elle aurait pu glisser et se casser une jambe.

Finnula ne décrocha pas un mot. Elle avait tiré son capuchon sur sa tête pour protéger ses cheveux de la pluie, et il n'apercevait plus que le bout de son petit nez.

— Vous m'imposez le silence, c'est cela ? fit-il remarquer en essuyant son front trempé par les gouttes de pluie.

Finnula vrilla des prunelles étincelantes de colère sur lui.

— Pourquoi ne me laissez-vous donc pas en paix ? Pourquoi vous acharnez-vous à me suivre et à me moquer ? Je vous ai rendu votre liberté !

— D'une part, vous avez toujours mon émeraude. D'autre part, je me demande pourquoi vous persistez à croire un mensonge.

Elle baissa les yeux vers le chemin boueux.

— J'ignore de quoi vous parlez.

— Votre sœur, Mellana. Elle vous utilise.

— Que nenni ! rétorqua-t-elle sèchement. Je ne vois guère où vous voulez en venir.

— Oh que si. Vous êtes trop intelligente, Finnula, pour feindre la naïveté. Elle vous a contrainte à accepter cette mission ridicule. C'est elle qui est tombée enceinte, pourtant c'est vous qui chevauchez sous la pluie avec un étranger, tandis qu'elle est tranquillement au coin du feu. Et vous prétendez qu'elle ne se sert point de vous ?

— C'est ma sœur, répliqua-t-elle à travers ses dents serrées. Les sœurs se rendent ce genre de service. Vous n'êtes point en mesure de le comprendre.

— Au contraire. J'ai eu un frère, vous savez.

— Vraiment ?

— Oui, un frère aîné. Il était l'héritier de mon père. Il obtenait tout ce qu'il voulait. Comme j'étais le puîné, j'étais censé rejoindre l'Église...

Finnula éclata de rire, provoquant un écart du cheval de Hugo.

— Oui, aussi surprenant que cela vous paraisse, Finnula, le souhait le plus cher de ma mère était de me voir devenir moine.

— Vous ? Moine ! Bonté divine...

La jeune fille pleurait de rire à présent.

— Amusant, n'est-ce pas ? Je l'ai suppliée d'envisager une autre carrière pour moi, ainsi que mon père. En vain. Je deviendrais moine, et ils ne voulaient plus entendre parler de mes envies militaires.

— Quelle injustice ! répondit Finnula d'une voix plus douce que jamais. Ils auraient dû vous laisser suivre vos désirs. C'était votre vie, après tout !

— C'est bien ce que je pensais. J'en ai donc appelé à la raison de mon frère qui, à cette époque, avait atteint la majorité. Je voulais qu'il prenne mon parti et explique à nos parents que je ne pouvais guère prendre l'habit. Savez-vous ce qu'il a fait ?

Finnula secoua la tête, une goutte de pluie rebondit sur son nez.

— Il a engagé deux hommes de main pour se glisser dans ma chambre, une nuit, et m'emmener dans un monastère.

— Je ne puis le croire !

— C'est la vérité, pourtant. Les deux marauds me l'ont avoué lorsque je les ai supplantés. J'ai emballé quelques affaires et je suis parti pour Londres la nuit même. Je ne suis pas retourné chez moi depuis.

L'expression de Finnula était grave.

— Votre frère vous a causé bien du tort, mais vous avez raison de laisser le passé derrière vous et de faire la paix avec lui.

— Je ne rentre pas pour faire la paix avec lui. Il est mort.

— Oh !

— Ma famille entière est décédée. Ma mère et mon frère ont succombé à la fièvre, il y a quelques années, et mon père est trépassé l'an dernier.

— Vous êtes donc seul, maintenant.

— Oui. Et l'unique héritier de la fortune familiale, en dépit des efforts répétés de mon frère. Alors vous ne me convaincrez point qu'entre parents on ne se nuit guère. Votre sœur se sert de vous, et vous le permettez.

Finnula fixait ses mains, ou plutôt les gants de cuir qu'elle avait enfilés. Elle semblait si malheureuse et si transie de froid qu'il se repentit aussitôt de lui avoir parlé si durement.

— Qu'est-il advenu de la dot de votre sœur ? demanda-t-il d'une voix plus amène.

— Elle l'a dépensée, répondit Finnula d'une voix chagrine. En robes et en fanfreluches. Vous avez sans doute raison. Robert ne la surveille guère d'assez près.

Ce Robert, songea Hugo, était un fou qui pourrait bien rejoindre Reginald Laroche derrière les barreaux à son retour.

— Toutefois, reprit-elle, que Mellana se joue ou non de moi, elle demeure ma sœur, et je me dois de lui porter secours, si je le puis. Et je le puis.

Hugo la considéra un instant. Elle paraissait si petite dans ce manteau trop grand pour elle, avec ses cheveux plaqués par la pluie. Il était fasciné qu'un être si délicat puisse se révéler aussi passionné, comme leur baiser de la veille le lui avait appris. Il serait maudit s'il laissait un autre que lui en profiter.

— Je ne vois pas pourquoi vous ne me gardez pas comme otage, reprit-il. Je suis un prisonnier modèle.

— Je dois vous reconnaître certaines qualités, admit-elle avec un sourire.

— Je n'ai jamais cherché à m'enfuir, et je n'ai jamais tiré avantage de ma supériorité physique...

— Presque jamais.

— Il ne me semble pas que vous ayez particulièrement désapprouvé la fois où cela s'est produit...

Elle sourit de nouveau, en rougissant cette fois.

— Si vous ne voulez pas me quitter...

— Le code de la chevalerie me l'interdit. Je vous raccompagnerai jusqu'à votre porte.

— Eh bien... soupira-t-elle. Puisque nous voyageons dans la même direction...

— Caterbury n'est qu'à une demi-journée de cheval de Stephensgate. Et vous gagnerez du temps. Sans oublier que si vous deviez vous dévêtir pour attraper un autre otage, vous risqueriez d'attraper la mort avec cette pluie glaciale...

— Entendu ! répliqua-t-elle en riant. Je vous garde ! Mais vous devez me promettre d'être moins irritant.

— Cela n'a jamais été mon intention. Je n'étais que moi-même.

— C'est bien ce que je craignais...

Hugo haussa les épaules. Il était satisfait du tour que prenaient les événements. Il avait réussi à apaiser sa colère. Ils voyagèrent un long moment en silence. La pluie et la boue les ralentissaient, et même Finnula, qui était résolue à atteindre Dorchester avant la nuit, commençait à lorgner avec envie la fumée qui s'élevait en volutes des petites fermes qu'ils longeaient.

Ils passaient près d'un champ où un bœuf tirait une charrue, lorsqu'ils entendirent, malgré le tambourinement de la pluie, une voix s'élever. Finnula arrêta sa monture.

— Madame Crais !

Un paysan aux souliers terreux s'avança sur le chemin. Il plaqua son chapeau contre sa poitrine et leva les yeux vers Finnula. C'était un homme jeune, âgé d'une vingtaine d'années tout au plus et, même si ses vêtements étaient souillés – le contraire eût été étonnant avec un temps pareil –, ils étaient de bonne qualité, ni usés ni reprisés.

— J'pensais bien qu'c'était vous, madame, lança-t-il en dévoilant toutes ses dents. J'ai dit à Evan, Evan, ce s'rait pas Finn la Fière...

Sur le visage de Finnula, la surprise avait laissé la place à une expression cordiale.

— Bien le bonjour à vous, Matthew Fairchild, répondit-elle avec une grâce que Hugo ne lui connaissait pas. Et à vous aussi, Evan, ajouta-t-elle à l'attention du garçon qui avait rejoint son maître sur la route. C'est un temps bien rude pour labourer.

— Et pour voyager, répondit Matthew Fairchild en saisissant la bride de Violette. J'ai dit à Evan, Evan, si c'est ben madame Finnula qui pass', ma Mavis m'houspillera si j'l'invite pas à v'nir manger un bout...

Hugo était quelque peu déstabilisé par l'élocution du fermier, mais Finnula paraissait le comprendre parfaitement. Elle secouait la tête avant qu'il n'ait terminé.

— Matthew, c'est très gentil, mais je dois être à Dorchester avant le coucher du soleil...

— Quel soleil ? ricana Matthew. Vous y s'rez ben à temps. V'nez vous réchauffer à l'int'rieur avec un gob'let d'...

— Un gobelet ? demanda Hugo, dont la curiosité était soudain aiguisée.

— Oui, un gob'let d'vin chaud d'ma Mavis. Elle prépare l'meilleur du coin. Et comme j'l'ai dit, elle appréci'ra guère d'apprendre qu'vous êtes passée sans v'nir voir le p'tit...

Finnula, trempée comme une soupe, considéra la route qui s'étendait devant eux. Hugo comprit qu'elle calculait la distance qu'il leur restait à parcourir et le temps dont ils disposaient pour cette halte.

— Merci, Matthew, répondit-elle avec un sourire. Sire Hugh et moi-même nous joindrons à vous avec grand plaisir.

La mine réjouie, Matthew abattit son chapeau sur la tête d'Evan d'un geste complice.

— Fil' donc avertir ta maîtresse qu'nous avons d'la compagnie. Et précis' ben qu'il s'agit de madame Finnula. J'vais rentrer Goliath. Vous connaissez l'chemin, madame ?

— Naturellement, répondit-elle en dirigeant Violette vers une piste fangeuse.

— Madame ? Si j'avais su que je voyageais avec une femme de haute naissance, j'aurais insisté pour que nous passions la nuit dans une auberge...

— C'est leur façon de me témoigner leur respect. C'est parfaitement idiot, mais ils sont très attentionnés...

— Ce Matthew semble bien vous connaître. L'auriez-vous aussi pris en otage ?

— Je vous l'ai déjà dit, vous êtes mon premier prisonnier ! Pour un chevalier, vous avez une imagination très fertile... Matthew est un fermier libre. L'année dernière, il est tombé amoureux de la fille d'un serf du comte de Stephensgate, Mavis Poole. Lorsqu'il a demandé sa main, Reginald Laroche a exigé une somme exorbitante pour la libérer de son servage...

— Je devine la suite, l'interrompit Hugo en levant un bras. Vous avez réuni la somme en vendant du gibier braconné sur les terres du comte.

— Je ne comprends guère vos insinuations, rétorqua-t-elle en détournant la tête. Mavis a donné le jour à son premier enfant il y a peu. Il aurait été grossier de poursuivre notre route sans lui rendre visite.

Hugo acquiesça. Combien d'autres talents cachés cette jeune fille possédait-elle ? Elle lui rappelait les contes que sa nourrice lui racontait lorsqu'il n'était qu'un enfançon, en particulier l'histoire de Robin de Loxley. Non contente d'être le meilleur archer du comté et de défendre les pauvres, elle était aussi une marieuse ! Le tout incarné dans l'une des créatures les plus délicieuses qui soient.

Au détour de la piste, ils aperçurent soudain la maisonnette des Fairchild. En lieu de la masure délabrée à laquelle Hugo s'attendait, il découvrit une charmante chaumière, entourée sur trois côtés par de grands sapins. L'odeur de pain chaud qui envahissait la cour provoqua des gargouillis dans son estomac. La soupe n'était plus qu'un lointain souvenir, et il était affamé.

Finnula démonta et entraîna Hugo dans la grange. Une fois à l'abri, ils étrillèrent leurs montures en silence, puis remplirent les auges et s'assurèrent qu'elles avaient de l'eau fraîche. Ils coururent ensuite jusqu'à la chaumière, où Mavis Fairchild les accueillit. C'était une jeune femme de l'âge de Finnula. Elle avait des joues rouges, des cheveux foncés et des yeux rieurs. Elle serra Finnula dans ses bras potelés.

— Quel plaisir de vous voir, madame, surtout en un jour aussi gris. Oh, mais vous êtes trempée jusqu'aux os, v'nez vous sécher...

La vue de Hugo la stoppa dans son élan. À l'évidence, son air débraillé ne lui inspirait aucune confiance.

— Maîtresse Fairchild, voici Sire Hugh Fitzwilliam de Caterbury, le présenta Finnula. Il rentre tout juste de Saint-Jean-d'Acre, où il a été captif.

Le visage de Mavis Fairchild s'illumina.

— Ah ! un chevalier de retour de Terre sainte ! Voilà qui explique tout ! lança-t-elle avant de glisser à l'oreille de Finnula : « S'il se faisait couper les ch'veux et qu'il se débarrassait de c'te barbe et de ces vêt'ments pouilleux, il aurait fière allure. »

— Vous croyez ? demanda Finnula avec un sourire malicieux.

Avant que Hugo n'ait le temps de réagir, Mavis Fairchild les invita à s'asseoir près de la cheminée. Finnula retira ses gants, qu'elle mit à sécher sur une chaise, avec son manteau, puis elle avança ses mains au-dessus des flammes. Hugo l'imita.

— Vous d'vez mourir de froid, s'exclama Mavis en leur tendant à chacun un gobelet fumant.

En l'approchant de ses lèvres, Hugo constata avec délice qu'il s'agissait du fameux vin chaud, parfumé aux clous de girofle. Il but goulûment. Finnula s'enquit du nourrisson, ce qui déchaîna le babil de Mavis. Hugo se désintéressa vitement du sujet.

L'arrivée du fermier et d'Evan interrompit la conversation des deux femmes et précipita l'installation autour de la grande table en bois pour un casse-croûte. Les miches de pain, qui avaient été posées là le temps de refroidir, furent bientôt rejointes par des pots de fromage crémeux et de cornichons. Hugo n'aurait osé rêver pareil festin. Trop occupé à observer Finnula à la dérobée, surtout lorsqu'elle prit le nourrisson dans ses bras pour le bercer, Hugo écoutait d'une oreille distraite les réflexions du fermier sur ses récoltes. Finnula semblait à l'aise avec ces gens, ses manières ne trahissaient en rien sa condition supérieure. Si ses souvenirs étaient bons, la famille Crais était libre depuis longtemps, ayant été affranchie de son servage à la suite de l'acte de bravoure d'un arrière-arrière-arrière-grand-père de Finnula.

Lorsque Mavis leur proposa pour la troisième fois du vin, Finnula déclina poliment en expliquant qu'il leur fallait reprendre la route. En dépit des protestations du couple Fairchild et de Hugo, qui s'assoupissait tranquillement au coin du feu, la jeune fille était résolue à s'en tenir à son plan. Ils ressortirent donc sous la pluie en promettant de revenir tantôt.

— La prochaine fois, apportez un peu d'bière de vot' sœur, la tança Matthew.

Alors qu'ils sellaient leurs montures, Hugo se consuma soudain de désir pour Finnula. Le vin chaud n'était sans doute guère étranger à cette passion subite.

Il se plaqua contre elle. Elle se raidit et tenta de lui échapper, mais deux événements l'en empêchèrent. D'abord, elle se retrouva contre le flanc de Violette. La jument, qui mâchait placidement quelques brins de paille, ne bougea pas d'un pouce. Ensuite, Hugo en profita pour l'encercler de ses bras, la soulevant à moitié du sol.

Finnula poussa un petit cri de protestation qu'il étouffa sans mal d'un baiser. Elle appréciait les baisers, ou alors c'était lui qu'elle appréciait, au moins un peu ! Leurs bouches s'étaient à peine rencontrées que Finnula laissa retomber sa tête contre le bras de Hugo et entrouvrit les lèvres. Il sentit qu'elle se détendait et que ses mains, qui le repoussaient un instant plus tôt, agrippaient désormais son cou.

Ce n'est que lorsque leurs langues s'effleurèrent qu'il perdit le contrôle de lui-même. Tout à coup, il l'embrassait avec fougue, faisant glisser ses mains le long de ses épaules, puis de ses hanches jusqu'à la serrer contre lui. Tout en lui baisant les joues, les paupières et la gorge, il se mit à chercher des yeux un tas de paille suffisamment épais pour les accueillir tous deux…

… et découvrit Evan, qui se tenait dans l'embrasure de la porte, la mâchoire décrochée, les oreilles en feu.

Finnula poussa un cri et décocha un coup dans le ventre de Hugo. Il la lâcha, et aussitôt elle remit de l'ordre dans sa tenue.

— Vous… vous… vous avez oublié vos g-g-gants, bredouilla Evan en les lui tendant. M-m-maîtr'sse Mavis m'a envoyé pour v-v-vous les rendre…

— Remerciez-la pour moi, voulez-vous, Evan ? dit Finnula en les récupérant.

— O-o-oui, dit-il en jetant un dernier regard à Hugo avant de s'enfuir sous la pluie.

— Par la mordieu ! s'écria Finnula dès qu'il fut loin. Qu'avez-vous fait ?

Hugo, une main toujours pressée sur son ventre, ne répondit rien.

— Il va leur raconter ce qu'il a vu ! Il en parlera à Matthew, qui le répétera à l'un de mes beaux-frères. Robert le découvrira, et je ne connaîtrai jamais la paix !

Comme Hugo restait coi, elle se mit à fourrager dans sa sacoche. Il soupira. Après tout, l'arrivée impromptue de ce garçon était peut-être une bonne chose. Une étable n'était pas un endroit convenable pour séduire une femme. Non, Finnula méritait de passer une nuit dans le grand lit à baldaquin du manoir de Stephensgate, sur un sommier de corde et sous un édredon de plumes d'oie. Si seulement ils pouvaient déjà y être…

Il fut tiré de ses pensées lorsque Finnula, qui était à nouveau en selle, le bouscula en sortant de la grange. Hugo enfourcha sa monture et la suivit sans piper mot.

Chapitre 8

Finnula tenta d'ignorer son compagnon de voyage le restant de la journée. La tâche n'était guère aisée. Il paraissait déterminé à se rappeler à son souvenir en permanence. Quand il n'empêchait pas son destrier de venir taquiner Violette, il cheminait si près d'elle que leurs jambes se frôlaient, et les excuses qu'il marmottait ne la trompaient point.

Elle ne s'expliquait pas ce qu'elle avait fait pour susciter son courroux et les coups d'œil furibonds qu'il lui lançait de temps à autre. Lui en voulait-il du coup qu'elle lui avait décoché ? Elle avait agi par pur réflexe. C'était également la raison pour laquelle elle lui avait rendu son baiser. Elle n'avait jamais rencontré un homme qui suscitât de telles réactions physiques en elle. Ses joues prenaient feu au souvenir de leur étreinte dans la grange des Fairchild. Se pouvait-il qu'elle soit en train de tomber amoureuse de ce chevalier dépenaillé ? Grand Dieu, non ! Il était assez vieux pour être son père, et surtout ses manières laissaient à désirer. Finnula offrirait son cœur à un homme qui la courtiserait dans les règles, qui lui écrirait des poèmes et la couvrirait de fleurs et de rubans. Non qu'elle en portât jamais. Mais là n'était point la question.

Non, elle n'était pas amoureuse de Sire Hugh

Fitzwilliam… mais elle devait reconnaître qu'elle n'était pas insensible à sa physionomie. Bien sûr, son visage n'était guère attrayant, avec cette barbe foisonnante et ces cheveux hirsutes. Pourtant, il avait de jolis yeux, même si ses iris changeaient constamment de couleur. Et si elle voulait être parfaitement honnête avec elle-même, ses bras musculeux constituaient un attrait de taille, également. Sans oublier ses jambes solides et assurées.

Oui-da, Sire Hugh Fitzwilliam avait fière allure, et n'importe quelle femme s'enorgueillirait de l'avoir pour époux. N'importe quelle femme à l'exception de Finnula, s'entend.

Pourquoi, cependant, lui avait-elle rendu son baiser ? Dieu sait ce qui serait arrivé si Evan ne les avait point interrompus ! Était-ce ainsi que Mellana était tombée enceinte ? Finnula se sentait de moins en moins encline à condamner sa sœur, à présent qu'elle comprenait combien il était difficile de résister à la tentation.

Elle coula un regard dans sa direction : il faisait peine à voir, trempé jusqu'aux os. Elle offrait sans doute un tableau aussi misérable. La chaleur du feu des Fairchild semblait loin. Le soleil n'avait pas percé une seule fois entre les nuages, et maintenant que la nuit approchait le froid était encore plus mordant. Rassemblant son courage, elle prit la parole :

— Que pensez-vous de trouver un refuge, Sire Hugh ? Je connais un abri à moutons à proximité.

Hugo poussa un grognement de mécontentement.

— Vous me prenez donc pour un canard ? Je ne m'arrêterai pas avant d'avoir atteint Dorchester, et je passerai la nuit dans une auberge.

Finnula tenta de retenir la colère qui gonflait en elle. Ce n'était qu'un homme, après tout, il ne pouvait s'empêcher de la contredire.

— Il nous est impossible de descendre dans une auberge, le raisonna-t-elle d'une voix douce. Je n'ai pas d'argent.

— Je paierai, voyons !

— Je dormirai avec les chevaux.

— Palsambleu ! Vous dormirez dans un lit comme une demoiselle digne de ce nom et pas dans l'écurie comme une démente...

— Je ne partagerai pas votre chambre, Sire Hugh. Je préfère la compagnie des chevaux.

— Nous prendrons des chambres séparées, rétorqua-t-il d'un ton radouci. Mais veillez à verrouiller votre porte. La racaille hante les auberges, de nos jours... J'ai du mal à comprendre pourquoi vous acceptez de partager un abri à moutons avec moi, mais guère une chambre...

— Tout le monde me connaît à Dorchester ! Vous ne vous en souciez peut-être pas, mais j'ai une réputation à protéger.

— Très bien, des chambres séparées, alors...

Ils ne se trouvaient qu'à quelques lieues de Dorchester, et bien vite la route se peupla. La pluie ne s'était guère apaisée lorsqu'ils franchirent la porte du village, mais Finnula avait le cœur plus léger. La perspective d'un repas chaud et d'un lit douillet la rassérénait. Le répit fut de courte durée. Quand Hugo ressortit du *Lièvre paisible*, l'auberge où il était entré quérir le gîte et le couvert, il semblait contrarié.

— Il ne leur reste qu'une seule chambre.

Finnula entraîna les deux chevaux vers les écuries.

— Dormez bien...

— Finnula !

Il la rattrapa et l'arrêta d'un bras impérieux.

— Finnula, écoutez-moi. Rien ne s'oppose à ce que nous partagions une chambre. Je ne vous toucherai point. Vous avez ma parole.

— Ha ! Vous me l'avez déjà donnée, vous en souvient-il ? Je serai plus en sécurité avec Violette. Elle ne sent peut-être pas bon, mais elle se fiche de ce qui se cache sous mes vêtements.

Elle se dirigea d'un pas décidé vers les écuries. Elle commençait à déseller les montures quand elle se rendit compte qu'il l'avait suivie. Craignant que la scène qui s'était déroulée dans la grange des Fairchild se reproduise, elle entreprit d'étriller vigoureusement sa jument et prit soin de la placer entre le chevalier et elle-même.

— Finnula, ne soyez point ridicule, à la fin.

— Je ne le suis pas.

— Si. Vous claquez des dents. Et vous reniflez. Et votre côte vous fait souffrir. Je le vois à la façon dont vous vous tenez.

— Vous vous trompez, répliqua-t-elle en s'essuyant le nez de sa manche.

— Je vous laisserai le lit, je dormirai par terre. Finnula, le code de l'honneur m'interdit de vous abandonner dans les écuries.

— Cédez-moi votre chambre, alors.

— Comment ? Je vous paierais un lit et je passerais la nuit en compagnie des chevaux ? Non merci. Mon sens du sacrifice a des limites.

— La réponse est toujours non, alors.

— Que craignez-vous ?

— Mon frère, pour commencer.

— Qu'a-t-il à voir là-dedans ?

— Tout. S'il apprenait que j'ai partagé la chambre d'un homme, il ne m'autoriserait plus jamais à quitter la maison.

Hugo lui prit la brosse des mains pour étriller son destrier.

— C'est tout ce qui vous inquiète ?

— Oui-da, rétorqua-t-elle en relevant fièrement le menton. Que pourrait-il y avoir d'autre ?

— Moi, par exemple.

Finnula découvrit de la gravité dans les yeux du chevalier. Avait-elle peur de lui ? Sûrement, mais point comme il se le figurait. Elle ne craignait guère qu'il lui fît du mal ni qu'il tentât de la séduire. Elle était certaine qu'il s'y essaierait et tout aussi certaine qu'elle pourrait l'arrêter si elle le souhaitait. C'était là que le bât blessait. Elle n'était pas certaine de vouloir s'opposer à lui. Et il n'en ressortirait rien de bon. Elle n'avait aucune envie de se retrouver dans le même pétrin que Mellana. Elle haussa donc les épaules et répondit avec tout l'aplomb dont elle était capable.

— Vous ? Vous ne m'effrayez pas le moins du monde.

— Bien, dit-il en s'approchant tout près d'elle sans pour autant la toucher, parce que je connais le moyen de nous assurer une nuit confortable à tous deux sans ruiner votre réputation.

Son souffle chaud lui caressait le visage.

— Oh ? demanda-t-elle d'une voix qui, fort heureusement, ne tremblait pas.

Mieux valait, malgré tout, s'en tenir à des phrases courtes tant qu'il restait aussi près.

— Oui. C'est très simple, à la vérité, dit-il en souriant.

Elle remarqua que ses dents étaient blanches et remarquablement alignées. Quel dommage de cacher une telle denture sous une barbe aussi touffue !

— Tout le monde, au *Lièvre paisible*, connaît Finnula Crais, mais personne ne me connaît. Ni ma femme.

— Votre femme ? s'étonna Finnula, la gorge sèche tout à coup.

— Oui, ma femme.

— M-mais… bredouilla-t-elle. Quand je vous ai posé la question, hier, à la source, vous avez dit que vous n'en aviez point…

— C'est le cas. Mais qui le sait ici ? Personne, n'est-ce pas ?

Finnula n'était pas certaine de comprendre. Percevant son trouble, le chevalier se dirigea vers ses sacoches. Il en tira d'abord le peigne et les épingles, puis la robe de lin.

— Laissez-moi vous expliquer. Les habitants de Dorchester connaissent Finn la Fière, avec ses chausses en cuir et sa tresse, mais, si je ne m'abuse, ils n'ont jamais rencontré ma femme, madame… Madame comment ?

Finnula comprit enfin son dessein et leva les deux mains en guise de protestation.

— Non ! non !

— Pourquoi ? S'ils sont habitués à vos chausses, ils ne vous reconnaîtront jamais dans cette tenue. Si vous relevez vos cheveux et que vous rabattez votre capuchon, ils vous prendront pour la jeune épouse de Sire Hugh Fitzwilliam.

— J'ai dit non. Combien de fois faut-il que je le répète avant que vous n'écoutiez ? Non, non, non…

— Je croyais que vous n'aviez pas peur de moi.

— C'est le cas, mais…

— Je croyais que vous craigniez seulement que votre frère Robert l'apprenne.

— En effet, mais…

— Peut-être que Finn la Fière n'est pas aussi courageuse que l'on a voulu me le faire penser.

— Bien sûr que si, seulement…

— Seulement quoi ?

Les prunelles vertes la dévisageaient avec une intensité telle qu'elle fut contrainte de capituler.

— Très bien, lâcha-t-elle sèchement en lui arrachant la robe des mains. Attendez dehors que je me change.

— Je vais faire bien mieux que cela, dit-il en lui adressant un large sourire. Je vais aller m'assurer que la chambre est bien libre et demander que l'on nous prépare deux bains. Je reviendrai ensuite vous chercher pour vous escorter, madame… euh… Eh bien, j'ai le temps d'y songer.

— Sortez maintenant ! intima Finnula.

Il s'exécuta de bonne grâce. N'ayant plus que des chevaux et une vache pour toute compagnie, Finnula soupira. Elle ignorait pourquoi elle se retrouvait toujours dans des situations aussi inconfortables. La voilà qui troquait sa tunique et ses chausses contre une robe qu'elle n'avait pas portée depuis… eh bien, elle préférait ne pas repenser à cet épisode. Tout ceci pour passer la nuit avec un étranger…

Elle goûta avec délectation la caresse du doux tissu sur sa peau. Les manches étroites descendaient jusqu'à mi-paume, la taille resserrée épousait ses formes féminines, et la jupe était si longue qu'elle dut la soulever pour éviter que l'ourlet ne ramasse le fumier qui recouvrait le sol des écuries. Ayant néanmoins besoin de ses deux mains pour attacher ses cheveux, elle finit par la fixer autour de ses genoux d'un nœud lâche.

Sa chevelure était dans un état pitoyable, elle dégouttait d'eau et était emmêlée. Finnula renonça à la coiffer, elle se contenta de remonter ses boucles sur le sommet de son crâne et de les fixer au mieux à l'aide d'épingles. Elle ne disposait malheureusement d'aucun miroir pour juger du résultat. Lorsque Hugo revint, quelques minutes plus tard, il sifflotait un air joyeux, qui mourut sur ses lèvres dès qu'il l'aperçut. Finnula en conclut aussitôt qu'elle était ridicule.

Ses mains se portèrent instinctivement à sa taille où aurait dû se trouver une ceinture de cuir tressé ou une chaîne métallique. Sa robe de lin ivoire était des plus simples. Seule l'émeraude, qu'elle portait toujours autour du cou, venait égayer sa tenue. Sa poitrine était découverte, et elle sentit le froid la pénétrer.

La voyant frissonner, Hugo se précipita pour lui offrir son manteau.

— Il est plus sec que le vôtre, lança-t-il pour expliquer son geste chevaleresque.

Finnula resserra le vêtement autour de ses épaules d'une main et souleva sa traîne de l'autre. Il était en effet moins humide que le sien et doublé d'une fourrure plus épaisse. Hugo lui tendit son bras.

— Si vous me permettez...

Finnula eut beau scruter son visage, elle n'y décela aucune trace de moquerie. Perturbée par le changement d'attitude de Sire Hugh à son encontre, elle posa une main prudente sur son bras. Il fit glisser les sacoches sur son épaule et, tout en évitant les piles de crottin qui jonchaient le sol, il la guida jusqu'à la cour, puis à l'intérieur de l'auberge.

Finnula avait pénétré tant de fois dans la grand-salle du *Lièvre paisible* qu'elle ne les comptait plus, mais ce fut la première fois que son entrée provoqua le silence de l'assemblée. Même celui de ses vieux amis, comme l'aubergiste, maître Pitt, ou les prostituées du village, Mary Alice et Kate. Ces dernières la considéraient avec malveillance, alors qu'habituellement sa présence ne les chagrinait guère. Pourquoi suscitait-elle autant d'animosité ?

Elle comprit soudain que personne ne la reconnaissait. Elle avait douté du stratagème du chevalier, persuadée, au fond d'elle-même, que ses amis la démasqueraient. La femme de l'aubergiste, maîtresse Pitt, fut la première à rompre le sort que la présence de Finnula avait jeté sur l'assemblée. À en juger d'après la farine qui maculait ses mains et son tablier, elle était sans doute occupée à pâtisser quand elle était sortie de la cuisine pour venir accueillir ses augustes clients.

— Entrez donc, madame, venez vous réchauffez, dit-elle en s'inclinant.

Maîtresse Pitt avait pour habitude de réprouver ouvertement l'habillement de Finnula et l'avait même une fois menacée de brûler ses chausses si l'occasion se présentait.

— Un bon bain chaud vous attend dans ma chambre... reprit-elle. Votre mari nous a expliqué que vous étiez impatiente de vous délasser après la fatigue du voyage. Le dîner est sur le feu, je vous le servirai dans votre chambre après votre toilette. Ainsi, vous pourrez le déguster devant votre cheminée...

Finnula avait tant rabattu le capuchon du manteau de Sire Hugh sur sa tête qu'elle avait bien de la peine à voir où elle allait.

— Madame Fitzwilliam vous est très reconnaissante de vos attentions, maîtresse Pitt, expliqua-t-il. Pardonnez son silence, mais nous sommes de jeunes mariés, voyez-vous, et elle est timide...

— Pauvre agnelle, compatit la femme de l'aubergiste en caressant l'épaule de Finnula.

Dire qu'elle l'avait un jour traitée de suppôt de Satan pour avoir laissé quelques traces de sang sur le sol propre de sa cuisine !

— Suivez-moi... N'ayez crainte, Sire Hugh, elle est entre de bonnes mains. Un bain chaud vous attend également, là-haut... ajouta-t-elle en entraînant Finnula vers un petit couloir sombre. Je vous la ramène tantôt, monseigneur, détendue et décrottée...

Finnula n'aurait jamais cru que les époux Pitt prépareraient un jour deux bains... Dire qu'il fallait presque les supplier pour en avoir un seul ! Sire Hugh avait dû débourser une somme coquette pour obtenir pareils égards.

Elle fut conduite par la maîtresse des lieux dans une charmante chambre à coucher, au centre de laquelle un baquet en bois avait été installé. L'eau fumait, et il y en avait en quantité suffisante pour qu'elle puisse s'y plonger jusqu'au cou.

— Voici de l'huile parfumée, du savon et du linge propre pour vous sécher. Peggy vous apportera deux seaux d'eau chaude pour rincer vos cheveux. Je vais vous aider à quitter vos vêtements humides...

Finnula recula aussitôt. Que dirait la femme en découvrant que c'était pour Finn la Fière qu'elle se pliait en quatre.

— Oh, je vois, reprit-elle, votre époux n'exagérait pas. Ne

vous inquiétez pas. J'étais moi-même très réservée durant les premiers mois de mon mariage. Je n'ai pas autorisé mon mari à me voir nue pendant quinze jours. Mais c'est folie dans votre cas, car il est évident que vous êtes aussi jolie que la flamme de cette bougie. Ah, voici Peggy...

Une fillette que Finnula ne connaissait pas pénétra dans la chambre, les bras chargés de deux lourds seaux. Elle s'inclina respectueusement devant Finnula avant de ressortir.

— Je vous laisse, dit maîtresse Pitt avant d'ajouter en indiquant le verrou sur la porte : personne ne s'aventure jamais dans cette partie de l'auberge, mais par souci de sécurité tirez-le après mon départ. Ainsi, vous ne serez pas dérangée.

Finnula murmura quelques mots de remerciement, et maîtresse Pitt prit congé, un large sourire au visage. Ce n'était pas dans son habitude de sourire, elle devait se réjouir que la clientèle du *Lièvre paisible* prenne du galon. À ce rythme, ils recevraient bientôt la famille royale !

Dès que Finnula eut verrouillé la porte, elle rejeta le capuchon du manteau en poussant un soupir. Que d'ennuis pour un bain et un lit ! S'il n'avait tenu qu'à elle, ils auraient passé la nuit dans cet abri pour moutons, leurs selles leur auraient servi d'oreillers, et ils se seraient débarbouillés sous la pluie.

Pourtant, en se glissant dans le bain chaud, force lui fut de reconnaître que Sire Hugh avait raison, c'était bien plus agréable. Puisqu'il en avait les moyens, pourquoi refuser ce plaisir ? Finnula s'interrogea sur l'étendue de ces ressources : il semblait disposer d'une fortune considérable pour un simple chevalier. Le père Edward racontait que les croisés avaient découvert des trésors en Terre sainte, il avait évoqué des tombeaux remplis d'or et de bijoux. Finnula se demanda si Sire Hugh en avait trouvé un. Elle commençait à douter que l'émeraude soit un présent de la fille du sultan...

L'eau du bain refroidissait rapidement en dépit du feu qui crépitait dans l'âtre, à quelques pas du baquet. Et l'estomac de Finnula criait famine. À l'aide d'une éponge, elle se savonna prestement, sans oublier sa chevelure, puis se rinça avec l'eau que Peggy avait apportée. En s'essuyant, elle eut la sensation de reprendre enfin forme humaine. Sa côte ne la faisait presque plus souffrir, et la contusion s'était en partie résorbée. Elle remit sa robe. Elle se frottait les cheveux lorsque l'on frappa un coup timide à la porte.

Au lieu de s'enquérir de l'identité du visiteur, de crainte qu'on ne reconnaisse sa voix, Finnula ouvrit le verrou et entrebâilla le battant. Ce n'était que Peggy, qui lui dit en tremblant :

— Puis-je vous aider ?

Finnula secoua la tête, éparpillant ses boucles rousses. Le visage de Peggy s'illumina aussitôt.

— Je pourrais vous brosser les cheveux ! Maîtresse Pitt prétend que je manie très bien les peignes !

Finnula céda et ne le regretta pas : la fillette était à la hauteur de sa réputation. Elle s'appliqua pour dénouer avec délicatesse la chevelure et la tresser.

— Et voilà, lança-t-elle d'un air satisfait en se levant du lit où elles s'étaient installées pour aller tirer d'un coffre un miroir.

Finnula n'avait que très rarement eu l'occasion de se regarder dans une glace. Elle fut surprise par le reflet qu'elle y découvrit : quelques mèches rebelles s'étaient déjà échappées de la natte, conférant au visage qu'elles encadraient beaucoup de douceur.

— Maîtresse Pitt m'a demandé de vous conduire à votre chambre.

Finnula prit soin de remettre le manteau de Sire Hugh et suivit Peggy dans un escalier. Des éclats de rires et de conversations leur parvenaient depuis la grand-salle. La fillette s'arrêta devant une porte au bout du couloir et toqua d'une main hésitante. Une voix grave lui grogna de patienter quelques instants. Finnula ne put retenir un sourire en songeant qu'elles l'avaient interrompu dans quelque activité privée.

Lorsque la porte s'ouvrit en grand, une poignée de secondes plus tard, elle constata que ce n'était point Sire Hugh qu'elles avaient dérangé, mais un homme bien plus jeune et bien plus séduisant. Torse nu, rasé de frais, l'étranger la dévisagea de ses prunelles vert doré. Elle aurait reconnu entre mille les yeux de Sire Hugh, mais le reste de son visage était transfiguré. Sa mâchoire était carrée et bien dessinée, sa bouche pleine et sensuelle… Étaient-ce ces mêmes lèvres qui s'étaient pressées contre les siennes quelques heures auparavant ? Son cou était puissant, sa poitrine, large et musclée, était couverte d'une toison blond foncé. Mais c'étaient surtout ses bras que Finnula ne parvenait pas à quitter des regards : ils étaient longs et dorés, comme les longs cheveux qui lui tombaient aux épaules, et si vigoureux qu'ils auraient pu soulever le plus lourd des arcs…

Mais c'étaient le visage et le corps d'un homme bien plus jeune que Sire Hugh ! Il ne devait pas être plus âgé que Robert, qui, à vingt-six ans, était tout juste en âge de se marier. Et il était d'une beauté à vous couper le souffle… d'une beauté qui aurait fait perdre la tête à Isabella Laroche.

— Êtes-vous certaine qu'il s'agit de la bonne chambre ? demanda Finnula à Peggy.

— Oui, madame.

Le bel étranger sourit à la fillette.

— Voyez un peu ! Il suffit qu'un homme se rase pour que sa propre femme ne le reconnaisse pas ! Viens, ma chérie…

Refermant une main ferme sur le poignet de Finnula, il l'attira vers lui et la serra dans ses bras. Prise de panique, elle leva la tête : le doute n'était plus permis, c'étaient bien les yeux de Sire Hugh. La surprise céda bientôt le pas à la peur. Elle craignait déjà d'avoir du mal à résister aux assiduités du chevalier avant d'avoir humé son odeur, touché sa poitrine et senti son souffle dans son cou. Ses craintes se transformèrent en panique. Elle devait fuir tant qu'il était encore temps. Elle s'apprêtait à suivre Peggy sous un prétexte quelconque : elle retournerait aux écuries, sellerait Violette et rentrerait chez elle, en dépit de la pluie. Sire Hugh dut percevoir son affolement, car il resserra sa main autour de son poignet et la pressa davantage contre lui. La joue collée à la poitrine du chevalier, elle tenta de se débattre, mais il était maître de la situation. Il s'adressa à Peggy d'une voix calme qui ne laissait guère supposer qu'il tenait une femme à demi hystérique entre ses bras.

— Merci pour tout, mon enfant, dit-il en déposant une piécette dans sa paume, ma femme est un peu fébrile…

— Je ne vous dérange pas plus longtemps, répondit la fillette en refermant la porte derrière elle.

Dès qu'elle fut close, Hugo se pencha et souffla à l'oreille de Finnula :

— Que diable ! Vous avez failli tout faire capoter !

Finnula se dégagea d'un mouvement brusque. Trop tard. Elle était du mauvais côté de la porte. Et le chevalier avait déjà déployé sa stratégie de séduction.

Un feu crépitait dans la cheminée, devant laquelle une petite table avait été dressée. Une peau d'ours recouvrait le sol, et sur le lit, qui aurait pu accueillir trois personnes, s'entassaient des oreillers en plume et un édredon. Des bougies brûlaient aux quatre coins de la pièce, la baignant d'une douce lumière, et une délicieuse odeur de viande rôtie s'échappait du plat posé sur la table. En se retournant, elle aperçut ses chausses et sa blouse, étalées sur le dossier d'une chaise, près de l'âtre.

— Qu'est-ce qui vous a pris ? l'interrogea Hugo en tirant le verrou.

Le bruit métallique scellait sa destinée, Finnula le savait.

— On dirait un chaton effrayé, reprit-il en se dirigeant vers le lit pour prendre une chemise de linon. Que vous arrive-t-il ? Maîtresse Pitt vous a-t-elle reconnue ?

Les jambes de Finnula se dérobèrent sous elle, et elle tomba à genoux devant la cheminée. Glissant sa tête dans l'encolure, Hugo s'enquit de nouveau :

— Vous vous sentez mal, Finnula ? Votre côte vous fait-elle encore souffrir ? Je ne vous ai jamais vue si silencieuse.

Il s'approcha de la petite table et lui tendit un gobelet de bière. Elle le prit sans réfléchir, espérant seulement qu'il ne percevrait pas le tremblement de ses doigts.

— Voilà qui devrait délier votre langue, lança-t-il joyeusement. Ce n'est point de la brune, cette fois, mais une blonde qu'ils nomment la Mel. Il s'agit de celle de votre sœur Mellana, n'est-ce pas ?

Finnula porta le gobelet de bois à ses lèvres : dès que le liquide entra en contact avec sa langue le soulagement l'envahit. Il y avait enfin quelque chose de rassurant dans cette chambre.

— Il me semble que l'illusion a fonctionné, se rengorgea Hugo en s'installant sur l'une des chaises placées autour de la table. Ils ne soupçonnent rien. Je vous avais prévenue, vous ne ressemblez guère à Finn la Fière. J'ajouterais même que vous avez accompli des merveilles.

— Qu'est-ce à dire ? répliqua-t-elle sèchement.

— Eh bien, répondit Hugo en s'éclaircissant la gorge, vous avez accompli des merveilles avec les faibles moyens dont vous disposiez : une robe froissée, un peigne, quelques épingles, et vous voilà. La femme d'un chevalier. Vous pourriez aisément passer pour celle d'un comte, d'ailleurs…

Finnula faillit en lâcher son gobelet. Était-il au courant ? Comment était-ce possible ?

— Avez-vous faim ? lui demanda-t-il en prenant un petit pain. La table est bien garnie. Chevreuil en sauce… L'une de vos prises, j'imagine… Carottes glacées… Navets rôtis… Plusieurs miches de pain…

— Pourquoi vous êtes-vous rasé ? l'interrompit Finnula.

Il la dévisagea, et elle regretta aussitôt sa question. Dès qu'il posait les yeux sur elle, elle perdait toute contenance.

— Parce que j'en avais assez de ressembler à un ermite hirsute, pardi ! Pourquoi ? Vous ne m'aimez pas ainsi ?

Finnula prit une longue gorgée de bière avant de répondre.

— Cela reviendrait à supposer que je vous aimais avant.

— En effet ! rétorqua Hugo en gloussant et en piquant un navet de la pointe de son couteau. Il m'a pourtant semblé que je ne vous déplaisais pas dans la grange du fermier Fairchild.

Rougissant, Finnula ne trouva rien d'autre à répliquer que :

— Je vous croyais plus âgé.

— Vraiment ? La conséquence de la barbe sans doute... Mais vous semblez déçue ?

Elle haussa les épaules en piochant quelques carottes glacées.

— Vous êtes déçue, reprit-il. Sacrebleu, vous me préfériez avant !

— Non, non, vous avez eu raison de la raser, dit-elle en évitant soigneusement de croiser son regard.

Elle n'ajouta pas qu'elle ne l'aurait jamais choisi comme otage si elle l'avait découvert sous ce jour, qu'elle n'aurait jamais couru le risque d'enlever un homme aussi dangereusement séduisant. À cet instant précis, elle devait se retenir de lui sauter dessus !

— Je la laisserai repousser, reprit Hugo avec un sourire.

— Je ne le verrai pas.

— Si vous prenez les choses ainsi... répondit-il d'un air vexé.

— Je m'aventure rarement jusqu'à Caterbury, expliqua-t-elle en se servant un morceau de chevreuil. Et je doute que votre domaine vous laisse beaucoup de temps pour venir à Stephensgate.

— Vous avez sans doute raison…

Finnula ne comprenait pas ce qui le chagrinait. Espérait-il qu'ils deviendraient amis après ce qu'ils avaient vécu ? De toute façon, elle ne pourrait jamais se lier d'amitié avec un homme aussi beau.

— Vous épouserez sans doute votre forgeron, alors, dit Hugo en avalant une gorgée de bière.

— Quel forgeron ?

— Celui du village, celui qui vous fera treize enfants…

— Ah ! L'ivrogne qui me battra comme plâtre si je ne lui sers pas son repas assez promptement ? Non, je n'épouserai personne. Je m'y suis déjà essayée, vous savez ?

Elle ne put s'empêcher de ressentir quelque satisfaction en le voyant lâcher son couteau. Au moins avait-elle réussi à le surprendre à son tour.

— Essayée à quoi ? s'exclama-t-il en se penchant pour ramasser le couvert.

— Au mariage.

— Vous avez été mariée ?

Elle acquiesça, la gorge serrée. Dieu qu'elle haïssait aborder ce sujet ! Mais elle lui devait la vérité.

— Brièvement.

— Je n'en crois rien. C'est une pure invention de votre part pour me chercher noise.

— Si seulement… Malheureusement, ce n'est point un mensonge, dit-elle en posant ses coudes sur la table et son menton sur ses mains.

— Je ne comprends pas, s'irrita Hugo en se penchant jusqu'à n'être plus qu'à quelques centimètres de son visage. Quel âge avez-vous ?

— Presque dix-huit ans. Mais quel rapport ?

— Combien de temps avez-vous été mariée ?

— Un jour.

Il partit d'un éclat de rire et se carra dans sa chaise, soulagé.

— C'est bien ce que je pensais. Que s'est-il passé ? Frère Robert a demandé son annulation quand il l'a appris ?

Elle se renfrogna.

— Non.

— Où est-il, ce mari, alors ? Aucun homme ne laisserait Finn la Fière s'échapper après avoir obtenu sa main !

— Lui, si. Il est mort.

— Mort ?

Hugo se redressa et plongea ses yeux dorés dans ceux de Finnula.

— Comment cela, mort ? insista-t-il.

— Il s'est éteint, c'est tout. Vous le devinez peut-être, ce ne fut guère une expérience très agréable. Je ne la renouvellerai pas.

— Que ne renouvellerez-vous point ? Le mariage ? Plus jamais ?

— Plus jamais, dit-elle en enfournant une bouchée du ragoût.

Il était délicieux, et elle constata avec soulagement qu'elle avait recouvré l'appétit.

— C'est étrange, finit par reprendre Hugo après l'avoir considérée en silence. Je n'aurais jamais songé qu'une veuve se trouvait dans ces chausses de cuir...

— Pourquoi porterais-je le deuil ? Je ne l'ai jamais aimé.

— Apparemment, en effet ! Et qui était ce pauvre hère, mort le jour de ses noces avec une femme qu'il indifférait ?

— Il n'était pas forgeron.

— Je m'en étais douté. C'était un mariage arrangé, alors ?

— Si vous entendez par là que je n'ai point eu voix au chapitre, alors oui. Pourquoi aurais-je épousé un homme que je n'aimais pas ?

Il leva les yeux au plafond.

— Les gens se marient pour d'autres raisons que l'amour, Finnula.

— Les gens comme vous, bien sûr !

Voyant qu'elle l'avait heurté, elle s'empressa d'ajouter :

— Les propriétaires terriens, s'entend. Vous vous mariez pour perpétuer une fortune, un domaine. Les gens comme nous s'unissent par amour.

— Et vous êtes sûre de ne jamais tomber amoureuse, Finnula ?

Il accompagna son interrogation d'un sourire si doux que, l'espace d'un instant, elle se prit à douter. Se pouvait-il qu'elle soit amoureuse de lui ? Lorsqu'il ne suscitait pas son désir, il la mettait hors d'elle. Elle redoutait son contact parce qu'il la comblait, et elle savait qu'elle serait incapable de lui résister s'il tentait à nouveau de l'embrasser. C'était l'homme le plus exaspérant qu'elle eût jamais rencontré, mais il la faisait rire comme personne. Était-ce cela l'amour ? Elle préféra lui retourner la question plutôt que répondre.

— Et vous ? Prendrez-vous un jour femme ?

— Certainement. Il est de mon devoir de donner une descendance aux Fitz... william.

— Vous marierez-vous pour l'amour ? le taquina-t-elle. Ou pour l'argent ?

— Seul l'avenir le dira... Il me semble que ma fortune est suffisante, qu'en pensez-vous ?

— J'ai le sentiment que vous la partagez généreusement, en effet.

— C'est une mauvaise habitude que j'ai prise. Lorsque je vois quelque chose qui me plaît, je suis prêt à dépenser n'importe quelle somme d'argent pour l'obtenir. Un peu plus de bière de Mel ? ajouta-t-il en tendant le pichet.

Finnula lui présenta son gobelet. Elle se sentait plus détendue. Elle commençait à s'habituer à la nouvelle apparence de Sire Hugh, et le danger semblait s'éloigner. La conversation avait contribué à la détendre. Le chevalier était peut-être plus beau qu'avant, mais il demeurait aussi irritant.

— Qu'en avez-vous pensé ? lui demanda-t-elle en indiquant la bière.

— Elle est délicieuse, très légère. Je suis flatté que mon enlèvement contribue à sa fabrication.

Finnula se mit à glousser. Elle s'interrompit avec effroi : elle n'aurait jamais dû boire autant le ventre vide.

— Comment va votre côte ? s'enquit Hugo.

— Mieux.

— Voulez-vous que je vous refasse un bandage avant que nous allions nous coucher ?

— Non, merci.

— Finnula... commença-t-il avant de s'arrêter subitement. Maîtresse Pitt m'a demandé de déposer les plats vides dans le couloir.

— Laissez-moi m'en occuper, proposa Finnula.

— Inutile.

Le chevalier blond effectua plusieurs voyages pour transporter la vaisselle devant leur porte. Il ne prononça pas un seul mot. Elle n'aurait sans doute pas dû lui parler de son mariage malheureux. Elle était surprise d'avoir abordé le sujet qu'elle détestait par-dessus tout. C'était peut-être l'une des raisons pour lesquelles elle l'appréciait : elle avait le sentiment de pouvoir tout lui avouer sans être jugée.

Pourtant, elle avait, de toute évidence, dit ou fait quelque chose qui l'avait froissé, parce qu'il continuait à éviter son regard. S'il voulait rechigner, grand bien lui fasse. Finnula se dirigea vers le lit et tâta le matelas avant de s'allonger. Elle était incapable de dormir sur une couche trop molle. Celle-ci semblait parfaite.

Il n'y avait qu'une seule fenêtre dans la chambre. Le vent et la pluie battaient contre les carreaux. Dans le seul panneau épargné par les gouttes, elle aperçut son reflet, celui d'une jeune femme élancée dans une robe blanche avec une émeraude autour du cou. Sa longue tresse rousse tombait sur son épaule gauche. Elle ne se retourna pas en entendant la porte se fermer et le verrou glisser dans son logement. Elle observa l'image de Sire Hugh. Elle ne fut guère surprise de le voir s'approcher dans son dos. Le cœur battant, elle se retourna pour lui faire face. Elle savait ce qui allait suivre. Elle savait aussi qu'elle n'avait aucune intention de s'y opposer. Que Dieu lui vienne en aide ! Elle comprenait soudain l'inconséquence de Mellana…

— Finnula, susurra Hugo.

Cette fois, la jeune fille identifia le désir dans sa voix tant il résonnait avec celui qui palpitait dans ses veines.

— Je vous ai promis de ne point vous toucher, je le sais…

Finnula ne saurait jamais expliquer ce qui se passa ensuite. Un instant, elle le considérait en se demandant quand il cesserait enfin de parler pour l'embrasser…

… et l'instant d'après, elle était dans ses bras. Elle n'aurait pu dire qui des deux avait fait le premier pas.

Elle jeta ses mains autour de son cou et attira son visage contre le sien, tandis que les bras puissants et hâlés dont elle avait tant rêvé l'emprisonnaient, l'empêchant presque de respirer. Elle n'avait de toute façon pas l'occasion de reprendre son souffle, tant il l'embrassait avec passion, fougue, urgence même, comme s'il redoutait qu'elle lui échappe ou qu'ils soient de nouveau interrompus. Seule Finnula savait, avec un délice qui aurait sûrement choqué son frère – s'il avait eu vent de ce qui se déroulait dans cette pièce –, qu'ils avaient toute la nuit devant eux. Elle s'abandonnait donc à ce baiser, entre ces bras qui la fascinaient tant. N'étaient-ils pas aussi parfaits que dans son imagination ?

Tout à coup, il releva la tête pour contempler Finnula. Ses yeux étaient encore plus verts que l'émeraude qui brillait à son cou. La jeune fille soutint son regard, le souffle court, les joues empourprées, et y lut une interrogation. Il ignorait qu'elle avait déjà pris sa décision au moment où elle l'avait découvert sans sa barbe. À cet instant elle lui avait ouvert son cœur à tout jamais.

À moins que sa décision n'ait été prise à la seconde où le verrou avait été tiré ? Mais quelle importance ? Ils étaient deux étrangers dans un lieu presque étranger. Personne n'en saurait jamais rien. Et il n'était plus temps pour le chevalier d'invoquer son sens de l'honneur.

— Il est trop tard pour les questions, souffla-t-elle, comprenant pourquoi il avait cessé de l'embrasser. Ventrebleu, mon ami, il est trop tard.

Resserrant derechef son étreinte, il couvrit de baisers ses joues et la peau satinée derrière ses oreilles.

Elle faillit tomber en pâmoison. Jamais elle n'avait imaginé que cela serait si... bouleversant. La pièce dansait autour d'elle, comme lorsqu'elle avait bu de la bière en excès. Sire Hugh constituait le seul point fixe dans son champ de vision. Elle se raccrocha à lui, ivre d'un désir qu'elle commençait seulement à comprendre...

Soudain il la souleva dans les airs avant de la déposer sur le lit. Finnula avait envie de rire, pourtant elle se retint : ce qu'ils s'apprêtaient à faire n'avait rien d'amusant. Cette envie la quitta d'ailleurs dès qu'il quitta ses chausses et sa chemise. Elle avait déjà vu des hommes nus – avec ses sœurs, elle avait passé des heures dissimulée dans les fourrés à l'entour de la mare du village –, mais jamais d'aussi sculptural que Hugh Fitzwilliam de Caterbury. Sa peau, bronzée par le soleil oriental, était lisse sauf aux endroits où apparaissaient les cicatrices de blessures depuis longtemps guéries. Ses muscles puissants saillaient. Les poils dorés qu'elle avait découverts sur sa poitrine et ses bras se retrouvaient sur ses mollets et entre ses jambes... Finnula détourna le regard, mais il ne la laissa pas se dérober. Relevant sa jupe, il ôta ses bottes d'une main experte.

— Peut-être... hasarda-t-elle.

Il l'interrompit en couvrant son pied nu de baisers. Finnula voulut le retirer pour s'extraire à la sensation que le contact des lèvres provoquait en elle, mais il l'agrippait fermement. Il ne le lâcha que pour lui enlever, d'une main toujours aussi experte, sa robe. Elle se retrouva complètement nue, à l'exception de l'émeraude qui pendait sur sa gorge. Elle voulut se couvrir des deux mains, mais il ne lui en laissa pas l'occasion. Il la prit dans ses bras et ils roulèrent sur le lit dans une étreinte passionnée...

Quand Finnula reprit ses esprits, quelque temps plus tard, Hugo l'écrasait de tout son poids, et elle avait de la peine à respirer. Elle lui planta son index dans la hanche.

— Tu m'écrases ! lui lança-t-elle.

Il la libéra mais enroula son bras autour de sa taille et l'attira contre lui. Le dos de Finnula se plaça contre la poitrine de Hugo, et elle s'apprêtait à sombrer dans le sommeil lorsqu'elle aperçut une tache rosée sur le matelas.

— Oh non ! s'écria-t-elle en se redressant sur un coude. Ce ne sera point du goût de maîtresse Pitt.

Hugo la força à se rallonger et étudia la trace avec perplexité.

— Une explication s'impose... Comment une veuve peut-elle être vierge ?

— Je te l'ai dit, répondit-elle alors que ses paupières se fermaient toutes seules, je n'ai été mariée qu'un seul jour. Mon mari est mort avant que... eh bien avant.

— Le malheureux, murmura Hugo en pressant ses lèvres sur son cou. Ne te soucie guère de maîtresse Pitt et de ses draps, je lui laisserai une pièce en dédommagement.

Finnula s'endormit un sourire aux lèvres. Sa dernière pensée, avant de s'endormir, fut de s'émerveiller que leurs deux corps s'imbriquent à la perfection. C'était comme s'ils étaient faits l'un pour l'autre.

Chapitre 9

En ouvrant les paupières, Hugo découvrit le plus charmant spectacle qui soit. Les rayons du soleil filtraient par la fenêtre pour venir se poser sur la peau translucide de Finnula et sur ses boucles rousses qui formaient comme une auréole autour de sa tête. Il n'avait jamais connu bonheur semblable à celui de la nuit passée.

À présent qu'elle lui avait appartenue, il se sentait responsable de son futur. Tout en la regardant dormir, il songea qu'il lui faudrait seulement la convaincre de troquer ses chausses contre une tenue plus respectable. Elles lui seyaient certes à merveille, mais il ne pourrait permettre à sa femme de déambuler vêtue de la sorte.

Finnula s'étira comme un chat dans la lumière printanière. Après avoir considéré Hugo en silence, elle lança :

— Si nous voulons atteindre Stephensgate avant la tombée de la nuit, il nous faut nous hâter, le soleil est déjà haut.

— Je suis toujours ton prisonnier, alors ? demanda Hugo en déposant un baiser sur ses lèvres.

— Ne va pas t'imaginer que ce qui est arrivé cette nuit change quoi que ce soit, répondit-elle. Même si je commence à comprendre Mellana.

— Tu veux parler de sa grossesse ?

— Oui. Je ne m'expliquais pas comment une chose pareille avait pu se produire. Si Jack Mallory l'a séduite comme tu m'as séduite…

Un instant, Hugo fut tenté de lui avouer la vérité sur son identité. Après tout, elle était peut-être enceinte à l'heure qu'il était, et il aurait voulu lui apporter l'assurance que, dans ce cas-là, elle n'avait aucun souci à se faire pour l'avenir de l'enfant. Pourtant, de crainte que cette révélation n'entame l'une des plus belles matinées de sa vie, il se tut.

Finnula se leva et déambula dans le plus simple appareil. Sa nudité ne semblait pas plus la gêner qu'à la source.

Ils se lavèrent et s'habillèrent. Finnula endossa, une fois de plus, le rôle de la femme du chevalier, et ils prirent congé de leurs hôtes. Lorsqu'ils quittèrent Dorchester, le soleil était presque au zénith. Le ciel, d'un bleu azuré, ne conservait plus une seule trace des nuages de la veille.

Finnula, qui montait en amazone par égard pour sa robe, se réjouit de leur chance : personne n'avait reconnu Violette, alors qu'elle était, elle aussi, une habituée de ce village. La jeune fille était très en verve ce matin, et Hugo eut du mal à se concentrer sur la conversation tant il était occupé à la dévorer du regard. Il ne comprenait pas pourquoi elle continuait à l'obséder maintenant qu'elle avait cédé à ses assiduités. Les femmes cessaient généralement de l'attirer à la minute où il les possédait ; avec elle, c'était apparemment l'inverse. Son amour semblait croître d'heure en heure.

Ils chevauchaient depuis un petit moment lorsque Finnula se plaignit d'une crampe à la jambe et insista pour remettre ses chausses. Hugo regretta de ne point avoir profité de son sommeil à l'auberge pour les brûler. Sa colère se dissipa dès qu'il aperçut ses jambes laiteuses. Il démonta aussitôt pour l'étreindre passionnément. Finnula lui demanda de la laisser se rhabiller après s'être abandonnée un moment entre ses bras. Pour l'agréer, elle accepta de monter en selle devant lui, et c'est ainsi qu'ils pénétrèrent dans Stephensgate quelques heures plus tard. Finnula lui indiqua les principales curiosités de son village avec fierté, et Hugo, qui n'avait pas posé le pied sur sa terre natale depuis dix ans, se faisait une joie de cette visite. Le village lui parut plus petit que dans son souvenir, alors qu'il s'était agrandi. Les arbres avaient poussé, et les maisons avaient comme rapetissé. Surtout les habitants avaient vieilli. Il avait été surpris d'apprendre par le biais des propos quelque peu irrespectueux que Finnula avait tenus au sujet du curé que la grosse Maud officiait toujours dans sa chaumière à la sortie du village. Hugo tenait d'elle la majorité de son savoir en matière de plaisirs de la chair.

Sa surprise fut encore plus grande lorsque, au détour d'un virage, il découvrit le moulin, sis au bord de la rivière. Il n'avait pas changé. Une foule d'hommes étaient assemblés dans la courette de la maison à étage. Parmi eux, Finnula le lui apprit en se raidissant, se trouvait le shérif.

— Oh non, marmonna-t-elle en se prenant le visage dans les mains. Tous mes beaux-frères sont là aussi. De quoi m'accusent-ils ?

Hugo resserra le bras qu'il avait passé autour de sa taille et dirigea d'une main ferme son destrier vers la maison.

— Je sais que tu es innocente, lui susurra-t-il à l'oreille. Tu as passé ces trois derniers jours avec moi. À moins que le crime en question ne remonte à avant ton départ...

L'assurance de Hugo vola en éclats lorsqu'un cri tempêta.

Un homme s'échappa du groupe pour venir à leur rencontre. Hugo l'identifia à sa crinière rousse et à son expression furibonde. Frère Robert. Sans doute possible.

— Finnula !

L'homme était exceptionnellement grand, presque autant que lui. Il était fort également. Hugo arrêta son cheval devant l'abreuvoir. Frère Robert et une demi-douzaine d'hommes fondirent sur eux. Sentant que Finnula paniquait, Hugo tenta de la calmer comme un cheval nerveux.

— Tu ne comprends pas, souffla-t-elle. Il va me tuer !

— Il ne lèvera pas la main sur toi, la rassura-t-il.

Robert s'arrêta à un pas de l'abreuvoir et, détaillant Hugo de ses yeux plissés, il grogna :

— Est-ce le malappris dont vous m'avez parlé, Fairchild ?

Matthew Fairchild s'avança au milieu de l'assemblée des beaux-frères, son chapeau pressé sur sa poitrine.

— Oui, R-R-Robert, bredouilla-t-il. C'est b-b-bien lui.

— Lâchez ma sœur, monsieur, et démontez. Nous avons une affaire à régler…

— Robert ! s'écria Finnula, qui avait oublié toutes ses peurs en voyant que Hugo était en première ligne. Comment oses-tu te conduire de la sorte devant Sire Hugh ! Présente-lui tes excuses immédiatement !

— Plutôt brûler en enfer, répliqua Robert, les poings serrés. Il ne s'appelle pas Hugh et ne mérite pas qu'on lui donne du messire. Allez-vous lâcher ma sœur, maintenant, ou faudra-t-il que je vienne la chercher ?

Hugo commençait à s'inquiéter. La présence de Matthew Fairchild ne pouvait signifier qu'une seule chose : Evan avait raconté ce qu'il avait surpris dans la grange... Et le baiser volé avait apparemment donné lieu à des interprétations saugrenues. Robert avait toutes les raisons d'être en colère, même s'il se trompait.

— Comment cela, il ne s'appelle pas Hugh ? demanda Finnula. Tu ignores tout de sa personne. Son nom est Hugh Fitzwilliam, c'est un chevalier de retour des croisades, il vit à Caterbury...

— Ce n'est qu'un tissu de mensonges, Finnula, intervint un homme qui se tenait en retrait.

Il était presque aussi grand que Frère Robert, mais beaucoup plus corpulent. À en juger par la richesse de ses vêtements, il devait s'agir du shérif de Brissac, celui que Finnula redoutait tant. Il semblait pourtant avoir de l'estime pour la jeune fille. Il la considérait avec bienveillance lorsqu'il poursuivit :

— Pourquoi ne descendez-vous pas, Finn, pour suivre vos sœurs à l'intérieur ?

Finnula releva le menton. Dans l'embrasure de la porte de la maison se tenaient cinq femmes ; elle avaient toutes la même chevelure de feu, à l'exception d'une, qui portait des tresses blond pâle. Hugo pensa qu'il devait s'agir de Mellana, car elle sanglotait et criait :

— Tout est ma faute ! Oh, Finn, me pardonneras-tu jamais ?

— Je ne suivrai personne, répliqua Finnula en agrippant la crinière du destrier, avant d'avoir reçu une explication.

— Tu ferais mieux d'écouter le shérif, lui susurra Hugo à l'oreille. Nous allons régler cette affaire entre hommes. Rejoins tes sœurs.

— Il n'y a aucune affaire à régler, s'emporta-t-elle en parcourant l'assemblée du regard. Matthew Fairchild, quels mensonges avez-vous colportés à mon sujet ?

— Je n'ai raconté qu'la vérité, madame, insista-t-il. Evan a tout vu...

— Evan n'a rien vu, mentit-elle effrontément.

— Rien ! Il a vu cet homme t'embrasser, s'emporta Robert en agitant son index dans la direction de Hugo, il t'a vue te débattre pour lui échapper. Lorsque Evan est revenu avec Matthew, quelques secondes plus tard, tu avais déjà disparu, emmenée contre ton gré par cette ordure...

— Je n'ai jamais entendu pareilles sornettes, l'interrompit Finnula. Nous avons bien échangé un baiser, mais ce n'était point contre ma volonté. Quant à cette histoire d'enlèvement...

— Finnula, reprit le shérif d'une voix calme. Je me suis rendu à Caterbury ce matin. Il n'y a jamais eu de Sire Hugh Fitzwilliam. Il n'y a aucun Fitzwilliam à des kilomètres à la ronde.

Hugo sentit Finnula se figer. Il comprit aussitôt que c'était de très mauvais augure. Pour lui.

— Maintenant, soyez raisonnable, poursuivit le shérif, et descendez de là, que je puisse parler à cet homme en privé.

Hugo l'encouragea :

— Obéis-lui, amour. Je t'expliquerai tout plus tard.

Finnula semblait si malheureuse qu'il aurait voulu la serrer dans ses bras pour la consoler. Mais il n'était pas certain qu'à cet instant précis son geste aurait été le bienvenu. La main de la jeune fille s'était posée sur le manche de son poignard. Ne sachant plus à quel saint se vouer, son regard passait de son frère à Hugo.

— Va, la pressa ce dernier. Tout va s'arranger, je te promets.

Finnula glissa lestement à terre. Elle avait à peine posé un pied au sol que son frère la secouait par les épaules.

— Quelle folie t'a prise ? À quoi songeais-tu, petite idiote ?

Ce furent presque les dernières paroles de Robert. En moins de temps qu'il n'en faut pour le dire, Finnula fut arrachée à son emprise et une lame pressée contre sa gorge. Hugo avait tiré son épée et démonté sans que personne n'ait pu réagir. Il s'interposa entre le frère et la sœur avant d'abaisser son arme.

— Agonissez-moi d'insultes tant qu'il vous plaira, Frère Robert, lança Hugo d'une voix étonnamment placide, mais je vous interdis de lever la main sur la demoiselle. Elle est innocente, et je suis le seul à pouvoir la toucher.

— Allez au diable ! explosa Robert avec une verve surprenante pour quelqu'un dont la vie était menacée. Elle est ma sœur !

— Elle va devenir ma femme, rétorqua Hugo.

Il entendit les protestations de Finnula dans son dos, mais toute son attention était concentrée sur le meunier. Il vit ses yeux gris brûler de rage et éprouva de la peine pour lui. Ce devait être terrible de perdre sa sœur au profit d'un étranger. Cependant, il ne méritait guère mieux. Après tout, c'était lui qui avait autorisé Finnula à porter ces fichues chausses. Il avait de la chance qu'elle n'ait jamais couru de grave danger.

— Bien, bien, bien, intervint le shérif en se frottant

les mains, nous voici face à une tout autre affaire alors. Le mariage est une source de réjouissance. Rengainez votre épée, monsieur. Robert ne posera pas le petit doigt sur Finnula… n'est-ce pas, Robert ?

La seule personne que le meunier aurait voulu frapper était Hugo.

— Je ne la toucherai pas, répondit-il, mais il faudra me passer sur le corps pour l'épouser.

— Cela ne m'arrêtera pas, Crais, sachez-le, rétorqua Hugo en glissant son arme dans son fourreau.

Le shérif se plaça entre eux deux et les prit, chacun, par l'épaule.

— Voilà des échanges bien violents pour deux hommes qui deviendront peut-être frères. Il y a un moyen très simple de régler cette querelle, dit-il en se tournant vers Finnula. Pourquoi ne nous racontez-vous pas ce qui s'est passé ? Cet individu vous a-t-il violentée, ma chère ?

— Non, répondit-elle en secouant la tête, mais…

— Vous a-t-il blessée d'une quelconque manière ?

— Non, mais…

— Très bien.

John de Brissac relâcha l'épaule du meunier, mais laissa sa main sur celle de Hugo. Ce dernier n'en avait cure, il commençait à apprécier l'homme de loi et sa bonhommie.

— Une seule question reste donc en suspens, reprit-il. Celle de votre identité, monsieur.

Hugo soutint le regard de Finnula en la déclinant tranquillement :

— Je suis Hugo Geoffrey Fitzstephen, septième comte de Stephensgate, récemment libéré de Saint-Jean-d'Acre et de retour sur ma terre natale pour administrer le domaine de mon défunt père.

Le silence provoqué par cette annonce fut rompu par un cri de rage. Hugo fut surpris de constater qu'il provenait de Finnula. Des larmes de colère inondaient ses joues. Finn la Fière, qu'aucun homme, qu'aucune bête n'effrayait, sanglotait et, lorsque le comte prononça son prénom en faisant un pas dans sa direction, elle s'enfuit telle une colombe vers ses sœurs, qui l'accueillirent les bras grands ouverts. Elles lancèrent à Hugo un regard unanimement haineux et lui claquèrent la porte du moulin au visage.

Le shérif fut le premier à éclater de rire, bientôt imité par les beaux-frères de Finnula, puis par Matthew Fairchild, et enfin par Robert Crais. Hugo fixait la porte close en se demandant ce qu'il avait mérité pour hériter d'un village de fous.

— Ah, s'écria de Brissac quand il eut retrouvé son calme, Dieu que c'était hilarant.

Hugo le considéra avec perplexité.

— Aucun d'entre vous ne me croit donc ?

— Bien sûr que si, monseigneur, bien sûr que nous vous croyons. Qui d'autre pourriez-vous être ? Ce n'est point ce qui nous divertit.

— Alors peut-être aurez-vous l'obligeance de m'éclairer sur le sujet de votre divertissement, rétorqua-t-il, les poings sur les hanches.

— La perspective de votre mariage avec Finnula, si vous voulez le savoir, répondit l'homme de loi en réprimant un nouvel accès de rire. Je vous demande pardon, monseigneur. Vous ignorez donc tout ?

Hugo n'avait pas souvenir d'avoir jamais ressenti pareille

fureur. Il dut faire un effort surhumain pour ne pas traverser la cour, abattre la porte et enlever sa promise.

— Apparemment, en effet, lâcha-t-il à travers ses dents serrées.

— Peut-être êtes-vous informé que Finnula a déjà été mariée.

— Oui, répondit Hugo en haussant les épaules. Et alors ?

— Elle ne vous a point appris l'identité de son premier époux ?

— Non.

— Naturellement. Ce fut le pire jour de sa vie.

Tous les hommes avaient cessé de rire et fixaient Hugo. Robert affichait une mine réjouie tandis que l'expression de Matthew Fairchild était compatissante. Mais que se passait-il à la fin ?

— Eh bien ? tonna Hugo. Allez-vous m'apprendre oui ou non qui diable elle a épousé ?

Le shérif semblait presque peiné d'être le porteur de cette nouvelle.

— Votre père, monseigneur.

Chapitre 10

Finnula était étendue sur le lit qu'elle partageait avec Mellana depuis l'enfance. Elle ruminait. Elle avait pleuré pendant un quart d'heure, entourée par ses sœurs qui la couvaient comme de vraies mères poules, mais n'ayant jamais été une pleureuse, elle se lassa vite.

Après avoir enduré les câlineries de Brynn, paré les semonces de Patricia, autorisé Camilla à la déshabiller – « Ces chausses de cuir ne conviennent point à une demoiselle ! » – et Christina à la rhabiller – « Tu possèdes de si jolis bliauds, pourquoi ne les portes-tu guère ? » –, elle abandonna son oreiller mouillé de larmes et cessa ses pleurs brusquement. Roulant sur le ventre sans se préoccuper des plis qu'elle faisait à son bliaud vert foncé, elle fixa la tête de lit d'un air renfrogné.

— C'est un vilain tour qu'il t'a joué, Finn, concéda Christina en passant une brosse dans les cheveux épais de sa petite sœur, mais il ne faut pas lui en vouloir...

— Oui-da, comment aurait-il pu savoir pour Sire Geoffrey et toi ? soupira Brynn. Le pauvre homme...

— Il n'y a guère de pauvre qui tienne, s'exclama Patricia, la mégère de la famille, qui ne montrait aucune indulgence, ni pour le comte ni pour Finnula. Il le lui aurait dit s'il ne s'était délecté d'être le captif d'une séduisante rousse...

— Patricia ! s'offusqua la douce Brynn. Comment oses-tu avoir pareille pensée ?

— Comment ? Tout bonnement parce qu'il s'agit de la vérité, oiselle.

— Mais il est comte !

— Oh, et depuis quand les comtes ne sont point des hommes ? Il me semble que l'expérience de Finnula avec le défunt Sire Geoffrey nous a appris que les comtes sont avant tout des hommes...

— C'est un fantasme ridicule d'imaginer qu'il ne lui a guère révélé son identité parce qu'il goûtait sa position d'otage, répliqua Christina en s'acharnant sur un nœud dans la chevelure de sa sœur. Parfaitement ridicule.

Patricia avait croisé les bras sur sa poitrine.

— De toute évidence, la situation lui plaisait, sinon il se serait échappé.

— Impossible, rétorqua Brynn. Finn ne laisserait jamais un prisonnier s'enfuir. C'est bien pour cette raison que Mellana s'est tournée vers elle...

— Oh ! gémit cette dernière depuis le coin de la chambre où elle avait été reléguée par ses sœurs. Tout est ma faute !

— Oui-da, lança Patricia d'un ton cassant et dénué de compassion. Tout est entièrement ta faute, Mel. Personne ne conteste ce point. Dépenser ta dot en fanfreluches. Qui a jamais entendu pareilles sornettes ? J'ai honte de t'avoir pour sœur. Reste dans ton coin jusqu'à ce que nous nous prononcions sur ton avenir.

Les gémissements de Mellana redoublèrent, et Finnula la regarda de travers. Elle n'avait pas encore révélé la raison du besoin urgent d'argent de sa sœur, mais elle était déjà résolue à le faire si la situation empirait.

— Oh, Finnula, reprit Brynn. Je ne sais comment dire ceci... Finnula, le comte et toi, vous n'avez point... Enfin rien de... d'inconvenant... ne s'est produit lorsque vous cheminiez ensemble, n'est-ce pas ?

— Ne sois pas idiote, Brynn, Sire Hugo n'aurait jamais cherché à séduire une femme de son comté.

— À moins d'avoir dans l'intention de l'épouser, comme il l'a annoncé tout à l'heure, rétorqua sèchement Patricia.

— C'est le cas, Finn ?

— Oui, Finn. T'a-t-il poursuivi de ses assiduités ?

— Tu peux te confier à nous, nous ne répéterons rien à Robert, ma chérie...

Fort heureusement, des bruits de pas dans l'escalier évitèrent à Finnula d'apporter une réponse à cette question. Camilla pénétra en trombe dans la chambre. Ses jolis yeux brillaient d'une lueur malicieuse. Elle avait été dépêchée par ses sœurs pour espionner la conversation en bas, et à en juger d'après sa mine réjouie elle avait été aux premières loges.

— Oh, Finn, s'écria-t-elle en sautant sur le lit comme un enfant turbulent, sans se soucier ni de sa sœur, ni de son propre bliaud de soie fine ou de sa coiffure, tu n'en reviendrais pas du chahut que Sire Hugo provoque ! Il exige que tu descendes immédiatement, et il menace Robert de la geôle ! C'est tout bonnement irrésistible !

Les autres sœurs de Finnula se rassemblèrent autour du lit.

— Qu'a-t-il dit ?

— Veut-il toujours l'épouser ?

— Robert ne peut refuser…

— Comment pourrait-il prendre la veuve de son propre père pour femme ?

— Raconte-nous ce que tu as entendu, Camilla !

— Oui, raconte !

Camilla leva ses deux mains pour réclamer le silence. C'était une actrice-née, et elle baissa la voix pour chuchoter sur un ton dramatique :

— Eh bien quand je suis arrivée à la porte de la salle commune, Bruce, qui montait la garde, a eu le toupet de me lancer : « Remonte rejoindre tes sœurs, ton oreille indiscrète est ici indésirable. » Je lui ai donc rétorqué…

— Qui lui demande son avis, à Bruce ? s'indigna Patricia avant d'ajouter avec un pauvre sourire : sauf ton respect, Christina…

Cette dernière balaya la remarque d'un geste de la main et engagea Camilla à poursuivre.

— Bref, le shérif de Brissac était en train de raconter à Sire Hugo comment Finnula et son père s'étaient rencontrés…

Finnula poussa un grognement et enfouit sa tête sous l'oreiller.

— Pourquoi Robert ne s'en est-il point chargé ? s'étonna Brynn.

— Robert refuse de lui adresser la parole. Il se contente de lui jeter des regards noirs par-dessus son gobelet…

— Son gobelet ? s'offusqua Brynn. Ils boivent dans une situation pareille ?

— Sire Hugo a réclamé qu'on ouvre un tonneau de la bière de Mel. Voulez-vous bien me laisser finir, maintenant ? s'impatienta Camilla, qui avait hâte de poursuivre sa prestation. Brissac a donc expliqué que Sire Geoffrey avait surpris Finn, un jour, à la source de Saint-Elias, qu'il l'avait espionnée, qu'il s'était entiché d'elle et l'avait suivie jusqu'à Stephensgate... Sire Hugo est devenu tout rouge avant de maugréer : « Ce vieux bouc ! » Puis le shérif lui a raconté que Robert s'était démené pour que Finnula ne soit point contrainte de l'épouser, parce que ses larmes étaient intarissables à la perspective d'une telle union, mais qu'il n'avait pu dissuader le vieux roquentin, lequel avait ordonné, en le faisant inscrire sur une peau de mouton, que Robert lui donne la main de Finn s'il ne voulait point perdre le moulin...

La tête toujours enfouie sous l'oreiller, Finnula se mit à battre des pieds jusqu'à ce que Patricia l'attrape par les chevilles.

— Reste tranquille, petite bourrique, nous écoutons Camilla.

— Vous ne pouvez donc pas me laisser en paix ? demanda Finnula d'une voix étouffée par les plumes.

— Non, répliqua Patricia, poursuis, Camilla.

— Eh bien, il était évident à sa mine furibonde que Sire Hugo en voulait à son père d'avoir abusé de son pouvoir seigneurial, puisqu'il a recraché toute sa bière et qu'il a bien failli frapper Matthew Fairchild...

— Il n'a pas osé ! s'exclama Patricia.

— Non mais il a bien failli. Lorsqu'il est redevenu maître de lui-même, le shérif a poursuivi, en expliquant que Finn s'était préparée pour ce mariage comme pour son enterrement... (Finnula remuait toujours les pieds.) Je suis désolée, Finn, j'avais oublié combien tu détestais qu'on évoque ce jour, mais il faut bien que je vous raconte ce qui s'est dit en bas. Le shérif a fait le récit des noces, de la fête dans la salle de réception du manoir, du coucher des époux, puis de ce qui…

Finnula chassa l'oreiller et s'assit sur le lit.

— Qu'a dit Sire Hugo, Camilla ? demanda-t-elle en saisissant le poignet de sa sœur. Lorsque le shérif lui a appris cet épisode.

Satisfaite de constater qu'au moins une de ses auditrices appréciait sa chronique, Camilla prit son temps pour répondre. Elle joua avec ses boucles rousses et admira l'énorme diamant qui ornait l'un de ses doigts et que son mari lui avait offert la semaine précédente. Voyant que ses quatre autres sœurs étaient aussi suspendues à ses lèvres, elle tapa dans ses mains.

— Eh bien, le shérif a raconté que Finnula était sortie en hurlant de la chambre, les cheveux en bataille comme une auréole de feu… J'ai bien aimé cette comparaison… Bref, il a donc expliqué que Finnula était arrivée en criant que le comte avait trépassé. Vous auriez dû voir le visage de Sire Hugo à cet instant. Blanc comme un linge, la mâchoire décrochée. « Trépassé ? » a-t-il répété. Brissac a acquiescé, avant de narrer la suite des événements : la ruée générale vers la chambre, le comte étendu au sol, raide mort, l'hystérie de Finnula, qui jurait qu'elle n'avait rien fait, les accusations immédiates de Reginald Laroche, qui la soupçonnait d'avoir empoisonné le grison…

— Mais comment a-t-il réagi ? insista Finnula en agrippant plus fermement cette fois le poignet de Camilla. Qu'a dit Sire Hugo en l'apprenant ?

— Il a regardé le shérif dans les yeux et déclaré de sa voix grave… Oh, Finnula, il est vraiment séduisant, ce Sire

Hugo ! Et sa voix est si caressante, elle rappelle le tonnerre qui gronde. Elle me donne des frissons dans le cou…

— Peu me chaut de savoir l'effet que la voix de Sire Hugo provoque en toi. Qu'a-t-il dit ?

— Que personne ne pouvait, en toute honnêteté, croire Finnula Crais capable d'empoisonner quiconque, même un être aussi odieux que son père. Le shérif a ajouté qu'il avait toujours été persuadé de ton innocence, et que le sort avait frappé un coup bien sévère…

— Qu'entendait-il par là ? demanda Finnula.

— Las ! Est-ce que j'en sais quelque chose ? Brissac a expliqué qu'aucun poison n'avait été trouvé et que personne d'autre n'était décédé cette nuit-là, alors que tout le monde avait mangé le même repas. Qu'en conséquence, il avait déclaré la mort naturelle de Sire Geoffrey, qui comptait après tout soixante…

— Et quel âge a ton mari ? s'enquit Patricia d'un air malicieux.

— Va au diable ! Il a à peine cinquante printemps…

— Que s'est-il passé ensuite ? siffla Finnula.

— Le shérif a donc expliqué qu'il croyait en ton innocence et que seul Reginald en doutait… Te souvient-il que cette gourgandine d'Isabella te traitait de meurtrière ?

Mellana poussa un cri de protestation depuis le coin où elle se tenait toujours, et Camilla lui décocha un regard assassin.

— Mel, je me fiche qu'Isabella soit ton amie. La terre n'a jamais porté plus fieffée vipère. Te rappelles-tu que son père est entré dans une rage noire lorsque Brissac a refusé d'arrêter Finnula ? Lorsque le père Edward a prononcé l'annulation du mariage, Laroche a cessé de te tourmenter. Sire Hugo a d'ailleurs dit une chose étrange à ce sujet.

— Laquelle ? demanda Finnula devenue aussi blanche que les draps.

— Il a dit : « Finnula n'a donc jamais touché son tiers ? »

Le shérif a rétorqué que le mariage avait été annulé, et Sire Hugo a complété : « Ce qui signifie que le domaine dans son entier est tombé sous la coupe de Laroche. » Brissac a acquiescé en précisant : « Vous étiez retenu à Saint-Jean-d'Acre, monseigneur, et nous croyions tous que vous ne survivriez guère à votre emprisonnement. »

Patricia donna un coup de coude à Finnula en lançant :

— Ton comte est persuadé que Reginald a tué son père et qu'il a voulu te faire porter la responsabilité de ce crime, pour que tu termines sur la potence et qu'il récupère le domaine. Je vous le prédis, le sang va couler. Tu m'as entendu, Finnula ?

— Oui-da. Fais attention, je me suis blessée à la côte, dit-elle en se frottant le flanc.

— Sire Hugo ne sera pas davantage capable que Brissac de prouver la culpabilité de Reginald Laroche, Patricia, intervint Christina en secouant la tête.

— Et ensuite ? demanda Finnula, qui ne parvenait plus à dissimuler sa curiosité.

— Sire Hugo a ajouté quelque chose que je n'ai encore pas compris : « Voilà pourquoi ils lui donnaient du madame ! », et le shérif a éclaté de rire. Ensuite, il a expliqué que tu avais fait le serment de protéger les vassaux de Sire Geoffrey, et Sire Hugo a dit que tu n'avais jamais cessé de remplir ton devoir de châtelaine, ce qui était une bonne chose, puisque, lorsque vous seriez mariés, tu…

— Comment ? s'écria Finnula.

— Ce fut exactement la réaction de Robert. Il s'est levé de son fauteuil en hurlant : « Vous ne pouvez pas l'épouser ! », et Sire Hugo a répliqué que ce serait le cas si tu acceptais. Le shérif est derechef parti d'un grand rire. Robert se serait jeté sur le comte si Bruce ne l'avait retenu en le raisonnant… Notre frère s'est exclamé qu'il lui était égal que Sire Hugo fût son seigneur, qu'il préférerait voir Finnula morte plutôt que la laisser épouser un autre Fitzstephen. Il a enchéri qu'elle avait pleuré des jours durant avant son mariage avec le premier comte et qu'elle sanglotait déjà à la perspective d'épouser le second. Et là, le croirez-vous, Sire Hugo a menacé de jeter Robert au cachot pour son insolence ! Il a même traité notre frère de godelureau et l'a accusé de se mêler de ce qui ne le regardait pas ! Il a complété qu'il ferait mieux de te surveiller d'un peu plus près et de t'empêcher de déambuler en chausses. Robert a alors rétorqué : « Si vous êtes capable de la mettre au pas, monseigneur, elle est à vous ! » Et Sire Hugo a dit : « Je vous remercie », puis le shérif a proposé de trinquer à la santé du jeune couple !

Christina secoua Finnula.

— As-tu entendu, Finn ? As-tu entendu ?

Finnula acquiesça faiblement. La tête lui tournait. Naturellement qu'il avait prétendu vouloir l'épouser après tout ce qui était arrivé ! Mais il ne pouvait être sincère. C'était son sens de l'honneur qui le poussait à agir de la sorte. Et Finnula se refusait à épouser un homme pour flatter sa chevalerie. Si elle attendait un enfant, elle partirait…

elle irait dans un couvent, sans doute. Elle prétexterait un pèlerinage nécessaire à la purification de son âme. Même si elle doutait que quiconque ajoute foi à ce mensonge... Elle mettrait cet enfant au monde et le confierait à un couple dépourvu de descendance avant de rentrer chez elle.

Oh oui, tout plutôt qu'un mariage sans amour...

— Finnula, que t'arrive-t-il ? N'es-tu pas heureuse, ma douce ? Ne l'aimes-tu pas ?

Brynn la tira gentiment de sa rêverie.

— Brynn, je le prenais pour un étranger... un malheureux chevalier de Caterbury, et j'apprends qu'il s'agit du fils de Sire Geoffrey ? Quelle réaction attendez-vous de moi ?

Elle n'aurait jamais partagé sa couche si elle avait su ! Dans quel pétrin elle était maintenant !

— Quelle différence cela fait-il ? demanda Camilla. Il reste l'homme le plus séduisant qu'il m'ait été donné de... Finnula, songe combien ça te changera d'être la châtelaine du manoir de Stephensgate au côté de Sire Hugo, plutôt qu'auprès de son père. Pour ma part, je ne lui refuserais pas une place dans mon lit...

— Camilla, tu parles comme cette catin d'Isabella Laroche, l'interrompit Patricia.

— Finnula, reprit Brynn d'une voix douce. Réfléchis un peu. Sa comédie n'était pas malintentionnée. Cherchait-il à te blesser ? Non. Il semble nourrir de sincères sentiments à ton encontre... (Finnula poussa un petit ricanement.) Ou du moins se soucier de ton futur. Pourquoi se battrait-il pour obtenir ta main, autrement ?

Finnula demeura coite. Elle regarda par la fenêtre et constata que le crépuscule était tombé. S'il insistait autant pour l'épouser, c'est parce qu'il l'avait déshonorée. Étant son seigneur, il lui devait protection. Elle aurait agi de même avec n'importe lequel de ses sujets, si elle en avait eu.

— Il est vrai que si tu te maries avec lui, tu devras faire des sacrifices... commença Brynn.

— Eh oui, poursuivit Patricia. Plus de chausses.

— Ni de chasse, continua Camilla.

— Ni d'escapade avec Violette plusieurs jours durant, ajouta Christina.

— Mais songe à tout ce que tu gagneras en contrepartie, compléta Camilla, l'œil brillant. Songe aux bijoux et aux bliauds ! Songe aux servantes qui seront là pour te brosser les cheveux, te préparer un bain et un dîner ! Tu seras la femme la plus riche de Stephensgate...

— Isabella Laroche succombera de jalousie, poursuivit Patricia.

— Tu dois l'épouser, Finn, conclut Camilla. Tu apprendras à l'aimer. Comme j'ai appris à aimer Gregory.

— Je n'aurais pas pris cette union-là pour modèle, rétorqua Patricia.

— Et pourquoi ? Certes, il s'agissait d'un arrangement au départ. Gregory était follement épris de moi, et j'ai accepté de l'épouser à certaines conditions...

— Comme ce collier ? demanda Patricia non sans ironie.

— Oui, et alors ? répliqua Camilla en portant une main au rubis orné d'une perle qui pendait à son cou. Entre autres. Petit à petit, Finnula, je me suis mise à apprécier Gregory pour ses autres qualités...

— Comme ? ricana Patricia. Il est assez vieux pour être ton...

Un grondement pareil à un coup de tonnerre interrompit leur babil. C'était Robert.

— Finnula Crais ! Descends ici tout de suite !

La jeune fille fut saisie d'affolement.

— Oh non ! Sire Hugo doit être parti. Robert va me tordre le cou ! Vite… je dois me faufiler par cette fenêtre…

Christina se précipita à la petite lucarne.

— Que nenni, le cheval de monseigneur est toujours dans la cour.

— Robert veut sans doute connaître ta réponse, ajouta Brynn. Finnula, tu dois aller le trouver.

Finnula s'adossa contre les coussins et croisa les bras.

— Certainement pas, s'obstina-t-elle.

— Oh, Finn !

— Je ne sortirai pas de cette chambre tant que cet homme n'aura pas quitté la maison. Et rien ne me fera changer d'avis.

Brynn et Camilla échangèrent des regards avant que l'aînée ne prenne la parole :

— Finnula, es-tu certaine que rien de… fâcheux ne s'est produit pendant votre voyage ?

— Pourquoi cette question ? s'offusqua-t-elle.

Ses sœurs étaient-elles donc capables de lire en elle comme dans un livre ouvert ? Elles n'avaient remarqué aucun changement en Mellana, et pourtant elle était enceinte !

— Il me semble que tu nourris une colère excessive à son encontre. Après tout, son attitude n'a rien de surprenant. Peut-être n'avoue-t-il jamais aux femmes la fortune de sa naissance de peur qu'elles ne s'intéressent à lui que pour sa… euh… sa bourse…

Ces manigances ressemblaient en effet beaucoup à Sire Hugh... ou plutôt devrait-elle dire à Sire Hugo. Quelle idiote elle faisait ! Un homme et son écuyer de retour de Terre sainte et qui se dirigeaient vers Stephensgate... Naturellement, elle aurait dû comprendre qu'il ne pouvait s'agir que de Sire Hugo. Il avait à peine déguisé son nom – Hugo Fitzstephen était devenu Hugh Fitzwilliam –, pourtant elle n'avait rien compris ! Sans parler de son frère aîné, Sire Henry. Tout le monde, au village, connaissait l'histoire du fils préféré de Sire Geoffrey, et *elle* n'avait pas fait le lien ! Hugo devait être consterné par sa bêtise. Elle lui avait trouvé un air familier, à la source, parce qu'il ressemblait à son père, mais elle avait été incapable d'en tirer les conclusions qui s'imposaient.

Parfait ! Il avait réussi à démontrer qu'elle était une gourde écervelée. La prochaine fois qu'elle rencontrerait un homme, elle se montrerait plus prudente. Elle pouvait le remercier.

— Finnula ! hurla Robert.

Le grondement fit presque trembler les poutrelles.

— Vas-y, Brynn, conseilla Finnula, dis-leur que, même si je suis consciente de l'insigne honneur que cette demande représente, je n'ai nullement l'intention d'épouser le comte et qu'il peut rentrer chez lui maintenant.

Brynn se leva à contrecœur.

— Finnula, je crois que tu commets une erreur. Ne laisse pas la fierté ruiner ton bonheur...

— Je te remercie pour le conseil, mais mon bonheur est ici, dans ce moulin.

En poussant un soupir, Brynn quitta la chambre pour aller transmettre le message de Finnula. Patricia, qui arpentait sans relâche la pièce exiguë, s'arrêta devant Mellana et lança froidement :

— J'espère que tu es satisfaite. À quoi songeais-tu en demandant à Finn d'accomplir une mission aussi grotesque ? Enlever un homme pour obtenir une rançon ! Pouah ! Tu as passé beaucoup trop de temps avec cette Isabella. J'ai dans l'intention d'exiger de Robert qu'il t'interdise de la revoir.

— Je ne m'en soucie guère, pleurnicha Mellana, je ne veux plus jamais la croiser.

— Enfin tu retrouves la raison ! Tu es bien fortunée, Mellana, que le hasard ait placé sur la route de Finnula un homme doté d'un vrai sens chevaleresque. Imagine un peu si elle avait enlevé un homme comme Reginald Laroche ? Penses-tu qu'elle recevrait des propositions de mariage ? Que nenni ! Elle aurait perdu sa virginité et attendrait probablement un enfant à l'heure qu'il est…

— Patricia ! intervint Finnula. Laisse Mel en paix.

— Tu sais bien que je dis la vérité.

Un nouveau grondement ébranla les fondations de la maison. Il fut, cette fois, suivi d'un tonnerre de pas dans les escaliers. Le premier étage de la maison était le domaine réservé des femmes Crais, elles étaient donc peu habituées à y entendre une démarche masculine. Elles se figèrent toutes autant qu'elles étaient.

— Finnula !

Cette fois, ce n'était pas Robert mais Sire Hugo qui tempêtait, et il se trouvait juste derrière la porte de la chambre. Finnula échangea un regard de surprise avec ses sœurs, mais demeura coite.

— Finnula, rugit-il, vas-tu te décider à me laisser entrer, ou faudra-t-il que je défonce cette porte ?

Ce fut Mellana qui, bondissant de son fauteuil, se précipita sur la poignée. Elle ouvrit le battant en grand et découvrit le visage énervé de Sire Hugo. Elle s'inclina en une gracieuse révérence et se mit à jacasser de façon incohérente.

— Oh, monseigneur, je vous en prie, ne vous mettez pas en colère contre Finnula, tout est ma faute. Voyez-vous, je l'ai forcée à agir de la sorte. Elle ne voulait point, mais je me suis mise à pleurer, et...

— Oui, vous savez y faire avec les larmes, observa-t-il d'une voix mordante. Et vous avez raison, tout est votre faute, à vous et à votre Jack Mallory.

Aucun son ne sortit de la bouche grande ouverte de Mellana. Elle tourna des yeux agrandis par l'horreur vers sa sœur, aussi immobile qu'une statue.

— Tu lui as raconté ! Oh, Finn, comment as-tu pu ?

— Oui-da, elle m'a tout appris, rétorqua Hugo, et vous devriez vous estimer heureuse, car sans cela vous ne recevriez point ceci accompagné de ma bénédiction... dit-il en déposant une bourse replète dans la paume de Mellana. Ceci suffira à payer votre dot et les dépenses annexes. J'ai suggéré à Frère Robert de trouver une place au moulin pour votre mari. La situation de troubadour manque de stabilité, et maintenant que Jack a votre âme, et celle du futur enfant, à charge...

Mellana faillit s'étrangler, et les narines de Patricia se mirent à palpiter.

— Mel ! s'écria-t-elle. Tu...

Hugo l'interrompit.

— Votre frère vous attend en bas, Mellana… Je puis vous appeler ainsi, n'est-ce pas ? Nous serons bientôt parents, après tout. Robert aimerait vous dire quelques mots.

Mellana était trop effrayée pour se remettre à pleurer. Elle pressa le sac de pièces contre sa poitrine et sortit de la chambre, la tête baissée. En voyant l'expression inquiète de Finnula, Hugo ajouta d'une voix douce :

— Ne t'alarme point, Frère Robert m'a promis de ne pas frapper une femme enceinte.

C'était plus que Finnula n'en pouvait supporter. Sautant du lit, elle s'écria :

— Satané nigaud ! Pourquoi as-tu tout raconté à Robert ? Il va faire de sa vie un enfer !

— Plutôt la sienne que la tienne, Finn, répliqua-t-il en se tournant vers Camilla, Patricia et Christina. Si vous voulez nous excuser, mesdames, votre sœur et moi avons certaines affaires à discuter en privé.

— Oh, bien sûr, dit Camilla en s'inclinant et en filant vers la porte. Bien sûr, monseigneur !

— Toutes nos excuses, monseigneur, compléta Christina, qui se déplaçait moins prestement depuis sa grossesse.

Patricia fut la dernière à sortir. Avant de franchir le seuil, elle lança, à l'attention de Hugo :

— Embrassez-la, elle reviendra sur sa position.

Puis elle referma le battant sur elle.

Se retrouvant seule avec Sire Hugo dans la chambre, Finnula mesura à quel point la situation était déséquilibrée. Elle avait oublié combien il était intimidant. Il devait courber la tête pour éviter de toucher les poutrelles. Le comte lui-même paraissait conscient de l'incongruité de sa présence dans cette pièce décorée de bouquets de roses séchées. Ses yeux d'or glissèrent des cheveux épars de Finnula à ses pieds nus, s'attardant quelque peu sur son décolleté pigeonnant.

— Moi qui aurais cru que tu avais suffisamment joui du spectacle de ma personne pour une journée !

— En quoi tu te trompes, Finnula, répondit-il avec un sourire coquin. Je ne me lasserai jamais de ta personne. Voilà pourquoi le mariage me semble la réponse la plus sage…

— Le mariage ? Je t'ai déjà dit que je ne voulais point me remarier. Tu n'écoutais sans doute pas !

— Puis-je te demander pourquoi, si tu es aussi désireuse d'éviter le mariage que tu le prétends, tu t'es comportée de la sorte ces derniers jours ?

Finnula sentit le rouge lui monter aux joues lorsqu'elle répondit :

— Je n'ai pu m'en empêcher.

— De quoi ? De faire l'amour avec moi ?

— Oui, reconnut-elle en baissant les yeux vers ses pieds.

— Regarde-moi, Finnula.

Elle secoua la tête et se tourna vers la fenêtre. Dans la cour, le shérif riait de bon cœur.

— Aurais-tu épousé Hugh Fitzwilliam ?

Aurait-elle accepté de devenir la femme de cet odieux chevalier ? À sa grande surprise, oui. Elle haussa les épaules.

— Cela ne nous avance guère.

— C'est tout ce que j'ai à répondre, lâcha-t-elle. Je l'ignore. Je ne puis prédire ce qui serait advenu, de même que je ne puis te dire l'avenir. Je puis cependant t'assurer que je ne mettrai plus jamais le pied dans cette maison, ce qui rend notre union impossible.

— Quelle maison ? Tu parles du manoir de Stephensgate ?

— Oui... J'y ai passé les pires heures de ma vie. J'ai juré que je ne franchirais plus jamais ce seuil maudit...

— Finnula, je sais ce qui est arrivé entre mon père et toi...

— Non, l'interrompit-elle avec véhémence. Tu ne sais rien, personne ne sait. Ton père était fou, complètement fou, il me prenait pour ta mère. Brissac ne t'a point rapporté ce détail, si ? Sire Geoffrey n'a jamais utilisé mon prénom, il m'appelait Marie. C'était le nom de ta mère, n'est-ce pas ?

Hugo acquiesça d'un air penaud.

— Il ne m'a jamais aimée, reprit-elle. Il ne me connaissait même pas. Dans son esprit dément, j'étais Marie, je lui appartenais, et rien de ce que j'aurais pu dire ou faire ne l'en aurait dissuadé...

— Finnula... commença-t-il en s'avançant vers elle, mais elle leva une main pour l'arrêter.

— Je suis désolée de te l'apprendre, mais j'ai eu l'impression qu'un miracle s'était produit cette nuit-là. À peine avions-nous pénétré dans sa chambre qu'il s'est effondré. J'ai eu si peur, je ne savais comment agir...

— Finnula, écoute-moi. Nous condamnerons cette pièce. Tu n'auras plus jamais à y pénétrer...

Finnula paraissait envoûtée, elle poursuivit comme si elle n'avait pas entendu Hugo.

— Je suis restée là, les bras ballants, alors qu'il agrippait sa poitrine, cherchant désespérément à reprendre son souffle. J'ai couru chercher le shérif, priant pour qu'il n'ait pas encore quitté la fête... mais, le temps que je le ramène, Sire Geoffrey s'était éteint.

Ce n'est qu'en voyant une larme rebondir sur sa manche que Finnula se rendit compte qu'elle pleurait.

— Puis j'ai été accusée de l'avoir... assassiné ! Reginald Laroche voulait me voir pendue dans l'heure ! Le shérif s'y est opposé...

Cette fois, Hugo ne se laisserait pas arrêter dans son élan. En une enjambée, il la rejoignit et la serra dans ses bras, pressant son visage humide de larmes contre sa poitrine et susurrant à son oreille :

— Je sais, je sais. John m'a tout raconté. Mais nous pouvons faire table rase du passé, n'est-ce pas ? Nous pouvons tout oublier et prendre un nouveau départ. Dès mon retour au manoir je renverrai Laroche, puis j'exigerai qu'on mure la chambre. Finnula, sèche tes larmes...

Elle en était incapable. Elle s'effondra contre lui, et se détesta pour cela. Comment pouvait-elle afficher une telle faiblesse ? Sa fierté n'avait-elle pas été déjà assez égratignée en sa présence ? Elle s'essuya les yeux de sa manche et tenta de retrouver une composition. Elle repoussa sa poitrine, mais il refusait de la lâcher. Il la serra même plus fort.

— Écoute, Finnula. Cela ne changera rien. Bien sûr, tu ne vivras plus au moulin, mais le manoir sera tien, tu pourras y faire ce que tu veux. Et tu auras la responsabilité de mes vassaux. Ils te considèrent déjà comme leur dame. Autant devenir la vraie dame Finnula, ne crois-tu pas ? Tu m'aideras à leur rendre ce qui leur a été si indûment dérobé.

J'ai besoin de ton aide. J'ai été absent dix ans. Je ne peux me fier à Laroche. Il me faut un guide...

— Demande à Robert. Il t'aidera. Ou à John de Brissac. Tu n'as point besoin de moi...

— Mais si. Ma foi, Finnula, je ne porte peut-être pas le nom de Sire Hugh, mais je reste le même homme. Pourquoi me hais-tu soudainement ?

— Parce que, grogna-t-elle en cherchant à lui échapper, tu m'as menti !

— C'était avant de savoir qui tu étais, expliqua-t-il. De surcroît, j'avais une lame sur la gorge, t'en souvient-il ? Tu ne pouvais pas t'attendre à ce que je t'apprenne que j'étais comte alors que tu pensais avoir pris un chevalier en otage. Cesse de te conduire comme une fillette, Finnula.

— Et tu n'as voulu m'épouser que parce que mon frère menaçait de te tuer...

— Je te demande pardon, Finnula, mais il me semble que j'étais celui qui tenait ton frère en respect à la pointe de mon épée, et non le contraire. Dieu m'est témoin, j'étais décidé à t'avoir au moment où tu m'as surpris à la source et où tu m'as annoncé que j'étais ton prisonnier. Puisque le mariage est le seul moyen de te posséder sans perdre le respect de mes vassaux, j'ai demandé ta main...

— Ah ! Tu vois, c'est bien ce que je disais ! Tu ne veux point m'épouser...

— Aucun homme ne veut s'enfermer dans un mariage, Finnula. Cependant, il y a certaines femmes qu'il est impossible d'avoir autrement, et c'est donc un sacrifice librement consenti pour atteindre un objectif particulier...

Finnula était si furibonde qu'elle l'aurait mordu si elle l'avait pu.

— J'en étais sûre ! Je te ferai savoir qu'il y a certaines femmes qui refusent aussi de s'enfermer dans le mariage ! Et tu peux me compter parmi elles ! Je te préviens tout de suite, je serai une piètre épouse. Je ne sais guère coudre, et il n'y a pas plus maladroite que moi avec un balai ou devant un fourneau. Je quitterai la maison à l'aube pour aller chasser toute la journée, je rentrerai maculée de boue et fatiguée, et ma vue sera si déplaisante que...

— Si c'est que tu crois, tu es bien plus innocente que ne me l'a laissé penser ton attitude hier soir.

Avant qu'elle ait le temps d'égrener un nouveau chapelet d'insultes, il la bâillonna de sa bouche. Finnula continua à se débattre, bien décidée à lui faire comprendre qu'il commettrait une grave erreur en l'épousant. Pourtant, elle avait tant de mal à rester en colère lorsqu'il posait ses lèvres sur les siennes... Et très vite elle s'abandonna complètement à cet embrassement et jeta ses bras autour de son cou.

Quand leur baiser se termina, Hugo plongea ses yeux verts dans les siens et lui demanda :

— Alors, m'épouseras-tu, à la fin ?

— Tu ne me laisses pas vraiment le choix, répondit-elle d'une voix où le trouble transparaissait.

— Non, je te forcerai, s'il le faut. Sur une peau de mouton.

— Je n'abandonnerai pas mes chausses.

— Si. Je les brûlerai.

— Tu n'oseras pas !

— Oh que si ! Et je veux mon émeraude.

— J'ignore où elle se trouve.

— Autour de ton cou. Crois-tu que je ne l'ai pas sentie en te serrant dans mes bras ?

Finnula se renfrogna en lissant les plis de sa robe.

— Bien, reprit Hugo, à présent, je suggère que tu prépares ton bagage, parce que je t'accorde une nuit de répit. Demain, nous célébrerons notre union.

— Demain !

— Oui, demain. Ne songe pas à t'enfuir, parce que je ne suis pas d'humeur à te courir après. Et je te rattraperais. Tu le sais.

Finnula considéra qu'il serait plus sage de ne pas tenter le diable.

Chapitre 11

Hugo n'avait pas remis les pieds chez lui depuis des années, si tant est qu'il pût se sentir chez lui au manoir de Stephensgate. Le souvenir de la trahison de son frère était aussi frais que si elle était survenue la veille. Henry avait beau être mort et enterré, à l'instar de ses parents, un frisson échappa à Hugo lorsqu'il approcha de son domaine.

La cloche de l'église venait de sonner sept heures, pourtant le ciel était encore clair. Ce n'était que la deuxième semaine du mois de mai, mais le soleil demeurait au-dessus de la ligne d'horizon bien après vêpres. Dans la lumière pourpre du crépuscule, Hugo distingua les deux tours qui flanquaient les murs de pierre entourant la bâtisse connue comme le manoir de Stephensgate. Il lui manquait des douves, un pont-levis et de véritables murailles pour mériter le nom de château, mais c'était un édifice impressionnant, qui surplombait le village de Stephensgate à la façon d'un oiseau de proie.

Construit en pierre et coiffé d'un toit d'ardoises, le manoir était entouré de dépendances – écuries, four à pain, entrepôts... Il avait été conçu pour abriter le seigneur de Stephensgate et ses gens en temps de guerre, et c'est à cet effet que les deux tours avaient été élevées. Elles étaient surplombées par des parapets, depuis lesquels des archers pouvaient aisément tirer. Ces tours n'avaient pas d'autre fin que militaire, et chacune ne contenait d'ailleurs qu'un escalier en colimaçon menant à son sommet.

Stephensgate n'ayant pas connu de guerre féodale depuis plus d'un siècle, elles étaient tombées en désuétude bien avant la naissance du père de Hugo. À l'exception des fois où, enfant, il était monté y jouer avec son frère Henry, Hugo n'avait pas souvenir d'avoir jamais vu personne y pénétrer.

Pour cette raison, lorsqu'il franchit les portes du manoir, accompagné de John de Brissac, il fut surpris d'être hélé depuis les créneaux.

— Bien le bonjour !

Le comte leva la tête, et, dans le jour déclinant, il distingua entre deux merlons le visage d'un garçon aux cheveux filasse.

— Bonjour ! répondit Hugo.

C'était une soirée tranquille, le silence n'était rompu que par les roucoulements ponctuels des colombes. Elles nichaient déjà entre les tuiles d'ardoise du toit du manoir lorsque Hugo était enfant. L'écho de sa voix puissante résonna dans la cour vide.

Le shérif avait démonté, et sa jument, soulagée de ne plus supporter son lourd fardeau, exécuta quelques cabrioles sur les pavés.

— Bonjour, Jamie ! s'écria-t-il jovialement. Va chercher le vieux Webster, veux-tu ? Il s'occupera de nos chevaux.

La tête de Jamie ne bougea pas.

— Qui vous accompagne, shérif ?

Le garçon, qui ne devait guère avoir plus de neuf ou dix

ans, dégageait une autorité naturelle, même à six mètres de distance.

— Qui m'accompagne ? gloussa l'homme de loi. Messire Fitzstephen.

Les sourcils du garçon se froncèrent.

— Sans char ? Sire Hugo ?

— En personne.

La tête blonde considéra attentivement le comte avant de disparaître derrière un créneau. Hugo échangea un regard amusé avec le shérif.

— Qui était-ce ? demanda-t-il en retirant ses gants et en les tapant contre sa cuisse.

— Jamie.

— Combien de pique-assiettes se terrent donc en ces lieux ?

Hugo balaya des yeux la cour, étonné de constater qu'ils avaient peu changé en dix ans. Les écuries, le four à pain... tout était semblable à son souvenir. En un peu plus délabré, peut-être, mais étrangement familier.

— Ah, soupira le shérif, il s'en trouve de toutes sortes... On y compte d'ailleurs votre écuyer, que vous avez envoyé en éclaireur...

— Oh, Peter est donc arrivé ?

Hugo était surpris. Lui qui était capable de se perdre dans les rues de Londres, où il avait pourtant grandi.

— Oui, hier, avec un récit à coucher dehors. Il nous a conté que vous aviez été attaqué par des bandits de grand chemin qui nous enverraient une demande de rançon sous peu. Laroche, ignorant comment réagir, m'a fait mander. Comme de bien entendu, dès que le garçon m'a aperçu, il s'est refermé comme un coquillage.

Hugo ricana.

— Finnula l'avait mis en garde. Il ne devait rien dire au shérif au sujet de mon… de ma disparition, au risque de causer ma perte.

— Tout s'explique ! Ah, voici Webster.

Le vieux serviteur, qui s'occupait des écuries de Stephensgate depuis des années, approchait en traînant les pieds. Il posa ses prunelles laiteuses sur Hugo.

— Est-ce bien vous, monseigneur ?

— Oui-da, Webster.

Le cœur de Hugo se gonfla d'un émoi inattendu en découvrant que le vieillard, toujours debout, s'acquittait encore de ses tâches, bien que le manoir fût privé de seigneur depuis plus d'un an. Pour rien au monde Webster n'aurait abandonné ses « beautés », comme il avait l'habitude d'appeler les montures, avant d'avoir la certitude qu'elles étaient entre de bonnes mains.

— Quel plaisir de vous revoir ! lança Hugo en allant à sa rencontre et en serrant son bras décharné. Quel plaisir !

— C'est bien vous, reprit Webster d'une voix dénuée de toute émotion. Je reconnaîtrais votre poigne entre mille, vous n'avez jamais maîtrisé votre force… Vous voilà donc de retour.

— Oui, répondit Hugo en relâchant son bras. Pour de bon.

— Il était temps, dit-il en le considérant avec désapprobation. Mes beautés commençaient à souffrir. À présent que vous êtes revenu, tout va s'arranger.

Sans plus s'étendre, le vieil homme tourna les talons et prit les rênes des deux chevaux. Il les traîna jusqu'aux écuries en susurrant des mots doux à l'oreille de Skinner.

Hugo le regarda s'éloigner, le front plissé par la contrariété.

— Je devrais me réjouir qu'ils l'aient gardé, dit-il au shérif. Dieu sait qu'ils auraient pu le chasser, avec sa cécité, mais que diable n'ont-il pris un garçon pour l'aider !

— Une bouche supplémentaire à nourrir ? Vous déraisonnez ! Votre cousin Laroche l'a conservé à ses côtés parce qu'il n'a trouvé personne qui travaille aussi bien pour un salaire aussi maigre. Le vieil homme est dévoué aux bêtes. Et il ne coûte pas davantage qu'une fille de laiterie...

— Il en va donc ainsi ? J'aurais dû m'en douter. Et ce Jamie ? N'est-il pas garçon d'écurie ?

— Non.

— Il n'aide quand même pas maîtresse Laver ? Elle est toujours en cuisine, n'est-ce pas ?

— Oui, elle s'échine pour des émoluments de misère. Et non, Jamie ne l'aide pas. Il prête main-forte à la moindre occasion, mais réussit surtout à faire des dégâts... Bien, ajouta-t-il en se frottant les mains, alors, messire, frapperons-nous ou entrerons-nous sans plus de cérémonie ?

Le shérif était impatient de passer aux choses sérieuses, pourtant, rien ne le pressait – il avait appris à Hugo, sans s'apitoyer sur son sort, qu'il ne retrouvait pas, le soir, une épouse dévouée mais une mère acariâtre. Hugo, lui, redoutait la scène qui allait se dérouler. Il avait eu son content de violence et de mort en Terre sainte et n'aspirait qu'à une vie paisible, ce que ne garantissait en aucun cas la femme qu'il avait choisie pour partager son quotidien... Bah, il goûterait peut-être un repos mérité lorsqu'il serait grand-père. Veiller sur ses vassaux, prendre part à un tournoi de temps à autre et s'occuper de sa famille, voilà toute l'excitation qu'il espérait pour le restant de ses jours. Seulement, pour atteindre à cette paix, il lui fallait chasser ce Laroche. Il carra donc ses épaules et lança :

— Fi donc, John ! Pourquoi frapperais-je à ma propre porte ?

Sur ces mots, il s'arc-bouta pour pousser les lourdes portes, mais le loquet s'anima avant même qu'il l'ait touché, et les battants de chêne s'ouvrirent, révélant une tête blonde familière. De près, Hugo se rendit compte que le garçon avait le visage le plus crasseux qu'il lui ait jamais été donné de voir. Il lui arrivait à la taille. D'une voix de fausset, il s'écria :

— Entrez donc. Ne restez pas plantés là !

— On dirait bien que tu es ici chez toi, mon garçon.

— Manquerait plus que ce ne soit pas le cas ! Je suis né ici !

— Ah vraiment ?

Hugo écarta le garçon du passage et pénétra dans la grand-salle du manoir, une vaste salle à manger flanquée, sur les quatre côtés, d'une galerie permettant, depuis le premier étage, d'avoir une vue privilégiée sur les crânes des commensaux. Cette grand-salle occupait l'essentiel du rez-de-chaussée, mais seul son centre était surplombé d'une voûte rappelant celle d'une cathédrale, d'où pendaient trois bannières en lambeaux, vestiges d'une bataille oubliée depuis longtemps.

À l'extrémité de la pièce, face aux portes, se tenait une énorme cheminée, suffisamment large pour chauffer la salle dans son entier. Un feu y crépitait, ce qui surprenait par une si belle soirée. Deux chaises au dossier haut lui faisaient face. Aussitôt, Hugo reconnut, sur l'une d'entre elles, son écuyer, bien qu'il fût de dos. Un homme voûté occupait l'autre : il s'agissait du cousin de son père, Reginald Laroche.

Au bruit qu'ils firent en entrant, Peter tourna la tête et poussa un cri de joie.

— Voyez un peu ! Mon maître !

Alors que sa voix se répercutait en écho contre les murs, il se hissa maladroitement sur ses pieds et vint saluer les nouveaux arrivants. Hugo comprit immédiatement qu'il était saoul. Il tenait à peine debout. Il avait retiré sa cotte de mailles et avait agrémenté son bliaud de velours d'un collier en or que Hugo ne connaissait pas. Il espérait que Reginald Laroche ne le lui avait pas offert dans le but de gagner l'écuyer à sa cause : il ne savait que trop bien qu'une telle ruse pouvait porter ses fruits.

— Vous voici ! lança Peter en pointant un index hésitant sur Hugo. Sans qu'il y ait b-besoin de r-rançon à ce que j-je vois. V-vous êtes d-débarrassé d'elle, messire ?

Hugo ignora le garçon pour se tourner vers l'autre homme, qui s'avançait à son tour dans leur direction, les bras grands ouverts, en un geste qui se voulait accueillant.

— Hugo Fitzstephen ! s'écria Reginald Laroche. S'agit-il bien de vous ? De ce jeune chien fou qui, il y a dix ans, s'enfuit sur un coup de tête ? Vous aviez maudit tous ceux qui étaient réunis dans la grand-salle ce jour-là, vous en souvient-il ? Regardez-vous ! Deux fois plus charpenté que votre père, et plus haut que nos tours ! Quelle surprise ! N'est-ce pas, John ? Je vois que vous avez tiré notre seigneur des griffes de ces vils coupe-jarrets...

— Rien de la sorte, Reginald. Cette petite affaire était l'œuvre de notre chasseresse préférée.

Un nuage passa sur le visage du bailli à l'évocation de Finnula. C'était un homme de belle stature, même s'il ne pouvait guère rivaliser avec Hugo, qui arborait la moustache. Hugo se souvenait qu'il était constamment aux côtés de son père, de son vivant. Ce n'était guère un simple parent, il jouait le rôle de conseiller, d'ami de Sire Geoffrey. Un ami qui, si les soupçons de Hugo étaient fondés, n'avait pas hésité à assassiner le vieil homme et à blâmer sa jeune épouse innocente.

— Pouah ! s'exclama-t-il avec un dégoût qui n'était qu'à demi feint. Et votre écuyer qui nous parlait de bandits de grand chemin ! Bien... Nous nous attendions à recevoir une lettre réclamant une rançon, cousin... Quelle joie de vous accueillir en lieu et place de cela ! Fort heureusement, ma fille... vous vous rappelez Isabella, je présume ? Elle est devenue une belle jeune femme depuis votre départ... Et elle vous a fait préparer l'ancienne chambre de votre père...

— Je croyais que vous l'occupiez, Reginald, l'interrompit Hugo.

— Eh bien, oui, mais maintenant que vous nous êtes revenu, cousin, il convient...

— En effet.

Reginald avait entrepris d'endosser le costume du parent loyal, s'étant démené pour veiller à la bonne marche du domaine après la mort subite du seigneur et, à présent, enchanté de se mettre au service de son héritier. Il ignorait que son administration n'avait aucun secret pour Hugo.

Parcourant la pièce du regard, un air d'indifférence au visage, Hugo lança :

— Tout me semble en ordre... J'ai été heureux de retrouver Webster. Ne vous a-t-il pas paru un peu affaibli ces derniers temps ? N'avez-vous jamais envisagé de lui donner une aide ?

— Les choses ont bien changé depuis que vous êtes parti, cousin. Bien changé... Votre père a vendu la plupart des chevaux juste avant sa mort. Il ne voyait pas l'intérêt d'entretenir autant de bêtes. Il était seul, voyez-vous...

— C'est surprenant, si l'on songe qu'il allait se marier. Il devait bien avoir prévu une jument pour sa future épouse, sans parler des enfants...

Tout en devisant, Hugo frappa de ses gants un bouclier fixé au mur qui portait les armoiries des Fitzstephen (deux faucons et un agneau), libérant ainsi un nuage de poussière. Reginald hésita une seconde, pas davantage, avant de répondre :

— Ah, le shérif vous a raconté cet épisode. Un jour bien sombre dans l'histoire de votre famille. La folie a saisi votre père dans les semaines précédant son mariage fatal avec cette petite donzelle... Mais rien ne sert de ressasser ces tristes souvenirs, pas quand l'avenir vous sourit. À présent, il nous faut célébrer votre retour, cousin. Jamie, cours prévenir maîtresse Laver de l'arrivée de messire, et veille à ce qu'elle prépare un repas digne d'un comte. Dis-lui qu'elle a ma permission d'égorger un cochon de lait...

Jamie, qui avait suivi la conversation entre Reginald et Hugo avec des yeux écarquillés, ne put s'empêcher d'intervenir :

— Un cochon, monsieur ? Ce ne sera pas du goût de mademoiselle Isabella...

— Explique-lui que monseigneur est parmi nous. Elle comprendra.

Reginald avait sifflé ces derniers mots entre ses dents, comme quelqu'un n'étant guère habitué à voir ses ordres discutés. Le garçon fila vers les cuisines, et le bailli se tourna vers Hugo en soupirant.

— Il est fort difficile de trouver des gens de confiance de nos jours.

— Je n'en doute pas, rétorqua Hugo en croisant les bras sur sa poitrine. Surtout quand on ne paye leur travail qu'au tiers de sa valeur.

— Je vous demande pardon ?

— Vous m'avez parfaitement entendu. Peter, va aux écuries prêter main-forte à Webster.

Le garçon était si ivre qu'il titubait, toutefois il ne perdait pas le nord.

— Pour quoi faire, messire ? Il peut bien s'occuper de deux chevaux. L'écurie n'en compte pas plus de trois en temps normal...

— Exécute-toi ! gronda Hugo.

Peter sursauta, courba l'échine et se précipita vers la sortie. Le comte ne l'avait jamais vu se mouvoir avec autant de vélocité.

— Cousin, reprit Reginald lorsque les portes de chêne se furent refermées sur l'écuyer, pardonnez ma franchise, mais vous me semblez chagrin. Quelle est la raison de cette humeur ?

Le shérif, qui appréciait toujours une bonne plaisanterie, ne put retenir un gloussement. Hugo décroisa les bras et se mit à frapper la paume de sa main droite avec ses gants, doucement d'abord, puis de plus en plus fort.

— Cousin, poursuivit Reginald avec un sourire onctueux, si c'est la vente des chevaux de Sire Geoffrey qui vous rend marri, je puis seulement vous apprendre que les dernières semaines de sa vie ne furent pas les meilleures. Il était comme possédé...

— Je suppose que le poison a progressivement eut raison de ses facultés... l'interrompit Hugo d'une voix calme.

— Le poison, cousin ? répliqua le bailli en haussant ses sourcils noirs de surprise. Le poison, avez-vous dit ? Oui-da, il a en a été question à l'heure de sa mort. J'ai d'ailleurs pensé que cette donzelle qu'il avait prise pour épouse avait glissé quelque chose dans son calice...

— Que nenni ! répondit Hugo d'un ton sans appel. L'empoisonnement a commencé bien avant le mariage. C'est ce venin qui l'a rendu fou, et, dans sa folie, il s'est mis à désirer cette union.

— Cousin... êtes-vous certain de ce que vous avancez ?

— Parfaitement.

Hugo entreprit de décrire un large cercle autour du bailli en abattant toujours en rythme ses gants.

— Ma famille, Reginald, n'a connu aucun autre cas de démence. Ni mon grand-père, ni son père, ni son grand-père...

— Eh bien, beaucoup de choses peuvent conduire un homme à la folie, insista Reginald en se tournant pour suivre la déambulation de Hugo. Dans le cas de votre père, il s'est agi de la ruse d'une jeune fille. Beaucoup l'auraient accusée de sorcellerie en des temps moins éclairés...

— Non, dit Hugo sans jamais quitter le bailli des yeux. Finnula Crais n'était pas la cause de sa démence, mais un symptôme. C'est le poison qui en est, purement et simplement, à l'origine.

Reginald prit une profonde inspiration avant de s'adresser au shérif :

— Vous lui avez donc appris ce que j'ai soupçonné à la mort du vieill... de Sire Geoffrey, s'entend ? Que la donzelle lui avait administré une potion. Oh, Hugo, vous auriez dû voir comme elle le méprisait. Elle ne lui permettait même pas de lui toucher la main. Une fille étrange. Lui avez-vous dit, shérif, que nous la suspectons de braconner mon... le gibier de monseigneur ? Une meurtrière, une braconnière, peut-être même une magicienne...

— Vous portez bien des accusations sur le compte de cette gente demoiselle, fit remarquer Hugo en hâtant progressivement le pas.

— Une gente demoiselle, cousin ? Croyez-moi, Finnula Crais n'a rien d'une innocente. Elle exhibe sa féminité en revêtant des chausses au lieu d'une robe comme toute bonne chrétienne...

— Il suffit ! rugit Hugo en s'arrêtant devant le bailli. Je vous interdis de prononcer un mot de plus sur le compte de cette jeune femme. Et je vous ordonne de m'apporter séance tenante les factures pour les chevaux qui ont été vendus ainsi que les livres de compte. Je vous intime également de m'expliquer pourquoi les impôts des serfs de mon père ont augmenté d'un tiers. Par la même occasion, vous m'apprendrez ce qu'il s'est passé cet hiver pour que nombre de mes gens n'aient dû leur subsistance qu'à la damoiselle que vous avez copieusement calomniée à l'instant.

Reginald Laroche devait bien s'attendre à une scène de la sorte. Il devait penser que, si Hugo survivait aux croisades, il lui demanderait de lui rendre des comptes sur ses actes depuis la mort de Sire Geoffrey. Hugo n'était pas en mesure de prouver que le bailli avait empoisonné son père, en dépit des soupçons qu'il nourrissait. En revanche, il apporterait facilement la preuve que Reginald Laroche s'était rendu coupable d'extorsion de monnaie. C'était pour cette raison, d'ailleurs, qu'il avait souhaité la présence de John de Brissac à son côté au moment de porter l'accusation.

— Cousin ! s'écria le bailli, surprenant Hugo par son sourire. Cousin, que vous arrive-t-il ? Vous avez ajouté foi à des clabaudages de village. J'en suis fort surpris. Vous ne me sembliez point homme à juger un de ses pairs avant que de n'avoir entendu ce qu'il avait...

— Ah ! l'interrompit le shérif en détournant une chaise du feu et en la plaçant de façon à pouvoir suivre la conversation entre Hugo et son cousin. Nous écoutons votre version des choses, monsieur Laroche, l'invita-t-il à poursuivre en prenant le calice de vin abandonné par Peter. Ce sera, je le parie, un conte divertissant. Sire Hugo, ne vous assiérez-vous point pour jouir du spectacle ?

— Je préfère rester debout, John, je vous remercie. Bien, nous sommes tout ouïe, Reginald, reprit-il en recroisant ses bras. Commencez par les chevaux.

— C'était il y a fort longtemps, il ne m'en souvient que vaguement. Je crois que l'un d'entre eux tomba malade, que le mal se répandit, et qu'à la fin il fallut presque tous les abattre...

— Mon père ne les a point vendus, alors ?

— J'ai dû me tromper, tantôt, cousin...

— Et l'accroissement des impôts ?

— Las, cousin, les inondations ! Le fleuve a débordé en juin, noyant presque toutes vos terres et détruisant plus de la moitié des récoltes. J'ai été contraint d'augmenter le montant des impôts pour remplir les greniers du manoir en prévision de l'hiver...

Hugo se tourna vers le shérif, qui était soudain devenu pensif.

— Il est vrai que le fleuve est sorti de son lit au début de l'été. Et qu'il s'est répandu dans un terrain ou deux. Mais je n'ai guère souvenance que de la destruction d'un champ de blé...

— Monsieur ! les dégâts furent bien plus sérieux ! Des lieues de terre se sont retrouvées sous l'eau des jours durant...

— Et c'est pour cette raison que vous avez exigé une telle somme de Matthew Fairchild pour qu'il obtienne la main de Mavis Poole ?

Le regard de Hugo était cinglant.

— Matthew Fairchild ? répéta Reginald d'une voix où pointait la panique. Mavis Poole ? Cousin, il doit y avoir erreur. Ces noms ne me sont nullement coutumiers...

— Les Poole cultivent le même carré de terre pour les Fitzstephen depuis plus de cinquante ans, l'informa Hugo d'un ton plein de mépris. Et vous prétendez ignorer ce nom ? Vous avez été le bailli de mon père bien avant sa mort, que faisiez-vous sinon vous familiariser avec ceux qui vous servaient ?

Reginald bredouilla une réponse, mais Hugo l'interrompit brutalement. Sa patience était à bout. Cet homme, s'il n'avait assassiné Sire Geoffrey, avait souillé sa mémoire en laissant ses gens mourir de faim. Hugo donna libre cours à la colère qui couvait depuis trop longtemps dans son sein. Il fondit sur Reginald avec un grognement et agrippa son bliaud de velours rouge dans une poigne de fer. Il souleva l'homme terrorisé au-dessus de lui et vrilla sur lui des yeux noirs de fureur.

— Je pourrais vous briser comme une brindille. Je pourrais vous lancer contre ce mur et vous rompre le cou...

— Monseigneur... intervint le shérif de Brissac, que l'inquiétude avait tiré de sa chaise.

— Je pourrais vous accuser publiquement des crimes que vous avez commis et me délecter de vous voir pourrir en prison pour le restant de vos jours. Pourtant, je préfère vous embrocher avec mon épée. J'essuierai la lame souillée de votre sang sur votre misérable carcasse...

— Messire ! s'écria le shérif, que la panique gagnait. Non !

— Avant ceci, siffla Hugo dans un râle, maintenant toujours son cousin dans son étreinte d'acier, je vais vous dire ce que vous avez fait, vous qui feignez l'innocence avec une si grande conviction...

Le reposant au sol, il ne relâcha pas pour autant son bliaud et attira son visage vers le sien.

— Rien, souffla-t-il d'une voix si basse que le shérif dut se pencher pour l'entendre. Vous n'avez rien fait pour ce domaine ni pour mon père. Vous ne vous êtes guère soucié des vies de ceux qu'il avait juré de protéger en échange de leur asservissement. Vous avez eu pour unique objectif de remplir vos poches dégoûtantes avec l'or des Fitzstephen. Ce soir, cette ère prend fin.

Hugo repoussa son cousin, qui alla heurter le mur avant de s'effondrer à terre, où il se recroquevilla en pleurant comme un enfant. Dénué de tout sentiment de compassion à l'encontre de l'homme qui avait causé la souffrance de tant d'autres, Hugo poursuivit d'une voix froide :

— J'exige que, d'ici la fin de l'année, vous me remboursiez, jusqu'au dernier sou, l'argent que vous avez volé à mes gens. J'exige que, d'ici l'aube, vous remettiez au shérif de Brissac tous les papiers témoignant des transactions dont vous vous êtes rendu coupable. Et j'exige que, d'ici demain midi, vous ayez quitté mon toit. Me suis-je bien fait comprendre ?

L'espace d'un instant, Reginald Laroche releva la tête, et Hugo lut sur son visage non pas de la peur ni même de l'agitation, non, mais de la haine pure, semblable à celle qu'il avait vue dans les yeux des ennemis qu'il avait combattus en Terre sainte. Seulement cette haine-là était encore plus terrible, car s'il est naturel d'être honni par son ennemi ce ne l'est guère de la part d'un parent. Comment le mépris qui suintait de ces prunelles noires avait-il pu échapper à son père ? À peine Hugo l'avait-il perçu qu'il disparaissait pour laisser place, sur les traits de Reginald, à une expression de soumission zélée.

— Cousin, cousin ! s'écria ce dernier en se relevant et en s'époussetant comme s'il avait trébuché par mégarde. En votre absence, je n'ai agi que pour le bien du manoir. Il est vrai que nombre de serfs se sont plaints, mais vous devez savoir que votre père les choyait. Ce sont les vassaux les plus favorisés du comté, même le shérif le reconnaîtra volontiers...

— Étaient, le reprit John. Ils étaient les vassaux les plus favorisés.

— Voyez-vous ? Votre père, Dieu veille sur son âme, était un homme bon, mais il n'avait aucun sens des affaires. Je produirai tous les papiers que vous souhaitez consulter, cousin, mais je ne puis m'empêcher de ressentir une peine violente. Prenez la nuit pour y réfléchir, cousin. Le voyage vous a fatigué, et des lèvres ennemies ont peut-être perverti votre oreille…

— Je n'ai nul besoin d'y réfléchir, rétorqua Hugo, ébahi par la morgue de son cousin. Demain vous serez parti, ou, par Dieu, de la lame de mon épée je vous chasserai…

— Père ?

Une voix chantante leur parvint, et Hugo leva les yeux vers l'escalier qui occupait le flanc droit de la grand-salle. Là, une main fine posée sur la rampe de bois poli, se tenait une délicieuse apparition. La peau blanche comme le lait, les cheveux aussi noirs que l'ébène donnaient à cette jeune fille une délicatesse avec laquelle peu de femmes pouvaient rivaliser. Isabella Laroche, dont Hugo ne se souvenait que comme d'une petite fille capricieuse à tresses, était devenue une vraie beauté.

— Père ? répéta-t-elle de sa voix mélodieuse. Que se passe-t-il ?

Puis, remarquant la présence de Hugo, elle porta une main à sa poitrine plantureuse en poussant un cri de surprise.

— Qui vois-je ? Sire Hugo !

En quelques enjambées gracieuses, elle fut devant lui et plongea dans une révérence profonde, son immense jupe violette se répandant autour d'elle comme une corolle.

— Oh, j'ai le sentiment de rêver ! J'ai entendu ce vaurien de Jamie annoncer votre retour, et je n'ai voulu me résoudre à le croire avant d'avoir vérifié de mes propres yeux.

Se relevant, Isabella lui offrit le plus charmant des sourires. Ses prunelles sombres brillaient comme de l'onyx.

Hugo fut amusé de constater qu'elle avait appliqué du rouge sur ses lèvres voluptueuses.

— Que vous êtes grand à présent, cousin ! J'étais persuadée de devoir cette impression à une illusion de jeunesse, mais je constate qu'après tout ce temps… eh bien, vous êtes toujours pareil à un chêne. Il porte beau, n'est-ce pas, père ?

— Isabella, va à la cuisine t'enquérir de la préparation du dîner, grogna Reginald.

— Oh, père, tu n'es point sérieux ! Il y a une éternité que nous ne nous sommes vus avec mon cousin. Nous avons tant de choses à nous raconter. Après tout, Hugo s'est rendu à l'autre bout du monde. Je veux tout savoir de son voyage, des ennemis qu'ils a tués.

Hugo étudia la créature ravissante que Reginald avait engendrée et comprit aussitôt la répulsion que Finnula éprouvait à son égard. Alliant la beauté à la perfidie, Isabella Laroche était, à sa façon, plus dangereuse que son père, et bien des jouvencelles devaient jalouser sa vénusté et sa situation. Isabella avait particulièrement soigné sa mise, ce soir-là : son bliaud de soie au décolleté profond rivalisait d'indécence avec celui de Mellana, et ses poignets ainsi que ses doigts étaient alourdis par une foultitude de bijoux en or.

— Je constate, cousin, que mon père a négligé de vous offrir à boire, minauda-t-elle en saisissant la main de Hugo et en la pressant contre son sein. Laissez-moi vous remplir un calice, monseigneur…

Le shérif ne put retenir un éclat de rire devant les ruses féminines qu'elle déployait si ouvertement, et elle lui décocha un regard noir.

— Oh, c'est vous. Je ne vous avais point vu. Et peut-on savoir ce qui vous amuse autant ?

— Mademoiselle, soupira John de Brissac, si vous l'ignorez, ce n'est guère à moi de vous l'apprendre.

— Isabella ! intervint Reginald. Je t'ai demandé de filer !

— Père ! Tu te montres grossier avec notre hôte !

— Sire Hugo et moi discutons une affaire d'importance qui ne te concerne point ! Va en cuisine retrouver maîtresse Laver...

— En réalité, monsieur, l'interrompit Hugo, je dînerai au moulin. Nul besoin, donc, de vous préoccuper de mon repas. Je suis certain, toutefois, que le shérif, qui restera ici pour veiller à la préparation de votre bagage, appréciera un bon souper.

— Au moulin ? s'exclama Isabella, horrifiée. Pourquoi donc iriez-vous là-bas ? Nous vous préparerons des mets bien plus élaborés...

— Sans nul doute, mademoiselle, sans nul doute, reprit le shérif de Brissac. Mais messire ne trouvera point ici la compagnie qu'il a tant goûtée ces derniers jours.

— Qu'est-ce à dire ? demanda Isabella en tournant des prunelles accusatrices vers Hugo. De quoi s'agit-il, cousin ?

Le comte rechignait à mentionner le nom de Finnula, qui s'était trouvé au cœur de bien trop de conversations à son goût ces derniers temps. Il haussa donc les épaules.

— Souvenez-vous de mes ordres, monsieur, lança-t-il en dardant un regard assassin sur le bailli. Demain, à la mi-journée, pas plus tard.

Il n'eut guère besoin d'ajouter *ou vous le regretterez*, la menace était perceptible dans le ton de sa voix.

— Monseigneur, je vous prie…

Une lourde main s'abattit sur l'épaule de Reginald. Elle appartenait au visage barbu du shérif.

— Montrez-moi vos livres de comptes, à présent, mon ami, lui ordonna John avec affabilité. Je ne me plaindrai guère de trouver une ou deux bouteilles de vin sur mon passage.

— Mais… Monseigneur, attendez…

Reginald interpella Hugo en vain. Icelui franchit les portes sans se retourner et sentit la fraîcheur de l'air nocturne sur son visage. Inspirant profondément, Hugo emplit ses poumons de l'odeur de sapin et de feu de bois. Un rossignol poussa quelques trilles au loin, et un autre, plus près, lui répondit. C'étaient ces nuits, surtout, qui lui avaient manqué dans le désert. Il était rentré pour en profiter. Et il souhaitait maintenant les partager avec Finnula, ainsi que leurs enfants, si Dieu le voulait.

Hugo se dirigea vers les écuries, où il s'apprêtait à aller tirer son écuyer du sommeil auquel il s'était vraisemblablement abandonné, lorsqu'une petite voix l'arrêta.

— Vous partez ?

Le garçon aux cheveux filasse avait surgi de nulle part. Hugo détailla sa tunique râpée et ses chausses élimées, ses joues salies et ses grands yeux noisette.

— Pour la soirée, seulement, répondit-il d'une voix posée. Je reviendrai tantôt.

Hugo s'éloigna à grands pas, mais, sentant que le garçon le suivait, il se retourna.

— À qui appartiens-tu, mon garçon ?

— Comment, monseigneur ? Moi ?

— Oui, toi. Tu appartiens à maîtresse Laver ? À Reginald Laroche ?

— Oh non, monseigneur ! Je suis à vous.

Hugo hocha la tête. Une fille de cuisine avait dû abandonner le petit à sa naissance. Hugo subviendrait à ses besoins jusqu'à sa mort. À moins qu'il ne puisse lui enseigner un métier. Il semblait de bonne constitution, malgré la crasse.

— Très bien, dit Hugo en se frottant le menton (il ne s'était pas rasé depuis si longtemps qu'il avait perdu l'habitude du contact de sa peau lisse). Tu peux me rendre un service en mon absence ?

Le visage du garçon s'illumina.

— Lequel, messire ?

— Garde un œil sur le shérif de Brissac. Veille à ce qu'il ne pique pas du nez avant mon retour et assure-toi que rien ne lui arrive. Vois-tu, mon garçon, je chasse monsieur Laroche et sa fille du manoir, et je ne voudrais point qu'ils me jouent un vilain tour...

— Je comprends, monseigneur. Je ne permettrai pas qu'il arrive quoi que ce soit au shérif. Il est toujours bon avec moi. Il m'emmène pêcher.

Hugo haussa un sourcil à cette nouvelle, mais s'abstint de tout commentaire. Il jeta une pièce au garçon, lequel l'attrapa avec agilité.

— Tu es un bon gars, conclut Hugo avant d'aller rejoindre son écuyer.

Chapitre 12

Le dîner au moulin, ce soir-là, ne fut pas de tout repos. La tradition interdisait à Hugo de s'asseoir à côté de sa future épouse et de lui adresser la parole jusqu'au mariage. Comme c'était pour Finnula qu'il avait quitté sa demeure, sa déception n'était pas des moindres.

La tradition exigeait également que le futur mari soit soumis à une série de vexations par la famille de la mariée. Si ses beaux-frères le craignaient bien trop pour lui jouer de vilains tours, leurs femmes, elles, n'hésitaient pas à le taquiner, à la moindre occasion, sur la facilité avec laquelle Finnula les avait capturés, lui et son cœur. Ces querelles anodines, associées au souvenir gênant de la scène avec Laroche – il avait été près de le tuer –, firent de lui un convive bien maussade. Il ne décrocha pas un sourire de tout le repas, ce que Patricia ne manqua pas de souligner avec sa désinvolture coutumière :

— À la vérité, pour un futur marié, monseigneur, vous êtes bien sombre.

Les prunelles de la jeune femme étaient grises, comme celles de Finnula, mais elles étaient dépourvues du feu et de l'impertinence qui caractérisaient sa bien-aimée. Il déclara simplement :

— Je me réjouirai quand elle sera devenue mienne. Il serait imprudent d'anticiper les réjouissances.

— Il me semble, répliqua Patricia d'un air espiègle, que c'est à elle que vous devriez vous adresser, et non à moi, messire.

Hugo porta son regard à l'autre extrémité de la grande table en bois, où Finnula était assise. Elle protestait vigoureusement aux propos de son frère. Le visage enflammé, elle tapait du poing en soutenant que l'interdiction papale concernant les arbalètes avait donné lieu à de fausses interprétations. Quel genre de femme s'apprêtait-il donc à épouser ? Une femme dont la conversation portait plus volontiers sur les techniques de chasse et les armes que sur les nourrissons et les recettes de cuisine ?

Hugo sourit pour la première fois de la soirée, tant il était content de lui-même. C'était exactement avec ce genre de femme qu'il voulait passer le restant de ses jours. Se souciait-il des nourrissons et des recettes de cuisine, lui ? Pas le moins du monde. Il admira l'aisance avec laquelle Finnula tenait tête à ses beaux-frères et lui envia sa famille. Même s'il fallait compter avec l'irritable Robert et l'ennuyeuse Mellana, dans son ensemble, le foyer Crais était un foyer heureux. Si Finnula et lui engendraient une famille aussi grande et aussi pleine de vie, il mourrait heureux.

Il était près de minuit lorsque la joyeuse assemblée, échauffée par l'alcool, se sépara, et que Hugo, après avoir tenté d'embrasser Finnula et avoir été déjoué par ses belles-sœurs, rejoignit son cheval. À peine était-il en selle qu'il songea à ce qui l'attendait au manoir et il en conclut qu'il n'aurait pas dû boire autant. Dès le lendemain, il serait débarrassé des Laroche et les remplacerait par une présence bien plus charmante.

Était-ce un tour de la lune ou de la quantité excessive de bière qu'il avait ingurgitée ? Non, c'était bien Finnula. Elle avait réussi à échapper à la vigilance de ses sœurs, et elle lui faisait signe depuis l'ombre d'un grand chêne. Hugo dirigea Skinner dans sa direction et se pencha pour saisir les mains qu'elle lui tendait.

— Prends appui sur la pointe de ma botte, murmura-t-il.

Finnula se hissa devant lui avec une grâce féline.

— Bonsoir, susurra-t-il en enserrant sa taille de ses bras puissants et en cherchant des lèvres son cou, qui disparaissait sous sa chevelure de feu.

— Bonsoir, répondit-elle sèchement.

— Ne risques-tu pas de payer chèrement cette rencontre ? voulut-il savoir. L'ire de tes sœurs ne se déchaînera-t-elle pas contre nous si nous sommes pris ?

— Ne fais pas l'idiot.

À la lueur de la lune, qui brillait d'un éclat particulier cette nuit-là, Hugo constata que son joli minois portait des marques d'inquiétude.

— Que se passe-t-il ?

— Je... je voulais juste...

— Que voulais-tu ? lui demanda Hugo d'une voix douce en lui caressant la tête. Me répéter que tu n'as aucune envie de m'épouser ?

Elle fronça les sourcils.

— Je me disais que tu y avais peut-être réfléchi...

— S'unir à moi te paraît donc une telle épreuve ? Dieu m'est témoin, je n'ai jamais rencontré de jouvencelle manifestant si peu de désir de se marier. Elles n'ont généralement que cela en tête !

— J'ai bien d'autres choses en tête, s'indigna Finnula. Et aucune d'entre elles ne se rapporte au mariage.

— Je n'ai aucun mal à te croire, en effet, mais il me semble que tu sauras faire usage d'un mari.

— Qu'est-ce à dire ? Que j'ai besoin d'être surveillée ?

— Que nenni, mais qu'on s'occupe de toi, oui ! répondit-il en déposant un baiser sur ses lèvres.

Finnula se déroba et se laissa glisser à terre. La retenant par un pan de sa robe, Hugo l'arrêta dans son élan. Elle se retourna, les joues en feu.

— Qu'y a-t-il encore ?

— Souviens-toi, Finn, tu m'as donné ta parole.

— Je ne le sais que trop bien, dit-elle en lui arrachant le bout de tissu. Je serai là.

Hugo éclata de rire et la regarda s'éloigner en souriant. Dieu que cette petite peste l'amusait ! Aucune femme ne l'avait jamais réjoui à ce point.

De retour au manoir, il fut surpris de constater que les écuries affichaient pension complète. En pénétrant dans la grand-salle, il découvrit des visiteurs qu'il ne connaissait point. Ils étaient assemblés autour de la longue table, présidée par un John de Brissac fin saoul, la main posée sur l'épaule de Reginald Laroche. Ce dernier affichait une mine sévère.

— Ah, monseigneur, enfin !

Le shérif se hissa sur ses pieds, renversant au passage la chaise sur laquelle il était assis. Sa voix grave résonna dans toute la pièce.

— Messieurs, trinquons à la santé de Sire Hugo Geoffrey Fitzstephen, septième comte de Stephensgate.

Les pieds des chaises raclèrent les dalles, comme les convives se levaient à leur tour en brandissant des bouteilles ventrues dans la direction de Hugo, qui s'esclaffa. Entre deux braiements, il parvint à dire :

— Brissac, que signifie cet accueil ? Qui sont ces hommes ?

D'un air embarrassé, le shérif répondit :

— Mes compagnons... Il y avait bien longtemps que les caves de Stephensgate n'avaient été ouvertes...

Hugo riait encore lorsqu'un calice atterrit dans sa main. Les adjoints du shérif, au nombre de vingt, tendirent tous leur bouteille vers lui.

— Longue vie à vous, Hugo Fitzstephen, déclara John de Brissac. Et beaucoup de bonheur avec votre petite épouse, Finn la Fière...

— À Finn la Fière !

Des cris de joie montèrent, puis tous les hommes burent, à l'exception de Reginald Laroche, qui était resté assis. Il semblait mal en point. Une fois que Hugo eut vidé son calice, il s'approcha du shérif et s'enquit de la santé du bailli.

— Lui ? Il se porte comme un charme, je puis vous l'assurer. Il m'a montré ses livres de comptes et les factures qu'il n'avait point encore brûlées.

Reginald Laroche leva les yeux vers son cousin : la haine consumait toujours ses prunelles.

— Bonsoir, mon suzerain, ricana-t-il. Puis-je, avec votre permission, quitter la table ? Il nous reste beaucoup à faire, si nous devons être partis d'ici demain, ma fille et moi...

— Allez donc, allez, dit Hugo en le chassant d'un geste de la main.

Dès que Laroche se fut éloigné, Hugo se pencha vers le shérif et demanda à ce que quelques-uns de ses hommes soient assignés à sa garde. John de Brissac accéda immédiatement à cette demande, envoyant trois hommes armés... de leur bouteille pour garder un œil sur l'ancien bailli.

Il était plus de deux heures du matin lorsque Hugo finit par monter les escaliers menant au premier étage, où se trouvaient les chambres à coucher. Il ne titubait pas à proprement parler, mais il dut s'aider de la rambarde pour gravir les marches. John de Brissac ronflait devant la cheminée, comme bon nombre de ses hommes. Hugo avait découvert Jamie endormi sur une pile de peaux de bêtes poussiéreuses, dans un coin, et l'avait couvert de son manteau pour le protéger de la fraîcheur printanière. Le manoir était silencieux, et Hugo, guidé par la lumière d'une torche, chercha un lit où poser sa tête vacillante.

La chambre de son père était exclue. Hugo ne passerait pas la nuit dans la couche où Sire Geoffrey avait trépassé. Celle de son frère lui évoquait des souvenirs tout aussi amers, car c'était là qu'on l'avait pressé, sans relâche, de rejoindre un monastère. Il en arriva donc à la conclusion que son ancienne chambre, une pièce exposée à tous les vents, agréable en été mais impossible à chauffer en hiver, ferait l'affaire tant que le manoir n'aurait pas été aménagé.

La pièce était conforme à son souvenir, des rideaux en velours bleu, usés jusqu'à la corde, à la peau de loup élimée qui servait de dessus de lit. Hugo ouvrit les volets de bois des deux fenêtres pour laisser l'air pénétrer dans la chambre, il éteignit la torche, puis il se déshabilla et se glissa entre les draps glacés qui sentaient le moisi.

Il avait à peine fermé les paupières qu'il entendit un coup timide frappé à la porte. Contrarié par cette visite indésirable, il aboya :

— Qu'est-ce ?

Le battant s'ouvrit, et un cercle lumineux projeté par une bougie, sur le mur opposé, éclaira une tapisserie que Hugo n'avait pas remarquée et qui était l'œuvre de sa mère.

— Qui est là ? répéta-t-il en s'asseyant dans le lit et en plissant les yeux.

Il discerna la fine main qui tenait la bougie. Elle se prolongeait par un bras délicat couvert d'un voile léger. Hugo, l'esprit embrumé par l'alcool, crut d'abord que le fantôme d'un parent disparu depuis longtemps lui rendait visite. Puis il se rappela que les esprits n'avaient guère besoin de lumière. Lorsque l'apparition s'introduisit dans sa chambre, il reconnut immédiatement Isabella Laroche, en dépit de ses cheveux épars.

— Sire Hugo ! murmura-t-elle en battant des cils. Cousin ! J'ai cru que vous ne viendriez jamais vous coucher ! J'ai à vous parler, monseigneur.

— Me parler ?

Hugo ne put retenir un sourire en découvrant la mise de la donzelle : elle consistait en une robe de la soie la plus fine épousant ses formes et en un manteau arachnéen, ne dissimulant rien de sa personne. Ce n'était guère une tenue propice à la conversation, mais bien plutôt à une activité plus intime.

— Oh, cousin Hugo ! souffla-t-elle en s'approchant du lit. Je crains qu'il n'y ait eu un effroyable malentendu...

— Très certainement, en effet, répondit-il en considérant avec amusement la panique qui se peignait sur le visage de sa cousine. Vous vous êtes apparemment égarée, et vous êtes entrée dans ma chambre par erreur. Vous feriez mieux de retourner sous vos draps, avant de prendre mal. Vous n'êtes pas vêtue pour errer dans les couloirs.

Isabella ignora ses mises en garde et appuya son genou contre le matelas tout en pressant une main sur sa poitrine, qui se soulevait de façon théâtrale.

— Sire Hugo, gémit-elle, mon père m'a appris que vous lui avez ordonné de quitter le manoir, demain avant la mi-journée...

— Aujourd'hui, en réalité.

— Mais je ne puis croire qu'il s'agisse de la vérité ! Monseigneur, j'ai passé la moitié de ma vie, ici. Il y a forcément un moyen de vous faire changer d'avis...

À ces mots, Isabella s'assit sur le lit et battit des paupières en jetant une œillade à Hugo. Il n'avait jamais vu tentative de séduction plus maladroite.

— Non, mademoiselle, il n'y a aucun moyen. Retournez-vous-en dans votre chambre, maintenant, j'ai besoin de repos...

— J'espère que vous pardonnerez l'audace de ma proposition, cousin... murmura-t-elle en caressant son bras doré de son doigt. Je pourrais rendre votre nuit excellente...

— Oh ? Et comment vous y prendriez-vous ?

Elle laissa son doigt s'attarder sur la toison dorée qui ornait le torse du comte.

— Je crois que vous le savez aussi bien que moi, cousin...

Ce petit jeu commençait à lasser Hugo.

— Mademoiselle Laroche, ignorez-vous donc pourquoi j'ai tant besoin de dormir ?

Elle hocha la tête.

— Demain, je me marie.

Elle s'immobilisa aussitôt.

— Un mariage ? Mais vous revenez à peine…

— Il est vrai. Pour autant, demain, je me marie.

— Je ne vous crois pas, dit-elle en retirant sa main. C'est un mensonge délibéré. Qui épousez-vous ?

— Finnula Crais.

Isabella bondit du lit.

— Finnula Crais ? Avez-vous perdu la raison ? Finnula a été la femme de…

— Mon père. Je le sais.

Hugo perdait toute patience. Isabella n'avait qu'à aller servir sa comédie à quelqu'un d'autre.

— Bonne nuit, mademoiselle !

— Cette sorcière ! cracha-t-elle. Cette petite sorcière ! Sire Geoffrey, d'abord, puis vous. Je ne comprends point. C'est nécessairement de la sorcellerie !

— Loin s'en faut, rétorqua-t-il froidement. À présent, si vous voulez bien avoir l'obligeance…

De fermer la porte derrière vous, s'apprêtait-il à dire, mais il n'en eut nul besoin. La donzelle enragée quitta sa chambre en furie, claquant le battant derrière elle. La pièce fut rendue à l'obscurité, et il soupira en se laissant tomber sur ses oreillers. Il espérait que Finnula n'hésitait pas à utiliser son arc contre la gent féminine, parce qu'à en croire l'expression d'Isabella cela pourrait bien se révéler nécessaire.

Chapitre 13

L'aube venait tout juste de colorer l'orient de rose, invitant les oiseaux à leur cacophonie matinale, lorsque Finnula dévala l'escalier. Évitant la dernière marche, qui craquait, elle se faufila dans la cuisine, où elle se coupa une tranche de pain noir, dans laquelle elle mordit tout en enfilant ses bottes. Elle venait de vider un gobelet de bière éventée et elle s'essuyait la bouche sur sa manche quand la porte s'ouvrit en grand, livrant passage à Robert.

— Par la mordieu ! lança-t-il en voyant que sa petite sœur portait ses chausses et son carquois. Tu sors chasser le jour de ton mariage ? Ma foi, Finn !

Elle le dévisagea. Que faisait-il debout de si bonne heure ? Les festivités de la veille auraient dû prolonger sa nuit. Il avait bu plus de deux pichets de bière à lui seul. Posant le lourd sac de farine jeté en travers de son dos, il se redressa. Ses yeux s'arrêtèrent alors sur le petit ballot à côté de Finnula.

— Tu n'as pas dans l'idée de t'enfuir, n'est-ce pas ? l'interrogea-t-il en se précipitant vers le paquet.

Plus prompte que lui, elle le retira du banc et le pressa contre sa poitrine.

— Et quand bien même cela serait le cas ? fulmina-t-elle. M'arrêteras-tu ?

— Certainement, répondit-il en s'asseyant à côté d'elle. Que t'arrive-t-il, ma jolie ? Je croyais que tu appréciais Sire Hugo.

— En effet, reconnut-elle en fixant les dalles de pierre.

— Alors que cherches-tu à fuir ? T'a-t-il blessée d'une quelconque façon ?

Elle secoua la tête.

— Trompée ?

Elle répéta le mouvement.

— Volée ?

Toujours la même dénégation.

— Que se passe-t-il ? Il me semble être un parfait gentilhomme. Je sais que l'idée d'épouser un autre Fitzstephen ne te séduit guère, mais le fils vaut mieux que le père, non ?

Finnula haussa les épaules.

— Tu devrais être la jouvencelle la plus heureuse du comté. Tu t'es déniché un mari riche et séduisant. Mellana en crève de jalousie.

Finnula redressa le menton et planta ses yeux dans ceux de Robert.

— C'est tout le problème. Il est riche et séduisant. Il pourrait avoir n'importe quelle femme. Pourquoi moi, alors ?

— Que veux-tu dire ?

— Je n'ai ni la fortune ni la beauté, je n'ai rien pour plaire à un homme comme Sire Hugo…

— Si c'était le cas, il ne t'épouserait point, l'interrompit-il.

— J'ignore pourquoi il le fait. Il m'a seulement dit que c'était l'unique moyen de m'avoir.

— Ah ! C'est donc qu'il t'aime.

— Qu'il m'aime ! s'exclama-t-elle en se relevant brusquement. J'attends encore que ce mot franchisse ses lèvres. Il ignore la signification du terme amour.

— Nous y voilà…

— Qu'entends-tu par là ?

— Que tu ergotes. Que tu rêves de dévotion infinie, de déclarations enflammées, comme celles que distribue le fichu troubadour de Mellana. Tu veux qu'il t'écrive des vers de mirliton vantant ta beauté, qu'il te chante un éternel…

— Palsambleu, Robert ! Ce n'est point ce que je désire, et tu le sais. Un simple « je t'aime, Finnula » suffirait.

— Vous êtes toutes les mêmes. Vous réclamez des grands sentiments, des compliments. Eh bien, si c'est ce que tu souhaites obtenir, il faut que tu joues ton rôle.

— Quel rôle ?

— Celui de la belle dame, de la damoiselle de haut rang à la peau blanche et au regard timide.

— Comment ?!

— Finnula, si tu veux qu'il loue ta beauté, tu dois te présenter sous ton meilleur jour… ou du moins avoir l'air d'une femme, nom de Dieu ! Ce n'est pas en déambulant dans ses chausses que tu lui inspireras des mots de vénération. Et je ne parle guère de tes cheveux ! Ne pourrais-tu point abandonner cette queue d'ânesse ? Mellana saurait les arranger et les agrémenter de quelques fanfreluches…

— Regarde où cela l'a menée.

— En effet, Finnula. Je ne comprends guère pourquoi tu t'apitoies sur ton sort. Tu as un mari. S'il n'est pas conforme à tous tes désirs, il t'appartient de le changer. C'est bien l'occupation préférée de la gent féminine, non ?

Finnula cessa de faire les cent pas. Étonnamment, les propos de son frère n'étaient pas dénués de sens.

— Plutôt que de chercher à t'enfuir, reprit-il, pourquoi ne restes-tu pas pour te battre et obtenir ce que tu désires ?

Finnula croisa les bras sur sa poitrine et considéra son frère sévèrement.

— Tu savais que je tenterais de partir, ce matin, n'est-ce pas ? C'est pour cette raison que tu es aussi matinal.

— Sire Hugo m'avait averti…

— Comment ? C'est lui qui…

— Il a suggéré quelque chose de la sorte, hier soir, rétorqua-t-il en allongeant ses longues jambes.

— C'est du joli ! Je lui avais donné ma parole !

— Et tu ne la trahirais jamais… témoin ce ballot !

Finnula se laissa tomber sur le banc à côté de son frère. Après un court silence, elle demanda d'une voix timide :

— Robert ?

— Oui, Finn.

— M'aideras-tu ?

— À quoi donc, Finn ?

— À me conduire… comme une damoiselle.

Robert fit une grimace.

— Ne peux-tu pas demander à l'une de tes sœurs ? Tu en as cinq, dont quatre qui ont déjà trouvé un mari et qui s'entendent donc à cette affaire. Pourquoi moi ?

— Parce que… dit-elle en balançant ses jambes d'avant en arrière, comme lorsqu'elle était petite. Tu es celui en lequel j'ai le plus confiance. S'il te plaît ?

Il soupira.

— Finnula, ma tête est sur le point d'éclater… Entendu !

Même si je ne suis pas certain d'être suffisamment au fait sur le sujet pour t'aider.

Il se trouva qu'il en savait plus qu'il ne voulait bien l'admettre. Après lui avoir accordé quelques heures de sommeil supplémentaires, Finnula le consulta pour sa tenue – devait-elle porter les cheveux bouclés ou raides ? relevés ou lâchés ? Ses ongles étaient-ils assez propres ? Sa jupe était-elle trop serrée ? Et son bliaud trop large ? Devait-elle orner sa tête de fleurs ou de bijoux ? Au terme de vingt-cinq années de vie dans une maison remplie de femmes, Robert avait acquis une opinion dans l'ensemble des domaines concernés. Lorsque ses sœurs eurent achevé de récurer, d'oindre, de parfumer et d'habiller la mariée, Robert inspecta scrupuleusement le résultat et, après une ou deux retouches mineures, déclara que Finnula était parfaite.

— J'ignore pourquoi tu prétends que tu n'es pas belle, conclut-il en la voyant descendre de sa chambre.

Ses vêtements n'étaient pas neufs, mais elle ne les avait portés qu'une seule fois auparavant, il y avait presque un an. Sa jupe blanche, du lin le plus fin, épousait ses formes avec grâce. Son bliaud de brocart blanc avait des manches si longues et larges qu'elles touchaient presque terre. Sa taille était ceinte d'un lien d'argent, qui constituait le seul ornement avec la couronne de fleurs sauvages qui avait été tressée dans sa chevelure rousse flottant librement autour de son visage.

Robert effectua une dernière vérification : il demanda à sa sœur de soulever sa jupe pour s'assurer qu'elle ne dissimulait pas ses chausses dessous.

— Eh bien, Finn. Tu t'es surpassée. Je n'ai jamais vu plus belle mariée.

Cette déclaration provoqua naturellement une nuée de protestations de la part des autres sœurs Crais, et, fort heureusement pour lui, Robert fut sauvé par les cloches de l'église.

— Ah ! s'écria-t-il. Si mes oreilles ne me jouent pas de mauvais tour, l'heure est venue.

Toute la famille se précipita dans la cour, où les attendait une charrette décorée de rubans et de fleurs, tirée par un petit âne blanc. Ils s'y installèrent et partirent pour l'église.

Chapitre 14

Le tambourinement qui tira Hugo de son sommeil peu avant midi ne provenait pas, à son grand soulagement, de son crâne. Non, quelqu'un frappait à la porte de sa chambre.

Demeurant parfaitement immobile, Hugo étudia les toiles d'araignées du dais au-dessus de sa tête et hurla :

— Entrez !

Il regretta aussitôt son invitation, bien avant même de constater que son visiteur ne lui apportait rien de comestible. Jamie considéra son nouveau seigneur les yeux écarquillés.

— Bonjour, dit-il avec cautèle. Le shérif m'a chargé de vous réveiller. Il a assuré que vous n'oseriez pas me jeter d'objets.

Hugo considéra le garçon de ses yeux injectés de sang.

— John a raison... Pourquoi faudrait-il que je me lève ?

— Monsieur Laroche et sa fille partent. Le shérif a pensé que vous aimeriez leur dire au revoir.

Hugo grogna. Il n'avait nulle envie de réitérer la scène de la veille, mais, en tant que seigneur, il avait des devoirs. Les tempes palpitantes, il se tira de son lit. Ses articulations craquèrent en signe de protestation. Il enfila une paire de chausses et une tunique propres, puis il se rasa sous le regard attentif du garçon. Sa toilette terminée, il noua sa ceinture en s'assurant que son épée y était bien attachée, puis il descendit pour veiller au départ de son cousin.

Il trouva Reginald Laroche et sa fille dans la cour, juchés sur une charrette rudimentaire, flanqués des hommes du shérif, qui n'avaient pas l'air mieux en point que Hugo. L'arrière du véhicule était rempli d'un bric-à-brac d'objets appartenant, ou non, aux Laroche. Hugo crut ainsi reconnaître une tapisserie de sa mère, mais il avait trop mal au crâne pour se disputer et, après s'être assuré que les chevaux qui tiraient l'équipage n'étaient pas les siens, il lança :

— Bien... Connaissez-vous déjà votre destination ? J'entends être complètement remboursé avant la fin de l'année.

— Je le sais, répondit l'ancien bailli. Le shérif est au courant.

L'homme semblait mal en point. Ses yeux étaient cernés, et ses cheveux n'avaient pas vu le peigne depuis un moment.

— Mmm, grommela le shérif, qui dormait presque debout. Il a une sœur à Leesbury. Il dit qu'elle est mariée à un cousin de... Qui déjà, Laroche ?

— Un cousin de la demoiselle d'honneur préférée de la reine. Le roi sera informé de ce scandale, Hugo, vous pouvez en être certain.

— Ah ! Et une fois mis au courant, le roi prendra votre parti, n'est-ce pas ? Permettez-moi d'en douter, monsieur.

Le shérif ricana avant d'ajouter :

— Quoi qu'il en soit, nous saurons où le trouver en cas de besoin. Toutefois, cela sera inutile, hein, Laroche ? Vous payerez monseigneur en temps et en heure, ou c'est en prison…

— Vous aurez de mes nouvelles, gronda Laroche, vous avez ma parole.

Derrière lui, Isabella releva un visage inondé de larmes.

— Vous aurez de nos nouvelles, vil cousin ! cria-t-elle en regardant Hugo.

Il haussa un sourcil. Il n'avait pas été traité de la sorte depuis… eh bien, probablement, depuis sa dernière entrevue avec Finnula. Il claqua les talons et s'inclina en une révérence moqueuse.

— Mademoiselle, je vous souhaite le meilleur. Et si vous m'autorisez à vous donner un conseil…

— Je ne vous autorise nullement, l'interrompit-elle.

— … quittez votre père à la première occasion pour épouser un homme honnête, si vous en trouvez un qui veuille de vous, et employez vos talents et votre beauté au bien, non à la malveillance.

Elle serra les lèvres pour cracher, et Hugo recula de plusieurs pas pour éviter le projectile, qui atterrit à quelques centimètres de ses pieds.

Reginald Laroche fouetta ses chevaux, et la charrette se mit en branle, menaçant d'envoyer par-dessus bord certains objets mal arrimés. Isabella supplia son père de s'arrêter pour assurer leur chargement, mais il l'ignora. Ils disparurent bientôt derrière les grilles du manoir, et un cri de joie s'éleva dans le dos de Hugo. En se retournant, il découvrit maîtresse Laver et Webster, bras dessus bras dessous, un large sourire au visage.

— Bon débarras ! lança la cuisinière.

— Ne nous revenez pas de sitôt ! compléta le vieillard.

— Il semblerait qu'on ne regrettera pas beaucoup mon cousin, fit remarquer Hugo.

— Il amputait leurs gages dès qu'il en avait l'occasion, répondit le shérif. C'est un miracle qu'ils soient restés aussi longtemps. Ils vous attendaient, je crois, monseigneur.

— Et ils en seront récompensés, conclut-il en s'approchant des serviteurs et en leur déposant dans la paume une généreuse poignée de pièces.

Maîtresse Laver se répandit en remerciements, et Webster s'inclina en déclarant :

— J'ai su qu'les choses allaient changer à la minute où j'vous ai vu dans la cour, hier au soir. J'ai dit à vot' écuyer que vous n'laisseriez pas ce Français vous piétiner comme il l'avait fait ave' vot' père. Qu'Dieu vous bénisse, monseigneur !

— J'aurai besoin de vos bénédictions cet après-midi. Je reviendrai avec ma femme, tantôt, et je compte sur vous pour qu'elle se sente ici chez elle.

— Votre femme ! s'écria maîtresse Laver en tapant des mains. Quel jour de fête ! Il faut que je me remette tout de suite au travail pour organiser la réception. Puis-je vous demander l'autorisation, messire, de solliciter l'aide de mes nièces ?

— Faites-vous seconder de toutes les personnes nécessaires. Il ne faut point seulement préparer les noces, mais également aérer cette demeure si nous voulons y vivre agréablement. Voyez ce que vous pouvez entreprendre contre les toiles d'araignées, la poussière et les souris…

— Et les bouteilles de vin vides, ajouta le shérif.

Maîtresse Laver s'éloigna en se frottant les mains et en devisant à voix haute de gâteaux et de linge de lit. Le vieux

Webster s'éloigna vers les écuries. Comme Hugo allait s'enquérir de l'absence de Jamie, son regard tomba sur le visage crasseux du jeune garçon.

— Où se trouve mon fidèle écuyer ce matin ? demanda-t-il.

— Il dort dans un baquet, répondit Jamie joyeusement. Il a vidé un fût à lui tout seul, et ses ronflements sonores ont réveillé les chiens...

Hugo l'interrompit d'un geste de la main en voyant que le shérif enjoignait ses hommes de se remettre en selle.

— Avec votre permission, messire, nous vous escorterons jusqu'à l'église, puis certains d'entre nous prendrons congé, dit l'homme de loi avec un bâillement qu'il ne chercha même pas à étouffer. Nous avons à peine dormi cette nuit...

— Et vous reviendrez ici ce soir, reprit Hugo. S'il reste du vin dans mes caves, je compte bien trinquer à la santé de la nouvelle dame de Stephensgate.

— Je ne manquerais cela pour rien au monde, monseigneur.

C'est ainsi que Hugo arriva à son mariage escorté par des hommes d'armes, un écuyer ivre et un mal de crâne lancinant. Ce dernier s'allégea considérablement, cependant, dès qu'il aperçut son épouse, qui l'attendait sagement devant l'autel. Elle paraissait encore plus angélique que cette nuit d'orage où il avait décidé de la faire sienne. En vérité, s'il n'avait reconnu la lueur familière de rébellion dans les prunelles grises, il aurait cru à un enchantement, tant la jouvencelle devant lui était d'une beauté séraphique. Difficile de croire, en la voyant dans sa robe immaculée, qu'elle l'avait menacé de sa dague. Elle prononça ses vœux d'une voix douce, sans soutenir le regard de Hugo, et il en vint à la conclusion que l'une de ses sœurs avait pris possession de son âme et lui avait fait accroire qu'une épouse respectable devait se conduire de la sorte. Il ne doutait pas, toutefois, que le soir venu elle redeviendrait la Finnula qu'il aimait tant. Il se demanda si elle portait ses chausses de cuir sous sa robe de mariée et attendait avec impatience le moment où ils se retrouveraient tous les deux et où il aurait sa réponse.

Ils furent déclarés mari et femme devant une assemblée plus nombreuse que l'église de Stephensgate n'en avait jamais connu. Les bancs ne suffisaient pas à accueillir les nombreux parents de Finnula et les vassaux de Hugo, qui avaient apparemment eu vent des noces et qui étaient venus présenter leurs vœux de bonheur aux jeunes époux. Lorsqu'il se pencha pour embrasser la mariée, des cris de liesse ébranlèrent les poutres de la charpente.

Les mariés furent bientôt pris dans un tel tourbillon de félicitations et d'embrassades que Hugo fut contraint d'inviter tout le monde à les suivre au manoir afin de se frayer un passage pour sortir de l'église. À l'extérieur, sous la douceur printanière, Finnula rayonnait encore davantage. Pourtant, comme Hugo s'y était attendu, sa fronde habituelle n'était pas enfouie profondément, en dépit de ses apparences vertueuses.

— À quoi songeais-tu en conviant toutes ces âmes ? Maîtresse Laver n'attend pas autant de monde...

— Au contraire, mon amour, dit-il en passant un bras autour de sa taille. Et si tu convaincs Mellana de nous fournir une ou deux barriques de bière, tout ira pour le mieux...

Finnula se renfrogna à la mention de sa sœur. Hugo avait réussi à vider l'église, mais, dans la cohue, un invité avait retenu l'attention de Robert et de ses beaux-frères. La nouvelle du mariage n'avait pas seulement trouvé les oreilles des vassaux de Hugo, elle avait également attiré quelques pique-assiettes, notamment un rétameur ambulant qui espérait profiter de l'occasion pour vendre sa marchandise et quelques troubadours, au nombre desquels Jack Mallory.

Bien qu'il eût sans doute le sentiment inverse, la fortune souriait au jeune homme ce jour-là. En effet, le shérif empêcha Robert de le tuer à mains nues. Il arracha Jack aux coups du meunier, mais ne parvint pas à faire taire les cris de Mellana.

— Assassin ! cria-t-elle à son frère en prenant dans ses bras le troubadour à demi conscient. Vois ce que tu as accompli ! Son beau visage ! Oh, Jack, ton visage !

Robert contempla son œuvre avec satisfaction.

— Il n'est pas mort, rétorqua-t-il d'une voix où pointait le regret. Pas encore, en tout cas. Lorsqu'il travaillera au moulin avec moi, je peux te promettre qu'il regrettera de ne pas l'être.

— Oh, quelle brute ! quelle brute ! gémit Mellana en enfouissant sa tête dans le cou de Jack.

— Dois-je en conclure qu'il y aura bientôt un autre mariage dans la famille Crais ? s'enquit le père Edward, qui voyait déjà le tronc se remplir.

— Inutile de quitter votre surplis, répondit Robert d'une voix mordante. Dès que le damoiseau sera sur pied, nous aurons besoin que vous rouvriez votre livre de prières.

Le père Edward dessina le signe de croix au-dessus du corps inconscient du troubadour, sans doute dans l'espoir de hâter son rétablissement.

Finnula et Hugo montèrent sur Skinner pour rejoindre le manoir. Ils furent accompagnés par une horde d'enfants du village, parmi lesquels les neveux et nièces de Finnula, qui portaient des couronnes et chantaient. Lorsque Hugo se retourna pour chasser des chenapans qui entreprenaient de tresser des fleurs dans la queue de son destrier, il constata qu'un énorme chien les suivait. Hugo n'en avait jamais connu de plus laid.

— Qu'est-ce donc ? s'interrogea-t-il en voyant qu'aucun enfant ne semblait effrayé.

Finnula jeta un coup d'œil par-dessus son épaule.

— Un chien.

— Je le vois bien. Pourquoi nous escorte-t-il ?

— C'est mon chien de chasse, Gros Louis. Il me suit dans ma nouvelle demeure. Mes sœurs ne s'occuperaient pas bien de lui, elles le feraient dormir dans la grange. J'ai pensé que tu saurais te montrer plus conciliant. Il aime tant dormir avec moi.

— Peu me chaut ! Je ne partagerai pas ma couche avec cette bête. Où était-il lorsque tu t'es mise en quête de m'enlever ?

— Je ne pouvais pas l'emmener, il m'aurait gênée. C'est un chien d'arrêt, il remonte la piste du gibier. À quoi m'aurait-il servi quand j'ignorais qui je poursuivais ?

— Est-il nécessaire qu'il se joigne à nous dès maintenant ? Ne pouvait-il arriver demain, avec le reste de tes possessions ?

— Il ne nous gênera guère. Tu remarqueras à peine sa présence.

Levant les yeux au ciel, Hugo songea qu'il prendrait sa revanche plus tard.

Maîtresse Laver avait accompli des merveilles, et, lorsque la noce atteignit les portes du manoir, une succulente odeur de cochon grillé embaumait l'air, les volets de toutes les fenêtres avaient été ouverts et des guirlandes de fleurs ornaient chaque embrasure. Même Finnula, qui redoutait pourtant de retrouver cet endroit maudit, sourit en voyant les visages heureux de ceux qu'elle avait aidés à traverser l'hiver assemblés autour des tables de la grand-salle. Ils trinquèrent aux cris de « Madame Finnula ! » et de « Finn la Fière ! »

Installés à l'extrémité de l'une des tablées sur des chaises ornées de feuillage, les époux subirent les plaisanteries traditionnelles sur la virginité de la femme et l'impatience du mari à consommer l'union. À la grande surprise de Hugo, Finnula supporta les taquineries de bonne grâce et ne leva même pas son couteau de table lorsque quelques âmes téméraires rappelèrent qu'elle avait occupé la même place, un an plus tôt, au côté du père de Hugo.

Le bal débuta à la nuit tombée, après que douze cochons rôtis eurent été engloutis, trente bouteilles de vin et dix barriques de bière ouvertes. Hugo, qui n'avait pas dansé depuis dix ans, avait tout oublié des mouvements compliqués, et Finnula bouda, dans un premier temps, le rebec de Jack Mallory. Après avoir été pressés, à moult reprises, par leurs invités, les époux finirent par prendre part aux danses. Finnula se révéla un professeur patient, qui ne semblait guère se formaliser d'avoir régulièrement les orteils écrasés.

Il était près de minuit lorsque les sœurs de Finnula vinrent la chercher en gloussant pour la conduire dans la chambre de Hugo et la préparer en vue de la nuit de noces. Pendant ce temps, Hugo, en dépit de sa taille impressionnante – et de son titre –, fut hissé sur les épaules d'une demi-douzaine d'hommes, qui l'entraînèrent dans la direction opposée. En leur promettant une récompense, il obtint qu'ils rebroussent chemin et ne le déposent pas, comme le voulait la tradition, au beau milieu des bois.

Dans sa chambre, il trouva Finnula dans une tenue aussi suggestive que celle qu'Isabella avait revêtue la nuit précédente. Ses sœurs étaient occupées à retirer des pétales flétris de ses cheveux et elles furent grandement surprises de voir Hugo arriver aussi tôt, mais elles quittèrent sans tarder la pièce pour rejoindre ceux qui tapaient sur des pots et des casseroles sous les fenêtres des époux. Au bout de quelques minutes à peine, le shérif de Brissac, qui en avait reçu l'instruction de Hugo, annonça qu'il y aurait une bouteille de vin supplémentaire pour tous les hommes qui laisseraient en paix les jeunes époux. Les pas des noceurs s'éloignèrent aussitôt.

Enfin seul avec sa femme, Hugo examina sa chambre et constata que maîtresse Laver avait accompli des prouesses et l'avait transformée en vrai nid douillet. Elle avait remplacé les draps et les rideaux du lit à baldaquin, chassé les toiles d'araignées et placé des fleurs un peu partout. Un feu crépitait joyeusement dans la cheminée, bien que la nuit fût douce, et les torches sur les murs baignaient la pièce d'une lumière accueillante. Le seul élément qui déparait ce tableau était le mastiff, étendu devant la cheminée tel un tapis à poils longs. Hugo décida d'ignorer sa présence.

— Bien, dit-il en se laissant tomber sur le lit. Ce ne fut pas si pénible que tu le craignais, n'est-ce pas ?

Finnula le considéra comme s'il avait perdu la raison et demeura coite.

— En tout état de cause, tu n'es point morte !

Il n'avait jamais rencontré de femme plus contrariante. Il l'avait épousée, et il ne récoltait qu'un haussement d'épaules. Finnula leva les yeux au ciel, pour parfaire son personnage, avant de demander, d'une voix étrangement peu assurée :

— Ainsi, c'est ici que tu dormais, enfant ?

Hugo grogna et se baissa pour retirer ses bottes.

— Oui-da. Il y fait terriblement froid en hiver. La chambre de mon frère sera probablement plus confortable. Je n'ai pas encore eu le temps d'aller voir.

— L'une d'entre elles devrait échoir à Jamie.

— À Jamie ? s'étonna-t-il en retirant sa blouse. Cette fripouille ? Pourquoi aurait-il mérité une chambre dans le manoir des Fitzstephen ?

— Voilà qui me plaît ! s'écria-t-elle avec colère. Dois-je en déduire que nos enfants, si nous en avons, n'y aurons pas non plus droit ?

— Je ne te suis guère... répondit Hugo en quittant ses chausses.

— Hugo, reprit-elle d'une voix plus calme, ignores-tu donc qui est Jamie ?

— Oui, rétorqua-t-il en se glissant entre les draps.

— Hugo, dit-elle en se mordant la lèvre inférieure. Jamie est ton fils.

Chapitre 15

— Mon quoi ?

Finnula sursauta au cri que poussa Hugo. Jamais elle n'avait entendu pareil hurlement.

— Mon quoi ? gronda-t-il derechef.

Il rejeta les draps, révélant son corps doré dans toute sa nudité, ce dont il ne semblait guère se soucier. Il la rejoignit près de la fenêtre, où elle se tenait. Avant qu'il n'ait le temps de poser une main sur elle, à supposer que telle fût son intention, Gros Louis s'interposa en montrant les crocs.

— Pour l'amour de Jésus-Christ, Finnula ! hurla-t-il en reculant aussitôt. Éloigne-le !

— Couché, Gros Louis !

Le chien s'exécuta, mais il ne quitta pas Hugo des yeux.

— Je comprends un peu mieux comment tu as réussi à rester loin des hommes aussi longtemps, en dépit de tes chausses, lâcha-t-il d'une voix acide.

— Il a pensé que tu allais me frapper, répliqua-t-elle en grattant la bête derrière les oreilles.

Hugo fit une grimace.

— Peux-tu me dire pourquoi personne n'a jugé bon de m'apprendre que j'avais un fils ? Toi, par exemple ? Peut-être gardais-tu cette nouvelle pour notre nuit de noces ?

— J'ai du mal à croire que tu ne t'en sois point rendu compte sur-le-champ. Il est ton portrait craché.

— Difficile à constater avec toute cette crasse. Quel âge a le garçon ? Dix ans ?

Hugo arpentait la pièce d'un bout à l'autre comme un loup en cage.

— Tout juste.

Il s'interrompit aussitôt et vrilla ses yeux d'ambre sur elle.

— Et sa mère ?

Finnula abandonna la fenêtre pour s'approcher du lit. Elle était contrariée, et elle oublia sa résolution d'être une épouse plus avenante.

— Tu oublies tes amantes si rapidement ? Je me demande de combien de temps je dispose !

Elle savait qu'elle se laissait gagner par l'irritation, mais elle ne pouvait plus tenir sa langue. Comment était-ce possible ? Il avait partagé la couche d'une femme et, dix ans plus tard, il avait oublié jusqu'à son nom ? Vivrait-elle plus de cent ans qu'elle ne lui pardonnerait jamais.

— Mon amante ? J'avais quinze ans ! Je n'avais pas d'amante à cette époque... Quant à toi, je n'oserai jamais t'oublier. Tu es bien trop dangereuse.

Finnula ouvrit le lit de son côté en le dévisageant. Il plaisantait, apparemment, mais comment en avoir le cœur net, avec lui ? Elle avait épousé un homme étrange, et elle ne s'expliquait toujours pas pourquoi il l'avait prise pour femme. Si ce n'est, bien sûr, afin d'éviter un scandale.

— Alors, dis-moi, quelle est cette femme que je suis sensé avoir aimée ?

— Que tu as aimée, répondit-elle sèchement.

Elle se mit au lit avant d'ajouter :

— Ton père lui-même a reconnu Jamie comme son petit-fils. Si Maggie n'était pas morte en couches, le garçon n'aurait jamais été livré à lui-même...

— Maggie ? Elle s'appelait Maggie ?

L'irritation de Finnula ne faisait que croître. Il ne se rappelait toujours pas !

— Oui. Maggie. Je ne connais pas les détails de l'histoire, après tout, je n'avais que sept ans, à l'époque, mais vous auriez apparemment fôlatré dans la vacherie...

— La vacherie, répéta-t-il avant de s'écrier : Maggie ! La vachère !

— Oui-da, Maggie, la vachère. Cela te revient à présent ?

Cette nouvelle plongea Hugo dans une méditation profonde, et il s'affala au pied du lit, sans se rendre compte qu'il avait évité de justesse la patte avant de Gros Louis.

— Maggie... Maggie, la vachère... Ah, la douce Maggie...

Finnula ne s'était pas imaginé passer sa nuit de noces à évoquer les amours passées de son mari mais, la précédente ayant été encore plus pénible, elle s'estima heureuse. Tirant sur elle la peau de loup, car la chambre s'était rafraîchie sous l'effet de la brise, elle se recroquevilla et ferma les paupières.

— Maggie... murmura-t-il encore.

Si cette vachère était encore vivante, Finnula l'aurait volontiers transpercée d'une flèche.

— C'est bien, tu te rappelles son prénom... Maintenant éteins les torches, veux-tu ? Je suis fatiguée et j'ai envie de dormir.

Hugo sursauta et la regarda par-dessus son épaule nue. Elle tenta de conserver une expression d'impassibilité, mais Hugo y perçut quelque chose qui l'amusa.

— Tu es jalouse, amour ? demanda-t-il en attrapant un de ses petons.

— Pouah ! Que nenni ! siffla-t-elle en décochant un coup à la main qui la taquinait. Vous avez une trop haute opinion de vous-même, mon ami.

— Ah, vraiment ?

— Pourquoi me fixes-tu ainsi ? Et pourquoi n'enfiles-tu pas une robe de nuit ?

— Tu joues la prude, maintenant que nous sommes mariés, répliqua-t-il en s'allongeant à son côté.

— Je t'avais dit que tu regretterais ce mariage...

Ignorant ses paroles, il tendit la main pour attraper un pétale fané pris dans une boucle rousse. Il le retira avec tant de délicatesse malgré ses gros doigts calleux qu'elle ne put retenir un soupir.

— Et toi, finit-il par lâcher, tu regrettes ce mariage parce que ma personne te dégoûte ?

— Bien sûr que non... J'ai... j'ai bien trop d'affection pour ta personne, dit-elle en s'efforçant de contrôler les tremblements de sa voix.

— De l'affection ? Mais que t'arrive-t-il alors ? Est-ce à cause du garçon ?

— Non...

— De sa mère ?

Hugo se pencha au-dessus d'elle pour saisir un autre pétale.

— Ignores-tu combien je regrette ce qui lui est arrivé ? Maggie était douce... mais elle avait cinq ans de plus que moi, et je pense qu'elle savait ce qu'elle faisait. Bien plus que moi, d'ailleurs... Pourtant, je regrette de ne pas avoir été là pour veiller à ce qu'on prenne mieux soin d'elle... et du garçon... Enfin, tu te souviens peut-être que ma famille a voulu m'envoyer dans un monastère...

— Cependant, je suis certaine que tu soucies comme d'une guigne du nombre de femmes que...

— Autrefois, Finnula, autrefois. À l'exception de la pauvre Maggie, personne n'a souffert de mes aventures. À présent que j'ai une femme, je ne partagerai ma couche qu'avec elle, comme me l'a intimé le prêtre il y a douze heures.

Finnula fit une moue et tenta de se détourner, mais ce n'était guère aisé quand il était si près et qu'il jouait avec ses cheveux.

— Une femme qui ne t'apporte ni fortune ni bien ? Une femme qui ne sait ni cuisiner ni coudre ? À la vérité, tu as perdu le sens pratique. Une telle femme ne te sera d'aucune utilité...

— D'aucune utilité ? répéta-t-il en lui caressant la joue. Il me semble que la foule qui a assisté à notre mariage aujourd'hui prouve de quelle utilité tu as été pour beaucoup, Finnula. Non, je ne crois pas que tu me seras jamais inutile, dit-il en déposant un baiser sur sa joue, puis sur ses lèvres.

Une fois de plus, Finnula sentit qu'elle perdait toute faculté de jugement, et elle s'abandonna à l'étreinte qui scellerait définitivement leur union.

Au moment de s'endormir entre ses bras, bercée par le mouvement régulier de sa poitrine, elle avait la certitude qu'il n'y avait aucun endroit sur terre où elle aurait préféré se trouver.

Chapitre 16

Lorsque Hugo ouvrit l'œil, le lendemain, il vit que sa femme s'affairait déjà dans la chambre. Elle mettait tant d'application à ne pas le réveiller qu'il en conclut qu'elle mijotait un mauvais coup. Pourtant, il n'eut pas le courage de s'en assurer, en tout cas pas avant d'avoir joui de quelques heures de sommeil supplémentaires, et retomba dans les bras de Morphée.

Lorsqu'il rouvrit l'œil, il était près de midi, et Finnula avait disparu. Elle n'était pas très loin ; sa voix montait en effet dans l'arrière-cour, où elle distribuait des ordres comme si elle avait toujours vécu là. Hugo n'avait pas la moindre idée de ce qu'elle tramait et n'était pas certain de vouloir le savoir. Il se leva, malgré tout, et, après s'être copieusement étiré et aspergé le visage d'eau froide, il ouvrit en grand les volets et fut ébloui par l'éclat des couleurs printanières… l'étendue bleue de ciel sans nuages, le feuillage émeraude des arbres et la chevelure cuivrée de son épouse.

Il crut d'abord que c'était la lumière crue du soleil qui lui jouait un tour et lui donnait l'illusion que l'arrière-cour était remplie de mobilier, toutefois, après s'être soigneusement frotté les yeux, il constata que le lit à baldaquin de son père se trouvait bien là, en compagnie d'autres meubles du défunt comte. Hugo y reconnut quelques boucliers, un broc de toilette et même un pot de chambre, le tout entassé au petit bonheur. Finnula, son gros mastiff sur les talons, inspectait le butin. Elle portait, constata-t-il avec humeur, ses fameuses chausses. Hugo aperçut soudain Peter, qui s'avançait en titubant sous le poids du fauteuil préféré de Sire Geoffrey.

— Fort bien, Peter, lui dit Finnula. Pose-le ici, juste à côté du lit.

— Oui, madame.

Il laissa tomber la chaise si brutalement qu'elle produisit un craquement qui fit tressaillir Hugo.

— Voulez-vous que j'apporte également le coffre qui se trouve dans le coin, près de la fenêtre ?

— Bien sûr, dit-elle. Tout, Peter, je veux tout.

— Oui, madame.

Peter exécutait les ordres de Finnula avec une alacrité que Hugo ne lui connaissait pas. Fronçant les sourcils, il cogna contre les volets en bois et s'éclaircit la gorge.

— Madame la châtelaine ! l'appela-t-il.

Le vieux Webster choisit ce moment pour faire son entrée, traînant dans son sillage une tapisserie mitée.

— Voici, m'dame. Où faut-il que j'la mette ?

— Là, où ça vous chante.

Plaçant une main en visière au-dessus de ses yeux, elle tendit le cou vers Hugo.

— Bonjour, monseigneur, lança-t-elle.

— Bonjour ! répondit-il en croisant ses bras sur sa puissante poitrine. Voilà une belle journée, n'est-ce pas ?

— Fort belle. Il semblerait que tu aies bien dormi.

— Comme une bûche, madame. Si profondément

d'ailleurs, que je n'ai aucun souvenir de t'avoir entendue dire que tu comptais retourner la maison ce matin.

— Pas la maison, monseigneur, dit-elle en se reculant pour laisser passer une servante qui avait les bras chargés de vêtements, seulement la chambre de Sire Geoffrey.

Hugo acquiesça.

— Je le vois bien. Et puis-je te demander ce que tu as l'intention de faire des objets que tu as récoltés ?

Finnula chassa quelques mèches de son front – geste qui, Hugo l'avait appris, trahissait sa nervosité.

— Les brûler.

Il n'aurait guère dû être surpris. Au regard de la haine qu'elle vouait au défunt comte, c'était un geste plutôt mesuré. Pour autant, elle aurait pu lui en parler.

— Je vois... fit-il sans réussir à dissimuler une pointe de reproche dans son ton. Je descends sur-le-champ pour discuter de ce... euh... feu de joie, avec toi.

Comme Hugo se détournait, la voix rauque de son épouse le rappela.

— Puis-je te suggérer de te vêtir avant ?

Hugo prit soudain conscience qu'il avait parlé à sa femme – devant la quasi totalité de sa maisonnée –, entièrement nu. En grimaçant, il s'éloigna de la fenêtre. Il fut rasé et habillé en quelques minutes à peine (il avait pris cette habitude pendant les croisades, où les attaques surprises des ennemis exigeaient une rapidité infaillible). En dévalant les escaliers, il constata que tout signe, ou presque, des festivités de la veille avait disparu. De nouvelles nattes de jonc recouvraient les dalles, et elles avaient été aspergées d'un parfum délicat. Les tables avaient disparu, à l'exception de celle où Finnula et lui prendraient leurs repas quotidiennement. Comme il faisait beau, aucun feu ne brûlait dans l'immense cheminée. Des bouquets de fleurs avaient été empilés à la place des bûches, ce qui constituait un ravissement à la fois pour les yeux et les narines.

Hugo était si pressé de rejoindre Finnula qu'il ne remarqua pas qu'un obstacle se dressait sur sa route.

— Holà ! s'écria une pile de draps au pied de l'escalier. Regardez où vous mettez les pieds !

Remontant d'une marche, Hugo constata que le porteur de linge n'était autre que son fils Jamie.

— Ce n'est pas parce que je suis haut comme trois pommes que je n'existe pas ! lança-t-il avec colère avant d'ajouter : Monseigneur.

Hugo étudia la petite tête de lard et s'étonna de ne pas avoir noté la ressemblance plus tôt. Si son souvenir de Maggie était vague, il reconnaissait parfaitement ses propres traits sur le visage du garçon. Et plus particulièrement, les yeux noisette.

— Eh bien, Jamie, dit-il en l'aidant à équilibrer sa pile, je te prie de me pardonner. Te sens-tu d'attaque pour repartir ?

— Parfaitement. Si vous voulez bien m'excuser, madame Finnula réclame ces affaires...

— Attends une minute, Jamie, lança Hugo en retenant le garçon par l'épaule. Nous avons, toi et moi, une affaire à régler, ce me semble.

Le garçon se tourna vers lui en manifestant une légère impatience quand il vit que Hugo s'installait sur la première marche de l'escalier.

— Lorsque je t'ai demandé, hier, à qui tu appartenais, Jamie, tu m'as répondu...

— À vous, monseigneur.

— En effet. Tu entendais par là que tu étais mon vassal, je suppose...

— Oui, monseigneur. Comme maîtresse Laver.

— En effet, Jamie, répondit Hugo en se caressant le menton. Ce que je voulais dire, c'est que... Jamie, sais-tu qui est ton père ?

— Je crois bien, oui. Vous.

Hugo acquiesça, soulagé.

— En effet, c'est cela. Moi. J'ai été absent un moment, et les choses n'ont pas dû être faciles pour toi...

La patience de Jamie atteignait ses limites.

— Madame Finnula me punira si je ne reviens pas avec ce linge.

— Reste un peu. Je t'accompagnerai et j'expliquerai à... euh... madame Finnula ce qui t'a retenu. Ce que je veux te dire, Jamie, c'est que si je puis faire quelque chose... si tu as besoin de quoi que ce soit...

— J'ai besoin d'aller retrouver madame Finnula avant qu'elle ne me tue.

— Bien, bien, dit Hugo.

Voyant que ce n'était pas le moment d'avoir cette conversation, il se leva et proposa son aide à Jamie. Le visage du garçon s'illumina.

— Oh ! Prenez ces draps-ci, monseigneur, et j'irai en chercher d'autres ! Madame sera enchantée !

En le voyant monter l'escalier à toute vitesse, Hugo secoua la tête. Il faudrait qu'il trouve le moyen de lui faire entendre qu'il n'était pas un serviteur. Bien qu'il ne pût pas, par égard pour Finnula, le nommer son héritier, il veillerait à ce qu'il reçoive une éducation digne de ce nom.

Il suivrait un apprentissage quelque part. Pourtant Hugo voyait mal qui accepterait de le prendre, crasseux comme il était. Peut-être Finnula, que le garçon semblait vénérer, saurait-elle le convaincre de se laver…

Lorsqu'il la rejoignit dans l'arrière-cour avec sa pile de linge, elle expliquait au nouveau garçon d'écurie qui avait été engagé pour aider le vieux Webster, qu'il devait amener la charrette. Finnula avait l'intention de transporter toutes les affaires du défunt comte dans le champ au sud du manoir, où elles seraient réduites en cendres. Elle ne remarqua la présence de son mari que lorsque le garçon d'écurie l'en informa en pointant un doigt par-dessus son épaule :

— J'crois qu'monseigneur a à vous parler, madame Finn.

Elle pivota et découvrit avec joie les draps qu'il apportait.

— Formidable ! Mets-les ici, veux-tu ?

Il laissa tomber le linge, puis glissa un bras autour de la taille de sa femme et lui souffla à l'oreille :

— Nous devons parler.

— Pas tout de suite, dit-elle en cherchant à se libérer. J'ai du travail.

— Je constate en effet que tu n'as pas chômé depuis ce matin, mon amour.

Hugo était trop fort pour qu'elle espère lui échapper, et elle leva son visage vers lui. Il l'attira près du puits, loin des oreilles indiscrètes.

— Au moulin, tu m'as assuré que je serais chez moi ici, commença-t-elle, que je pourrais faire comme bon me semble…

— Oui, mais brûler les affaires de mon père ? N'avais-tu pas l'intention de me consulter sur la question ?

— Te consulter ?

Ses yeux lançaient des éclairs, et elle planta un index rageur dans la poitrine de Hugo.

— Ton père était un homme faible et misérable, il a laissé cette sangsue de Reginald Laroche le vider de son sang et de sa vie jusqu'à n'être plus qu'une coquille vide, dénuée de raison. Ton père a permis à cet homme de voler et d'affamer les gens auxquels il avait juré protection et, pour couronner le tout, il m'a forcée à l'épouser contre mon gré et a trépassé, me désignant comme la coupable idéale !

À bout de souffle, Finnula s'interrompit. Elle plaça ses mains sur ses hanches avant de reprendre :

— Et tu oses venir te plaindre ?

Hugo considéra sa femme en silence. Il avait, en grande partie, feint la colère. Pourtant, il ne pouvait, dès le premier jour, lui permettre de se conduire comme la maîtresse de ce domaine.

— C'est en brûlant toutes ses affaires que tu laveras ses erreurs ? demanda-t-il avec une brusquerie qu'il espérait intimidante.

Sans grande surprise, Finnula ne parut pas le moins du monde impressionnée.

— Peut-être pas, mais cela me rend heureuse, dit-elle, avant d'ajouter en voyant que le vieux Webster apportait la selle de Sire Geoffrey : et cela rend également heureux ses sujets. Je suis au regret de t'apprendre qu'ils ne l'appréciaient pas beaucoup dans les derniers temps. Convie-les à ce feu de joie, et ils pardonneront aux Fitzstephen. Ils t'accueilleront plus facilement...

— Un conseil, à présent ? Tu te soucies donc que mes gens m'acceptent ?

— Certainement pas, mais si cela peut me faciliter la vie en tant que châtelaine...

Finnula s'interrompit soudain et posa une main cajoleuse sur le bras de Hugo.

— Je suis désolée de parler de ton père en ces termes. Je sais qu'à la fin de sa vie il était... malade. Toutefois, même avant cela, il était... affreux.

Hugo haussa les épaules.

— Je t'ai moi-même dit qu'il était affreux, souviens-toi...

Elle retira sa main, et il constata que tout sentiment de tendresse avait déserté son visage.

— Ah oui, l'histoire de tes parents et du monastère ! J'ai été bien sotte de ne pas te démasquer à cet instant-là. L'anecdote est fameuse dans le coin.

Hugo plissa le front. Elle lui en voulait donc toujours de s'être fait passer pour Hugh Fitzwilliam ? À croire qu'elle aurait préféré épouser cet homme-là !

— Profite de ton feu de joie, alors, lâcha-t-il les dents serrées. Tu peux y jeter mon propre fauteuil, si cela t'agrée. Je m'en moque.

Il tourna les talons et s'éloigna sans que, à son regret, elle n'esquissât aucun geste pour le retenir. Il savait qu'il se conduisait comme un enfant capricieux, mais l'attitude de sa femme l'irritait. Pourquoi se montrait-elle si dure parfois ?

Il se rendit aux cuisines pour se restaurer, et y découvrit à son grand déplaisir Gros Louis, occupé à ronger un gros os. Peter vint l'y chercher, tout couvert de sueur et de poussière – en raison de ses activités dans l'ancienne chambre du comte –, pour lui annoncer que le shérif l'attendait aux portes du manoir. Avalant une dernière bouchée de lard et d'œuf, il suivit son écuyer, qui saisit l'occasion pour se plaindre de sa situation.

— Je n'ai point quitté Londres pour déménager des meubles, pleurnicha-t-il. Je ne suis guère habitué à me salir les mains pour accomplir de vulgaires travaux domestiques. Quand commencerai-je mon entraînement pour devenir chevalier, messire ? Je ne possède même pas d'épée...

— Tu as un lit confortable, n'est-ce pas ? rétorqua sèchement Hugo, qui n'était pas disposé à subir des jérémiades.

— Oui, monseigneur...

— Tu ne mangeais guère trois fois par jour, à Londres, me trompé-je ? Tu n'avais point de beaux vêtements, ta propre monture et une couche douillette, à Londres, me trompé-je ?

— Non, messire, mais...

— Ces choses sont bien plus précieuses que les épées.

— Mais, monseigneur, je croyais que vous m'apprendriez à me battre...

— File, mon garçon, je ne suis point d'humeur. Je t'entraînerai un autre jour. Pour l'heure, soumets-toi aux désirs de ta maîtresse.

En grommelant dans sa barbe, Peter retourna vers la maison. John de Brissac, juché sur sa monture, salua Hugo dès qu'il l'aperçut.

— Bonjour, monseigneur ! lança-t-il en démontant avec une agilité surprenante pour un homme de sa corpulence. Je ne voulais point vous déranger, j'ai demandé au garçon si vous receviez...

Hugo s'adossa contre l'une des tours à l'abandon et tourna son visage vers le soleil.

— C'est le cas. Moi, en tout cas. La châtelaine a d'autres occupations.

— Ah ! Elle n'ose pas se montrer après la nuit passée. Les jeunes épouses sont ainsi parfois.

— Vous n'y êtes point, shérif, rétorqua Hugo en ricanant. La pudeur ne semble guère être une des vertus que ma femme a reçues en partage. Elle a entrepris de vider la chambre de mon père et de tout brûler ce soir dans le champ sud.

— Vraiment ? Brave fille !

La joie dans la voix de l'homme de loi était perceptible. En voyant que Hugo ne semblait guère de son avis, il se corrigea :

— Ce que je voulais dire…

— Non, non, John, je comprends à votre enthousiasme que vous trouvez l'idée bonne. J'ai été absent trop longtemps pour distinguer le bien du mal… L'entreprise vous paraît donc intelligente ?

— C'est le meilleur moyen de montrer à tous les Matthew Fairchild du coin que vous entendez être un maître différent de votre père.

— Les bouteilles de vin et le cochon grillé d'hier soir n'étaient pas des preuves suffisantes ?

— Bien sûr que si, mais ce feu de joie… Cela revient à se débarrasser publiquement des ordures, si vous me permettez cet outrage à votre famille.

— Je vois où vous voulez en venir. Mes vassaux ressentiront le même soulagement que moi, hier soir, lorsque les grilles se sont refermées sur les Laroche.

— Exactement !

Constatant que Hugo plissait toujours le front, le shérif reprit :

— À vous observer, monseigneur, j'ai de la peine à croire que vous êtes un jeune marié. J'ose espérer que ces rides sont dues à des maux de tête et non à votre jeune et belle épouse...

— Comment avez-vous deviné ? s'enquit Hugo.

— Vous oubliez, messire, que j'avais été chargé d'empêcher Finn la Fière de braconner sur vos terres. Autant arrêter le vent de souffler. Oh, oui, votre Finnula et moi, nous avons souvent discuté...

— Elle ne m'a presque pas parlé depuis qu'elle a découvert ma véritable identité, grogna-t-il. Dites-moi, shérif, comment doit agir un homme qui, de retour après une longue absence, apprend qu'il a un fils de dix ans d'une femme dont il se souvient à peine, des sujets qui le méprisent et une épouse qui n'éprouve que de l'affection pour lui alors qu'il lui a tout offert ?

— Et vous demandez l'avis d'un homme sans terre, sans enfants et sans femme, monseigneur ?

— Je n'ai personne d'autre.

— Soyez bon. Soyez bon avec le garçon, soyez bon avec vos sujets et soyez bon avec votre femme. Ils vous donneront leur confiance. Je les connais bien, ajouta-t-il en clignant de l'œil, ils finiront tous par vous apprécier, sans exception. En temps voulu...

Distrait par un bruit au-dessus de leurs têtes, le shérif s'interrompit et leva les yeux vers les merlons qui couronnaient la tour contre laquelle Hugo était appuyé. Son visage changea soudain d'expression, et il cria une mise en garde tout en se jetant sur le comte, qu'il écrasa de tout son poids au sol.

À l'endroit exact où s'était tenu Hugo, un énorme morceau de pierre s'abattit. La jument de Brissac recula en hennissant, et les deux hommes se protégèrent la tête pour éviter les éclats de gravier qui leur pleuvaient dessus. Lorsque l'averse fut terminée, Hugo examina, avec incrédulité, le projectile qui l'aurait tué si le shérif n'avait pas agi aussi lestement.

— La peste soit…

John de Brissac s'était déjà relevé pour saisir les rênes de sa monture.

— Il s'agit de l'un des merlons, monseigneur. Quelqu'un l'a poussé…

— Poussé ? Vous déraisonnez, grommela Hugo en se remettant sur ses pieds. Ces tours ont toujours représenté un danger. Je devrais profiter des travaux d'aménagement de Finnula pour les faire abattre…

— Non, messire, je ne crois pas. J'ai surpris des bruits de pas, là-haut, avant qu'il ne tombe. On a poussé cette pierre, je le jurerais sur ma vie.

Tout en apaisant sa jument, il secoua la tête avant d'ajouter :

— Monseigneur, quelqu'un cherche à vous tuer.

Chapitre 17

— Ne soyez pas ridicule.

Hugo s'étira en prenant appui sur la tour. S'était-il froissé une côte, à l'instar de Finnula en ce jour qui lui paraissait désormais si lointain ? Le shérif pesait son poids.

— Qui voudrait me tuer ? reprit-il avec un éclat de rire, ce qu'une douleur au flanc lui fit aussitôt regretter. C'est après Laroche que tout le monde en a.

— Apparemment pas...

Le shérif était parvenu à calmer sa monture, et il avait placé une main en visière au-dessus de ses yeux pour observer le sommet de la tour.

— Ce merlon n'est pas tombé. Quelqu'un l'a descellé, puis l'a poussé. Venez. Le coupable est sans doute loin à l'heure qu'il est, mais il a peut-être laissé des indices. Avec les grosses pluies des derniers jours, il se pourrait que nous trouvions des traces de pas.

— Pas étonnant que vous ayez embrassé la carrière de shérif, Brissac. Vous voyez des crimes là où il n'y en a nullement !

L'homme de loi ne répliqua pas. En quelques enjambées, il eut franchi les grilles du manoir et se retrouva devant la porte de la tour à main gauche. Hugo, levant les yeux au ciel, le suivit. Son scepticisme fut ébranlé, toutefois, quand il découvrit ladite porte entrebâillée. Elle était bien close lorsqu'il était passé devant, quelques minutes auparavant, il en avait la certitude.

— Ces tours ne servent plus, n'est-ce pas ? l'interrogea le shérif en s'agenouillant pour examiner la poussière au pied de l'escalier en colimaçon.

— Non, elles sont trop dangereuses. Les marches s'affaissent, elles n'ont pas été entretenues depuis l'époque de mon grand-père. Mon frère et moi avions pour habitude d'y monter jouer quand nous étions enfants, mais...

Il se décomposa aussitôt. Le jour de son arrivée à Stephensgate venait de lui revenir en mémoire. Jamie ne les avait-il pas interpellés depuis cette même tour ? Le shérif quitta des yeux la poussière pour se tourner vers Hugo et, comme s'il lisait dans ses pensées, il enchaîna :

— Ce n'était pas le garçonnet. Il n'aurait pas eu la force de déplacer le merlon. Une pierre de cette taille pèse au moins mon poids. Non, ajouta-t-il en se relevant et en époussetant ses genoux, je discerne bien les empreintes du garçon, mais il y en a d'autres. Je dirais qu'il y a eu des visiteurs ici, la nuit dernière, à l'occasion des festivités. Montons voir.

L'étroit escalier de bois était encore plus traître que dans le souvenir de Hugo. Des lamelles entières manquaient, tandis que d'autres pourrissaient ou se déformaient. Les murs circulaires étaient couverts de toiles d'araignées et de fientes d'oiseaux. Criant leur protestation à grand renfort de craquements, les marches menacèrent de céder sous le poids combiné de Hugo et du shérif. Le comte souleva avec soulagement la trappe de bois qui menait à la plate-forme délabrée. Après avoir sondé les lames de bois, Hugo les jugea suffisamment solides pour accueillir sa personne et se hissa dessus.

Le shérif, lui, n'était pas aussi confiant. Il passa seulement la tête et les épaules par l'ouverture.

— Regardez ! dit-il en pointant l'endroit où s'était tenu le merlon rectangulaire. Voyez ces gravats ? Quelqu'un s'est acharné sur cette pierre.

Hugo s'agenouilla pour examiner les petits morceaux de roche. À l'évidence, quelqu'un avait consacré de longues heures à pulvériser le mortier qui agglomérait le merlon au mur de la tour. C'était une tâche qui nécessitait l'usage d'un outil métallique aiguisé, et une volonté de fer. John de Brissac avait vu juste. Le merlon n'était pas tombé de lui-même...

— Sire Hugo !

Hugo se redressa et aperçut son écuyer dans la cour, en contrebas. Au rugissement que le comte poussa, le garçon leva les yeux.

— Sire Hugo, que faites-vous perché là-haut ? C'est dangereux, savez-vous ? Monsieur Laroche m'a mis en garde dès mon arrivée...

— Laroche, murmura Hugo en jetant un regard entendu au shérif. Je l'avais presque oublié, celui-là.

Brissac hocha la tête.

— J'aurais tout intérêt à chevaucher jusqu'à Leesbury pour m'assurer qu'il est parvenu sans encombre jusque chez sa sœur. Qu'aucun événement fâcheux ne l'a retenu...

— Comme une occasion d'assassiner son ennemi le plus haï ? demanda Hugo en éclatant de rire.

— Monseigneur, cria Peter, madame Finnula est-elle à

votre côté ? Je ne puis la trouver, et je ne sais que faire des articles de toilette de Sire Geoffrey...

— As-tu essayé l'arrière-cour ? C'est là qu'elle officiait la dernière fois que je l'ai croisée.

— Elle n'y est point !

Hugo haussa les épaules et s'engagea, à la suite du shérif, dans l'escalier. Au pied de la tour, il découvrit son écuyer occupé à examiner le merlon.

— Mon-monseigneur, bredouilla-t-il avec effroi, quelqu'un a cherché à vous tuer ! Quelqu'un veut vous tuer !

— Tais-toi donc ! s'écria Brissac, dont la patience s'épuisait. Personne n'en a après la vie de monseigneur. Tout le monde sait que ces tours tombent en ruine.

Hugo admira le sang-froid du shérif. Il ajouta :

— Vous avez raison. Peter, tu t'emballes. Pourquoi n'irais-tu pas chercher le vieux Webster pour qu'il s'occupe de faire condamner cette porte ? Ces tours sont dangereuses, et je ne veux pas que Jamie s'y rompe les os du cou...

— M'est avis que vous devriez surveiller votre propre cou, monseigneur, s'indigna Peter. Si vous me le permettez, il faudrait être fou pour croire qu'un merlon peut tomber de lui-même...

— Me traites-tu de fou ? gronda Hugo.

— Non, messire ! répondit Peter en reculant.

— Alors, détale ! Va prévenir Webster. Non, mieux ! Trouve un marteau, des clous et des planches, et occupe-toi de condamner ces issues.

— Mais j'aide madame Finnula à se débarrasser des affaires...

Hugo n'était pas d'humeur à discuter. Sans se soucier de ménager son écuyer, il hurla :

— Hors de ma vue ! Et je te conseille de ne pas paraître devant moi avec ta face de pierrot tant que tu n'auras pas accompli ta tâche !

Le garçon fila ventre à terre vers les écuries, où le vieux Webster rangeait les outils. Le shérif riait encore de l'éclat de Hugo, lorsque Finnula surgit de la maison.

— À quoi riment tous ces cris ? Je m'entends à peine penser.

Hugo fulminait toujours.

— C'est cet idiot qui me sert d'écuyer. J'attends encore qu'une parole intelligente franchisse ses lèvres depuis que je l'ai pris à mon service.

Finnula fit la moue. Elle n'avait aucune affection pour le garçon qui avait bien failli lui briser une côte.

— Ah, dit-elle en haussant les épaules. Peter...

Elle ajouta, en coulant un regard malicieux vers le shérif :

— Bien le bonjour, monsieur de Brissac. Vous avez l'air en forme ce matin. Je suis surprise, je vous l'avoue. J'aurais juré vous avoir entendu rire une bonne partie de la nuit.

Pour la première fois depuis que Hugo le connaissait, l'homme de loi rougit. Passant d'un pied sur l'autre, il répondit :

— Je le reconnais, j'ai quelque peu forcé sur la boisson hier soir... Il faut dire que le vin coulait à flots, ce qui était d'ailleurs très généreux de votre part à...

— Je vous en prie, fit-elle en contenant un sourire devant la gêne du shérif.

Désireux de changer de sujet, ce dernier releva la tête et compléta :

— Peut-être madame a-t-elle vu quelqu'un sortir de la tour tout à l'heure…

Hugo l'interrompit aussitôt :

— Je suppose que tu t'es déjà restaurée, mon amour, dit-il en l'attirant par la taille et en ignorant son expression interloquée, mais que penserais-tu de partager un repas avec ton mari ? Nous pourrions aller au moulin et rendre visite à ta sœur. Après tout, c'est, elle aussi, une jeune épouse.

À son grand soulagement, le visage de Finnula s'illumina à cette proposition. La rancœur de la matinée semblait envolée.

— Oh, oui !

— Toutefois, tu ne peux te présenter dans cette tenue, reprit-il avec une sévérité feinte. Va te changer. Tu es la femme d'un comte à présent, ta mise se doit d'être en conséquence.

Finnula leva les yeux au ciel mais s'éloigna vers la maison pour s'exécuter. Hugo jeta un regard de remerciement au shérif pour sa discrétion en présence de son épouse, mais celui-ci semblait ailleurs.

— Venez, John, je voudrais m'assurer que vous n'avez pas vidé tous mes tonneaux de bière hier soir.

— Cela expliquerait pourtant le tambourinement sous mon crâne…

— Ah !

— Monseigneur, reprit le shérif d'une voix plus grave, vous devez rester sur vos gardes. Un péril vous guette. Je conseillerais la plus grande prudence tant que je n'aurai pas rendu visite à notre ami Laroche.

— De la prudence... Moi qui pensais qu'en rentrant en Angleterre je serais enfin tranquille. Dire que je suis menacé dans ma propre maison. Dans mon propre lit !

— Vous ne parlez pas littéralement, monseigneur ? demanda Brissac en lorgnant dans la direction de Finnula.

— Bien sûr que non ! C'était une expression !

La question du shérif éveilla soudain un doute dans l'esprit du comte : ce n'était qu'une expression, mais n'était-ce pas ce que quelqu'un cherchait à lui faire accroire ?

Chapitre 18

Finnula désapprouverait toujours le mariage de sa sœur avec Jack Mallory. Des semaines durant, ils s'étaient vus en cachette. Le mensonge ne venait pas naturellement à Mellana, et c'était forcément Jack qui avait mis au point le subterfuge. Pour cette raison, Finnula ne parvenait pas à croire que ses intentions étaient honnêtes. Comme il ajoutait à son comportement un physique fourbe, Finnula avait bien de la peine à ne pas le mépriser. Sa tête était trop grosse pour son corps malingre et glabre. Et son affection pour les fanfreluches rivalisait avec celle de Mellana. Son habillement n'était que velours et rubans. Ses poulaines étaient ornées de clochettes étincelantes, et les boutons de son gilet étaient de cuivre. Finnula avait même aperçu une bague à son auriculaire ! Quel genre d'homme portait pareil attirail ? Hugo, lui, savait se vêtir avec sobriété, même s'il avait rapporté des bijoux et des riches tissus de Terre sainte.

Par égard pour son époux, toutefois, Finnula dissimula ses sentiments envers le mari de sa sœur. Chemin faisant, Hugo l'avait priée de se conduire comme une châtelaine, et Finnula, désireuse d'apaiser la culpabilité qui la rongeait depuis leur dispute du matin, s'était inclinée. Elle s'en voulait de ne pas avoir consulté son mari sur un sujet aussi important que la destruction du mobilier de son père. Elle était habituée à agir selon son bon vouloir, et il lui faudrait encore un peu de temps pour s'habituer à partager avec lui les décisions.

Il lui avait été bien difficile pourtant, de ne pas abattre son poing sur le visage de Jack Mallory lorsqu'elle avait découvert qu'il avait non seulement investi la chambre que, l'avant-veille encore, elle partageait avec sa sœur, mais qu'il se vantait de s'être débarrassé des boutons de roses séchés que Finnula avait suspendus aux poutrelles, sous prétexte qu'ils lui provoquaient des éternuements. Pour couronner le tout, le ménestrel ne semblait guère tenir en estime le métier de meunier, et il le moquait à la moindre occasion. Jamais en présence de Robert, cependant. Le bougre était trop lâche !

En dépit de ses réticences, Finnula sourit de bonne grâce tout au long du repas, jusqu'à ce que son futur beau-frère, échauffé par la bière, lui parût si insupportable qu'elle fut contrainte de demander qu'on l'excuse pour aller prendre l'air dans la cour. À son grand dam, elle y découvrit une autre source de contrariété : le faucon qui s'attaquait aux volailles s'était de nouveau perché sur le toit du poulailler ! Et elle n'avait pas pensé à emporter son arc !

Finnula consacra la moitié d'une heure à observer le comportement de l'oiseau de proie. Elle avait dans l'idée de revenir le lendemain matin pour se débarrasser de cette vermine. Elle en était à échafauder un plan d'attaque, lorsque Peter pénétra dans la cour de la maison, comme s'il y était le bienvenu. Finnula se renfonça dans un coin avec l'espoir que le garçon ne la verrait pas.

Peine perdue. Peter l'aperçut aussitôt, la salua et s'approcha en sautillant.

— Madame, dit-il en s'inclinant, c'est une bien belle journée, n'est-ce pas ?

Finnula demeura muette. Elle n'était pas d'humeur à tenir une conversation badine. Peter, qui s'en était apparemment rendu compte, l'interrogea sur un point d'organisation concernant les ordres qu'elle avait laissés le matin. Elle répondit sèchement. Elle était surprise que Peter ait fait tout ce chemin pour éclaircir un détail et le considérait avec suspicion. Quand il s'appuya sur la barrière sur laquelle elle était assise, ses soupçons furent confirmés. Elle eut beau lui jeter un regard noir, il ne bougea pas et finit par lui demander d'une voix blanche si elle avait des nouvelles des Laroche.

— Des Laroche ? Tu... tu ne t'enquiers tout de même pas de Reginald Laroche et de sa fille Isabella ?

— C'est bien d'eux que je m'inquiète, car il me semble que monseigneur leur a fait un sort cruel.

Finnula dévisagea le garçon et s'écria :

— Quel aplomb ! Un sort cruel ! J'imagine que c'est Isabella qui est venue te chanter cette complainte...

— Que nenni ! Voilà une damoiselle habituée aux meilleures choses de notre monde et qui se retrouve soudain à la porte de la maison qu'elle a toujours connue...

— Oh, mais n'aie crainte, Isabella est pareille à un chat, elle retombe toujours sur ses pattes.

— Mais ne pourriez-vous point en toucher un mot à monseigneur ?

— Un mot ?

Finnula regrettait presque d'être sortie : en comparaison, Jack Mallory semblait d'une compagnie plaisante.

— Un mot au nom des Laroche. Quelques paroles de votre part feraient toute la différence, madame. Je sais que Sire Hugo a des doutes sur la façon dont son domaine a été administré en son absence, mais, en dépit de sa colère, il devrait comprendre que certaines circonstances indépendantes de la volonté de son cousin ont joué un rôle...

Le regard de Finnula se durcit.

— Est-ce le discours qu'Isabella t'a tenu ?

— Oui-da, répondit Peter d'une voix tremblante en tentant de ravaler les sanglots qui montaient dans sa gorge. Si vous l'aviez entendue raconter tous les bienfaits de son père à l'égard des vassaux de monseigneur...

La comédie de cette donzelle l'avait apparemment ému au plus haut point, mais Finnula, elle, ne se laissa point attendrir.

— Tu oublies, Peter, que j'étais l'un de ces vassaux. Et je me rappelle seulement d'une accusation abusive de meurtre pour laquelle j'aurais été pendue sans l'intervention du shérif.

Voyant que Peter était enfin réduit au silence, Finnula reprit d'une voix plus douce :

— Si j'étais toi, j'éviterais d'aborder ce sujet devant Sire Hugo. À la seule mention de leurs noms son visage s'assombrit...

Peter ouvrit la bouche pour protester, mais Finnula l'interrompit d'un regard sévère.

— Si vous le dites, madame... Je vous remercie de m'avoir accordé un peu de votre temps.

Sur ces mots, il prit congé et repartit dans la direction

du manoir. Finnula en profita pour rentrer rejoindre son mari, au côté duquel elle serait plus tranquille, du moins pour l'heure. Dans la salle commune, Jack avait entonné une ballade sous l'œil énamouré de Mellana. Trois autres de ses sœurs – Camilla et son mari, le vigneron, s'étaient éclipsés – et la promise de Robert, assises aux pieds du troubadour, semblaient aussi goûter sa performance. Même Patricia, pourtant habituellement si mesurée, fronça les sourcils en entendant le pas de Finnula et l'intima d'un regard noir d'être plus discrète. Finnula rejoignit la cuisine sur la pointe des pieds, et elle y trouva son mari et Robert, qui s'étaient probablement réfugiés là pour échapper aux notes doucereuses.

— Ah, te voici ! dit Hugo en souriant et en se poussant pour lui laisser une place sur le banc. Tu as fait des efforts fort louables.

— Que veux-tu dire ?

— Nous avons tous deux remarqué que tu t'étais retenue de le rouer de coups, intervint Robert en posant des yeux attendris sur sa sœur. Je vois que le mariage a déjà entamé ton mauvais caractère.

Finnula crut d'abord qu'ils parlaient de Peter, avant de comprendre qu'il s'agissait de Jack Mallory. Elle se contenta de hausser les épaules. La complainte lugubre était parvenue à son dénouement, et lorsque Hugo entendit Mellana en réclamer une autre, il bondit sur ses pieds et annonça qu'ils devaient partir. Robert les accompagna jusqu'à leurs montures, qu'ils avaient attachées près de l'abreuvoir. Hugo aida Finnula (qui pestait contre sa robe) à monter en selle, tout en écoutant Robert leur exposer les aménagements qu'il prévoyait pour le moulin après son mariage. Il avait dans l'idée de faire construire une maisonnette pour Mellana et son mari, afin que les chansons de Jack Mallory ne soient pas imposées aux oreilles qui s'en passaient volontiers. Hugo éprouva de la sympathie pour Robert et du soulagement : sa mauvaise humeur était tout entière dirigée contre le pauvre ménestrel, et il semblait avoir oublié que le comte lui avait arraché sa sœur préférée.

Après avoir installé son épouse sur Violette, Hugo sauta sur Skinner et l'éperonna d'un coup franc. Le destrier, au lieu de s'élancer comme à son habitude, poussa un hennissement retentissant et se cabra avec une force telle que Hugo aurait atterri dans l'herbe, les quatre fers en l'air, s'il n'avait été un cavalier expérimenté.

— Doucement ! s'écria-t-il. Tout doux !

Le cheval n'était pas du genre à prendre peur. Hugo ne l'avait jamais vu reculer, même devant un scorpion ou un Sarrasin armé d'un cimeterre. Pourtant, il continuait à hennir de plus en plus fort, et il décocha une ruade. Pressant ses genoux contre les flancs de la bête, le comte scruta la cour à la recherche de la cause de son alarme.

Finnula s'émut soudain :

— Saute, Hugo ! Saute !

Hugo la foudroya du regard. Toutes ses sœurs, ainsi que Rosamund, s'étaient précipitées au premier cri de Skinner. Il préférait brûler en enfer plutôt que sauter de sa propre monture devant la moitié du village. Robert, qui tentait d'approcher le cheval tout en esquivant ses sabots, ajouta ses prières à celles de sa sœur :

— Monseigneur ! Il ne veut pas de vous sur son dos, c'est évident, sautez !

Skinner, que Hugo soupçonnait depuis longtemps de comprendre le langage humain, se cabra plus violemment encore que la fois précédente. Le comte se résolut donc, la mort dans l'âme, à se laisser glisser de sa selle. À peine avait-il posé un pied sur l'herbe qu'il fut contraint de rouler à terre pour éviter un mauvais coup. Pour la seconde fois de la journée, il se releva couvert d'herbe et de poussière.

Skinner se calma presque aussitôt. L'air penaud, il fit quelques pas dans la cour en s'ébrouant et en secouant la tête. Finnula se précipita dans les bras de son mari.

— Oh, Hugo ! Tu n'as rien de cassé ?

Surpris d'entendre sa voix trembler d'émotion, Hugo la serra tendrement.

— Rien du tout. Il en faudrait davantage pour me tuer, amour.

— Quelle mouche l'a piqué ? Il était comme fou !

Le visage de la jeune femme était blême. Robert s'était approché du destrier et, alors que Rosamund le suppliait de garder ses distances avec la dangereuse bête, il passait une main experte sur ses membres frémissants.

— Je ne comprends pas ce qui lui est arrivé, monseigneur. Il n'a aucune blessure. Il semblerait bien qu'il ait été pris de démence.

— C'est impossible. Je n'ai jamais eu de monture plus docile.

— Mais comment expliquer sa réaction alors ? interrogea Finnula en plongeant ses yeux gris dans ceux de son mari.

Hugo la considéra un instant avant de se tourner vers le meunier.

— Regardez sous le tapis de selle, voulez-vous ?

Robert s'exécuta, et tout le monde put l'entendre retenir son souffle.

— Par la mordieu ! s'écria-t-il. Voyez un peu !

Le visage de Hugo se durcit aussitôt.

— C'est un aiguillon, n'est-ce pas ?

— En effet, répondit Robert en brandissant un petit chardon ensanglanté. Il était glissé entre le tapis de selle et le dos de la pauvre bête. Il s'est enfoncé dans sa chair dès que vous vous êtes assis, monseigneur...

Finnula s'écarta de son époux et plaça ses mains sur ses hanches. Elle commençait à comprendre pourquoi il était d'humeur si chagrine.

— Comment un chardon a-t-il atterri là ? Les chevaux n'ont jamais quitté le poteau où nous les avions attachés avant le repas, et les chardons ne poussent guère dans la cour...

— Quelqu'un l'y aura placé à dessein !

C'était Peter qui avait parlé. En le voyant approcher, Finnula sentit son cœur se soulever. Il prendrait le pied de son maître au derrière avant la fin de la journée s'il continuait ainsi.

— Quelqu'un l'y aura placé à dessein ! hurla-t-il derechef lorsque que tous les visages se furent tournés vers lui. Comme ce matin, monseigneur, avec le merlon. On cherche à vous tuer !

Finnula considéra Hugo avec surprise.

— Quel merlon ? De quoi parle-t-il ?

Hugo demeura coi, mais jamais ses prunelles n'avaient été aussi semblables à deux soleils. Finnula fut soulagée de ne pas être la cible d'un regard si assassin.

— Le merlon de l'une des tours de garde est tombé sur

Sire Hugo, ce matin, poursuivit Peter. Il l'aurait tué si le shérif ne l'avait écarté...

— Tais-toi, maudit animal ! rugit Hugo.

En deux enjambées, il avait rejoint le garçon et refermé sa poigne d'acier sur son cou pour lui clouer le bec.

— Je t'interdis de prononcer le moindre mot avant que nous n'ayons rejoint le manoir, où j'ai bien l'intention de te faire payer ton insolence !

— Hugo ! s'interposa Finnula. Relâche-le tout de suite ! Je veux entendre ce qu'il a à dire.

— Il n'a rien à dire, rétorqua Hugo sans relâcher son étreinte. C'est une vraie tête de mule à qui je vais apprendre comment on se conduit en présence de dames...

— Relâche-le sur-le-champ ! reprit Finnula en s'élançant sur lui. À quoi pensais-tu ? Comment as-tu pu me cacher pareille chose ? Cherche-t-on réellement à te tuer ?

Afin d'apaiser son épouse, Hugo libéra l'écuyer, qui s'éloigna en titubant, les deux mains pressées sur sa gorge meurtrie, avant de s'effondrer aux pieds d'une Rosamund surprise.

— Personne, exposa-t-il d'une voix qu'il s'efforçait de garder calme, ne cherche à me tuer, Finnula. Calme-toi. Je t'assure que je compte vivre très vieux. Ne serait-ce que pour te rappeler quel triste sort est le tien...

Finnula ne goûta guère son humour, qu'elle trouvait fort mal à propos, et elle s'éloigna d'un pas décidé vers Violette, où elle attendit qu'il l'aide, derechef, à se mettre en selle. Hugo, qui se délectait de la scène, s'exécuta, et reçut pour tout remerciement un coup violent dans le plexus dès qu'elle fut assise. Il en éclata de rire.

Les châtelains n'étaient plus qu'un point à l'horizon lorsque Peter se redressa en se frottant la gorge. Robert, dans un accès de colère, venait de traîner Jack jusqu'à la meule, arguant que son nouveau beau-frère pouvait tout aussi bien chanter en transportant des sacs de farine qu'en se prélassant au coin du feu. Mellana en avait été si chagrine que ses sœurs l'avaient accompagnée à l'intérieur pour la consoler. Seule Rosamund était restée près du jeune écuyer, et la sincérité avec laquelle elle s'inquiétait de sa personne était touchante.

— Monsieur, murmura-t-elle en posant une main délicate sur son épaule, puis-je faire quoi que ce soit pour vous ?

— Ce n'est point de moi qu'il faut vous soucier.

— Je vous demande pardon ?

— C'est mon seigneur qui court un grave danger, pas moi. Et il s'obstine à s'aveugler !

— Monsieur, que dites-vous là ?

— Vous avez été témoin d'une tentative d'assassinat sur sa personne, n'est-ce pas ?

— Entendez-vous par là... répondit-elle en fronçant les sourcils. Vous parlez du chardon placé sous sa selle, n'est-ce pas ?

— On l'y a volontairement mis. De même que, ce matin, on a poussé une lourde pierre sur la tête de monseigneur. On lui veut du mal !

— Qui donc voudrait attenter à la vie de Sire Hugo ? Un homme si honnête et si charmant ne peut avoir d'ennemis...

— Las ! c'est la dernière personne que messire suspecterait...

Rosamund retira sa main et se raidit.

— Oh non ! s'exclama-t-elle. Vous ne pensez tout de même pas que…

— J'en ai bien peur. J'aimerais qu'il en soit autrement, mais elle possède à la fois le motif et l'occasion…

— Je ne puis croire pareille chose ! C'est ce qu'on a raconté lorsque Sire Geoffrey… Oh ! Non ! Pensez-vous… Pensez-vous qu'elle a réellement tué Sire Geoffrey et qu'elle tente d'occire son fils, maintenant ?

— Rien ne me réjouirait tant qu'avoir tort, madame, mais je crains, malheureusement… se lamenta-t-il.

— Mais pour quelle raison ? demanda Rosamund avec effroi. Pour quelle raison en aurait-elle après Sire Hugo ?

— Elle n'est guère faite du même bois que les autres femmes, dit-il lentement. Je l'ai vue menacer monseigneur d'un couteau. Je l'ai vue le ficeler comme un poulet…

— De là à tuer son propre mari !

— Finnula Crais n'est pas comme tout le monde, on ne peut s'attendre à ce qu'elle ait les mêmes sentiments qu'un être normal… Non, madame, reprit-il en secouant la tête, je dirais même qu'elle est dangereuse. Très dangereuse.

Rosamund avala sa salive avant d'ajouter :

— Il est vrai qu'elle est le meilleur archer du comté…

— … et qu'elle désapprouve ce mariage qui lui interdit la pratique de la chasse…

— … et que je l'ai vue sortir de la grand-salle à la fin du repas, seule. Elle aurait parfaitement pu glisser ce chardon sous la selle de monseigneur !

— Et personne ne savait où elle se trouvait lorsque le merlon est tombé ce matin…

— Oh ! ceci est bien trop affreux ! s'écria Rosamund.

— Que faire ? s'enquit Peter. Le shérif ne consentira

jamais à l'arrêter. Il faudrait être aveugle pour ne pas voir qu'il est à moitié épris d'elle. Je... je tremble pour la vie de mon maître, madame.

— Oui, reprit Rosamund d'une voix douce, vous avez raison, j'ai perçu la partialité du shérif envers Finnula. Il la tient en grande estime, j'en ai peur.

Peter poussa un lourd soupir.

— Tout espoir est donc perdu.

Rosamund, qui avait mis une année entière à convaincre son père de la laisser épouser Robert Crais, n'était pas femme à abandonner si facilement.

— Non, dit-elle. Tout n'est pas perdu. Remettez-vous-en à moi, monsieur.

— À vous ? Comment pourriez-vous l'empêcher d'agir, madame ?

— Un peu de patience, monsieur, un peu de patience...

Chapitre 19

De retour au manoir, une surprise attendait Hugo.

Maîtresse Laver accueillit les époux dans la cour et informa Finnula que tout était en ordre. Hugo n'était pas d'humeur à jouer aux devinettes, et il ne posa aucune question. Il n'était d'ailleurs tout bonnement pas disposé à discuter depuis qu'ils avaient quitté le moulin, et il avait refusé de répondre aux interrogations de Finnula concernant les déclarations de Peter. Une fois qu'il eut démonté, il marmonna qu'il avait l'intention de prendre un bain – il était couvert de poussière à cause de sa chute et il avait beaucoup transpiré à cheval.

Finnula fit mine de l'ignorer, Hugo se rendit donc seul à l'intérieur, en ordonnant qu'on lui monte un baquet d'eau chaude. Il fila directement à sa chambre... qu'il trouva vide. Elle avait, à l'instar de celle de son père, été vidée de son mobilier. Tout avait disparu, de ses vêtements à la peau d'ours qui servait de tapis. Même les coffres qu'il avait envoyés de Terre sainte, dont lui seul possédait la clé et qui contenaient une fortune en joyaux et en tissus, manquaient à l'appel. Si jamais ils avaient été emportés dans le champ sud pour alimenter ce maudit feu de joie...

Le cri de Hugo aurait sans doute réduit le manoir en

poussière si ses fondations n'avaient pas été aussi solides. Tous les serviteurs de la maisonnée accoururent aussitôt, mais pas Finnula, bien sûr, alors que c'était son nom que Hugo avait hurlé.

— Où sont mes affaires ? rugit-il à l'intention de maîtresse Laver, qui, habituée aux coups d'éclat de Sire Geoffrey, était la seule à oser soutenir son regard.

— Au même endroit que votre femme, je suppose.

— Et où se trouve-t-elle ?

— Dans la chambre de votre défunt père. C'est là la vraie place d'une dame.

Voyant que Hugo risquait fort d'être frappé d'apoplexie si personne ne lui exposait clairement la situation, elle reprit d'une voix plus douce :

— Madame Finnula a fait déménager toutes vos affaires dans l'ancienne chambre de votre père, monseigneur. Ce qui est fort généreux de sa part, quand on sait ce qu'elle y a vécu. Elle a pensé que cela vous agréerait...

Hugo avait quitté la pièce avant que la cuisinière n'ait terminé sa phrase. La chambre de Sire Geoffrey se tenait à l'autre bout du couloir, mais le comte fut devant le lourd battant de bois en quelques enjambées. Il faillit frapper puis se ravisa : après tout, il était chez lui, désormais.

Son lit n'avait pas été placé au même endroit que celui de son père. Il donnait, d'un côté, sur la rangée de fenêtres du mur sud, de l'autre, sur la cheminée. Les coffres de Terre sainte étaient soigneusement rangés dans un coin. La peau d'ours était posée devant l'âtre, et Gros Louis y avait déjà pris ses quartiers. Il battit d'ailleurs de la queue en voyant Hugo arriver. Au centre de la pièce, Finnula était occupée à troquer sa robe de brocard lavande contre une tenue plus confortable, qui, au grand soulagement du comte, ne consistait pas en chausses.

— Est-ce toi que j'ai entendu miauler à l'instant ? Es-tu obligé de hurler mon prénom dans toute la maison ? C'est embarrassant, tu sais.

— J'ai cru... répondit-il en la regardant revêtir une robe de linon jaune. J'ai cru que tu avais pris mes affaires pour le bûcher de ce soir.

— Vraiment ? Je t'ai dit que tu étais fou de m'épouser. Pas que moi, j'étais folle. Pourquoi voudrais-je me débarrasser de tes biens ? C'est après Sire Geoffrey que j'en avais.

Hugo s'approcha d'elle.

— Tu as fait enlever son mobilier pour y mettre le mien ?

— Tu te plaignais que ta chambre était traversée par des courants d'air l'hiver venu. De surcroît, elle était trop petite pour contenir toutes tes affaires, sans parler des miennes. Il m'a semblé plus judicieux d'établir nos quartiers ici.

Hugo enlaça sa femme et pressa ses lèvres contre les siennes. Sa colère s'était envolée. Un bref coup à la porte manqua pourtant de la ranimer. Avant qu'il n'ait le temps de pousser un de ces rugissements dont il avait le secret, Finnula lui lança, avec le plus charmant des sourires :

— N'avais-tu pas demandé un bain ?

Chapitre 20

Si tous les habitants de Stephensgate étaient venus assister au mariage de Hugo et Finnula, la population entière du comté se rassembla devant le feu de joie, le lendemain soir. Ce fut, en tout cas, le sentiment de Hugo. Il fut surpris de voir combien de personnes étaient désireuses de prendre part à la destruction des biens de son père, et un peu honteux de constater à quel point le défunt comte était haï. Par centaines, les villageois et les habitants des environs se déversèrent dans le champ sud juste après vêpres.

Il ne fallut pas longtemps au vassal qui s'occupait du terrain pour faire son apparition devant le châtelain et se plaindre que l'herbe était piétinée et que son troupeau n'aurait rien à manger jusqu'à la fin de l'été. Hugo dédommagea les pertes du berger plus que libéralement. Il avait passé un après-midi délicieux en compagnie de Finnula, et il était d'humeur conciliante.

Les festivités du mariage n'avaient pas réussi à vider les réserves du manoir en vin et en bière, et Finnula avait demandé à maîtresse Laver et à ses nièces de veiller à servir à boire à tous les participants afin d'entretenir la bonne humeur. Dans le crépuscule pourpre, l'odeur de l'alcool se mêla bientôt au parfum des fleurs printanières.

— Voilà une bien belle assemblée, monseigneur, fit

remarquer John de Brissac, un gobelet à la main. Il semblerait que la châtelaine avait raison : cet incendie ne réchauffera pas que les mains.

Hugo se contenta d'un grommellement, même s'il était, depuis longtemps, parvenu à cette conclusion, lui aussi.

— J'ai cru comprendre qu'on avait cherché à attenter à votre vie une deuxième fois aujourd'hui, enchaîna le shérif.

— Sornettes ! Ce n'était qu'un chardon sous ma selle. Il en faudrait davantage pour me mettre en péril.

— Je n'en serais pas si sûr. J'ai vu bien des cavaliers expérimentés perdre la vie suite à une chute de cheval.

— Je ne suis point tombé.

— Non, mais quelqu'un l'aurait voulu.

La voix grave de Brissac abandonna ses accents taquins pour devenir sérieuse.

— J'ai peur pour vous, messire. La personne qui souhaite votre mort ne connaîtra pas la paix avant d'avoir atteint son objectif.

— N'en parlons plus, dit Hugo en voyant Finnula approcher. Je ne veux point alarmer ma femme.

— Je crains, monseigneur, d'avoir entendu, à plusieurs reprises, son nom associé à celui d'une machination contre vous.

— Que ceux qui colportent pareilles balivernes aillent au diable, gronda Hugo avec une soudaine sauvagerie. Et je serai plus qu'enchanté de hâter leur voyage, ajouta-t-il en portant la main à son fourreau.

— Vous vous trompez, monseigneur. Ce ne sont point les colporteurs de rumeurs qui sont à blâmer, mais l'homme qui tente de vous occire…

— Je vous répète qu'un tel homme n'existe pas ! Tenez-vous coi, à présent.

Finnula les rejoignit, la chevelure battant au vent, un sourire timide sur les lèvres et un pichet de vin à la main.

— Shérif, il me semble que votre gobelet est vide, ronronna-t-elle en coulant un regard vers son mari afin de s'assurer qu'il avait remarqué ses efforts pour se conduire en épouse accomplie. Et voilà !

Tournant ses prunelles grises vers Hugo, elle lui demanda :

— Et toi, cher mari ? As-tu soif ? Si ma mémoire ne me trompe guère, tu t'es beaucoup dépensé aujourd'hui...

Hugo lui sourit. Sous ses atours majestueux – un bliaud rouille et une jupe d'or –, Finnula restait Finn la Fière, et rien ni personne ne la changerait. Hugo avait toujours du mal à croire que celle qu'il avait connue en chausses puisse être aussi féminine.

— Oui, dit-il. Une goutte de vin adoucira ma gorge, tu as raison.

Une fois que Finnula l'eut servi, il la prit par la taille et se tourna vers la foule réunie autour du bûcher.

— Braves gens de Stephensgate, lança-t-il en brandissant son gobelet.

Il n'eut pas besoin d'ajouter un mot pour obtenir l'attention de l'assemblée : tous les yeux se braquèrent sur lui, et le silence se fit.

— Hier, reprit-il de sa voix grave, vous étiez les témoins de mon mariage...

Il fut interrompu par une nuée d'applaudissements et par des sifflements. Quand le calme fut revenu, il enchaîna :

— Ce soir, j'ai l'immense plaisir de vous retrouver

pour un autre événement important. Nous sommes réunis pour célébrer la fin du vasselage de mon père et de son bailli, Reginald Laroche, et mes premiers pas de seigneur...

De nouveaux applaudissements s'élevèrent, et Hugo réclama le silence en levant une main.

— Voici mon premier acte officiel en tant que comte de Stephensgate : je suspends les impôts supplémentaires institués par le bailli et j'annule toutes les dettes...

Le cri de joie qui s'éleva alors fut si puissant qu'il fallut plusieurs minutes à Hugo pour regagner l'attention de son auditoire.

— À présent, j'aimerais que vous vous joigniez tous à moi pour que le souvenir des actes de mon père soit relégué au passé, déclara-t-il d'une voix plus sombre. Sire Geoffrey n'était pas de ces hommes qui font la fierté de leur lignée, et j'en suis fort peiné. C'est pourquoi, ajouta-t-il en cherchant des yeux Jamie, qui, s'il s'était décrassé, ressemblait autant au rejeton d'un comte qu'un simple porcher, je ne puis que souhaiter que mes fils, ainsi que vous, mon peuple, vous éprouviez des sentiments différents à l'égard des nouveaux châtelains...

Lâchant la taille de Finnula, Hugo fit signe à Peter de lui apporter la torche qu'il tenait à bout de bras. L'écuyer se précipita pour la remettre à son maître. Se tournant vers sa femme, Hugo s'inclina et la lui présenta :

— Madame la châtelaine, chuchota-t-il, nous feras-tu l'honneur ?

— Je te remercie, murmura-t-elle avec un sourire timide.

Elle s'empara prudemment du flambeau et l'approcha de

la pile de mobilier et de linge, qui avait été aspergée d'huile plus tôt dans la journée. À peine l'avait-elle effleurée que de grandes flammes s'élevèrent. Finnula regarda avec émerveillement le feu lécher les anciennes possessions de Sire Geoffrey. Hugo dut la forcer à reculer tant le brasier infernal exerçait sa fascination sur elle.

Finnula n'était pas la seule à être subjuguée par ce spectacle. Il avait réduit au silence la foule, qui avait acclamé si bruyamment chacune des déclarations de Hugo. Elle observait les objets en apparence inoffensifs que les flammes détruisaient avec une violence sauvage. Le bois craquait en brûlant – c'était sa façon de protester. Il n'y avait pas un autre bruit dans le champ. S'il n'avait été témoin de cette scène, Hugo n'aurait jamais cru qu'une telle masse de gens pouvait rester silencieuse.

Il en fallut peu pour rompre le charme, malgré tout. Surgi de nulle part, Jamie arriva en hurlant et jeta une bande de cuir épais dans le feu.

— Là ! cria-t-il avec une satisfaction évidente. Bon débarras !

Le shérif, attendri par la virulence du gamin, surprit le regard interrogateur de Hugo et expliqua :

— Votre père lui faisait tâter de cette ceinture lorsqu'il s'était mal conduit.

Hugo vit alors, avec effroi, que des dizaines de serfs, inspirés par le geste de Jamie, s'avançaient pour livrer au feu, eux aussi, des objets qui leur rappelaient le défunt comte. Une chemise en tissu de crin, un collier de métal relié à une chaîne, des morceaux de parchemins… Les propriétaires de ces derniers n'avaient jamais été capables de les lire. Hugo savait qu'il s'agissait de factures que son père et Reginald Laroche avaient présentées à ces paysans illettrés. Il n'avait jamais aimé son père, ni ne l'avait jamais tenu en estime, mais à la vue de ces papiers réduits en cendres, il éprouva, une nouvelle fois, la honte cuisante d'être son fils. Heureusement, la chaleur de l'incendie dissimulait le rouge de ses joues. Il fut tiré de ses réflexions par des manifestations de joie. Quelqu'un venait de jeter au feu une poupée de chiffon sur laquelle on avait dessiné à la hâte un visage : Hugo reconnut sans peine les moustaches recourbées de Reginald Laroche. Jack Mallory choisit cet instant pour caresser ses cordes, et un air joyeux vint se mêler aux rires.

Hugo entoura les épaules de sa femme et lui demanda, d'une voix incertaine :

— Crois-tu... Est-ce mieux ainsi, à ton avis ?

— Bien mieux, répondit-elle en souriant.

Il sentit une partie de sa peine se dissiper. Et sa bonne humeur retrouvée lui rappela un projet qu'il nourrissait depuis longtemps.

— Ne serait-ce pas l'occasion idéale de nous débarrasser d'un autre souvenir des temps jadis ?

— Quel souvenir ?

Sans un mot, Hugo tira de son gilet un petit paquet bien serré. Finnula le considéra avec circonspection, jusqu'à ce qu'il défasse les liens qui le retenaient et révèle les fameuses chausses en cuir. Elle poussa un cri outré.

— Tu devras me passer sur le corps, déclara-t-elle. Rends-les-moi sur-le-champ !

Hugo, qui se divertissait de son indignation, n'eut qu'à lever les bras pour les tenir hors de sa portée.

— Que nenni ! s'amusa-t-il. Elles symbolisent, elles

aussi, une époque révolue. Tu n'es plus une demoiselle, et il est temps que tu acceptes...

— Dans quelle tenue monterai-je à cheval ? s'énerva-t-elle en tapant du pied sur le sol. Dans quelle tenue chasserai-je ?

— Dans une tenue convenant à l'épouse d'un comte, dit-il fermement.

Finnula était si furieuse qu'elle semblait prête à lui arracher les yeux. Voilà la Finnula qu'il avait rencontrée. Envolée sa prétendue respectabilité ! Finn la Fière était de retour !

— Comment oses-tu ? fulminait-elle. Comment oses-tu me prendre ce qui m'appartient ? Pourquoi un homme aurait-il le droit de revêtir ce qui lui chante, quand les femmes seraient obligées de se couvrir du sommet de la tête à l'extrémité des orteils ?

Hugo n'avait aucune réponse à apporter à cette question... Il commençait à douter de son projet. Pourtant, il se refusa à reculer.

— J'ai rapporté de Terre sainte suffisamment de soie pour te constituer une garde-robe de reine. Tu peux engager une couturière qui assemblera bliauds et jupes à ta convenance, mais plus de chausses.

— La peste soit de tes tissus ! Est-ce qu'il me chaut d'avoir des vêtements raffinés ? Je veux ce qui m'appartient. Rends-les-moi !

En secouant la tête, et sans se laisser le temps de changer d'avis, Hugo jeta la tenue incriminée dans le feu. Finnula lança un hurlement à réveiller les morts. Plusieurs têtes se tournèrent dans sa direction.

— Oh ! s'exclama-t-elle en voyant les chausses qu'elle chérissait au cœur des flammes. Tu n'es… tu n'es…

Elle semblait à court d'adjectifs, elle qui était habituée à jurer comme un charretier. Elle finit cependant par cracher :

— Tu n'es qu'un bâtard !

Sur ces mots, elle tourna les talons et s'éloigna. Brissac, qui avait assisté à toute la scène, soupira.

— Monseigneur, vous êtes bien plus courageux que moi. Rares sont ceux à s'y être frottés sans se piquer…

Hugo ricana, même si sa joie n'était pas aussi grande qu'il s'y était attendu. Il se serait interrogé plus avant sur ses sentiments s'il n'avait été distrait par un bruit familier. Ses sens furent aussitôt en alerte, ses instincts guerriers se réveillèrent. Il aperçut le projectile avant d'être frappé. Avant même d'entendre les cris d'avertissement du shérif. La flèche acérée surgit des flammes et, bien que Hugo brandît un bras pour l'écarter, elle vint se ficher dans son épaule avec tant de force qu'il bascula en arrière.

— Monseigneur !

Brissac fut immédiatement à son côté, ainsi qu'une demi-douzaine de spectateurs ahuris. Allongé sur le dos, dans l'herbe, Hugo cligna les yeux et songea que la vie était cruellement ironique : il avait passé dix ans à guerroyer à l'étranger, et il était frappé chez lui. Il ouvrait les lèvres pour partager cette réflexion avec le shérif, mais ce dernier lui intima de garder le silence.

— Monseigneur, ne parlez pas, le pressa-t-il en lui glissant sous la tête son manteau. Toi ! là ! cria-t-il par-dessus son épaule. Cours prévenir madame Finnula, vitement. Et toi, le père Edward ! Ne traînassez pas !

Hugo sourit, même si la douleur commençait à battre à ses tempes.

— Le père Edward, shérif ? railla-t-il. Je ne suis point à l'agonie…

— Je vous ai dit de ne pas parler, l'interrompit Brissac. Où est la châtelaine ?

— Je crois qu'elle arrive, shérif, l'informa l'un de ses hommes.

— Allez vous en assurer, pour l'amour de Dieu.

— Êtes-vous sûr que vous ne devriez pas aller la chercher vous-même, monsieur ? répliqua-t-il en indiquant le trait planté dans l'épaule de Hugo. Voyez un peu la couleur de la penne.

Le shérif pâlit aussitôt.

— Qu'est-ce, John ? s'enquit Hugo en tentant de se redresser sur ses coudes.

Des mains prévenantes le forcèrent aussitôt à s'allonger. Elles n'eurent pas à lutter beaucoup ; Hugo avait le sentiment que ses membres étaient en train de se changer en pierre.

— Qu'est-ce ? reprit-il. Qu'a-t-elle, cette penne ?

Le shérif l'ignora pour demander, à la cantonade :

— Qu'on aille mander l'herboriste…

Hugo attrapa alors Brissac par la chainse et attira son visage vers le sien.

— Dites-moi… souffla-t-il. Dites-moi ce qui se passe ou, je le jure, je vous arrache le cœur.

— La flèche. Elle est empennée de violet.

— Et alors ?

— Comme celles de Finnula, monseigneur.

Malgré la souffrance, Hugo faillit éclater de rire.

— Vous n'êtes point sérieux. Elle n'aurait jamais... Vous ne pouvez croire que Finnula...

— Je n'en crois rien. Je vous en supplie, messire, restez tranquille. Vous perdez du sang...

Hugo savait qu'il était grièvement blessé. Plus grièvement qu'il ne l'avait jamais été. Il avait perdu sa vision périphérique et ne distinguait plus que le visage de John de Brissac. La raison ne lui faisait point encore défaut, toutefois, et il lui fallut peu de temps pour déchiffrer l'inquiétude qui se peignait sur les traits du shérif.

— Ne les laissez pas... ne les laissez pas la prendre... le supplia-t-il en resserrant ses doigts sur le tissu.

— N'ayez crainte, monseigneur, rétorqua John d'une voix apaisante. J'y veillerai. Il ne lui sera fait aucun mal.

— Les gens penseront...

— Je sais ce qu'ils penseront, vous pouvez compter sur moi. Je suis responsable de cet accident. J'ai été retenu pour affaires au village, tantôt, et je n'ai guère eu le temps de me rendre à Leesbury pour voir Laroche. Je vais m'occuper de tout. Restez tranquille, messire...

Hugo n'avait plus besoin qu'on lui recommande le calme. Ses paupières étaient devenues si lourdes qu'il ne pouvait plus les soulever, et il sentit qu'il s'enfonçait dans l'herbe.

— Hugo !

Les accents d'effroi qui perçaient dans la voix la rendaient presque méconnaissable, pourtant Hugo la reconnut. La dernière chose qu'il aperçut avant d'être enveloppé par les ténèbres fut le visage de Finnula. La terreur en avait chassé toute couleur, mais il était magnifique, aussi magnifique que la première fois que Hugo avait posé les yeux dessus.

— Hugo ! Oh, non ! s'écria-t-elle en tombant à genoux et en saisissant sa main. Hugo !

Il rassembla toutes ses forces pour lui dire quelque chose – n'importe quoi –, mais sa langue, comme ses membres, était de plomb. Ses yeux se fermèrent, et il sombra.

Chapitre 21

En voyant la tête de Hugo retomber sur le côté, Finnula poussa un hurlement qui semblait provenir du tréfonds de son âme.

— Oh, non ! hurla-t-elle en s'agrippant de toutes ses forces aux doigts de son mari. Non, Hugo ! Non !

— Ma chère, tenta de l'apaiser le shérif en posant une main ferme sur son épaule, ma chère, il n'y a rien à faire. Remettez-vous-en à ceux qui peuvent l'aider...

Finnula tenta de se libérer, en vain. Elle cessa seulement de s'agiter en voyant son frère franchir la foule. Il se décomposa en découvrant Hugo et prit sa sœur par le bras. Entre-temps, l'herboriste avait réussi à se frayer un chemin à travers la cohue, et Finnula retint son souffle tandis que le vieil homme se penchait sur son mari, inconscient, pour examiner la blessure.

— La flèche est profondément fichée...

Le vieux Gregor se redressa et soupira, après un silence qui parut interminable à Finnula.

— ... mais elle a manqué le cœur, conclut-il.

— Survivra-t-il ? demanda le shérif alors que Finnula avait enfoui son visage dans la poitrine de Robert.

— Seul Dieu peut le dire avec certitude.

Finnula éclata en sanglots, tandis que l'herboriste préparait le comte pour son transport jusqu'au manoir.

— Que s'est-il passé ? interrogea-t-elle entre deux accès de larmes, les poings serrés. Qui a pu lui faire une chose pareille ?

— Nous ne l'apprendrons pas ce soir, madame, lui répondit le shérif. Il est important de le ramener dans sa chambre et de pourvoir à sa guérison, pour l'heure...

— Il est plus important encore de démasquer le coupable ! déclara quelqu'un parmi la foule qui s'était massée autour du corps du comte.

Tous les yeux se tournèrent vers celui qui avait parlé. Il se redressa. C'était, Finnula le découvrit avec surprise, l'écuyer de Hugo.

— Oui, convint-elle d'une voix tremblante. Peter a raison. Nous devons trouver qui...

— Il me semble que cela saute aux yeux... l'interrompit-il sans égard.

Déstabilisée par son attitude, Finnula ne répondit rien. Elle sentit que son frère resserrait son bras autour de ses épaules.

— Qu'entends-tu par là, toi ? lança Robert. Oses-tu...

— Oui-da, je l'ose. J'ose accuser votre sœur chérie d'avoir attenté aux jours de Sire Hugo !

En un instant, Robert lâcha Finnula pour se jeter sur le jeune homme. Sans l'intervention du shérif, une autre tentative de meurtre eût été commise sous les yeux du village tout entier. À peine eut-il séparé les deux hommes qu'un autre jeta le gant.

— Le garçon a dit la vérité.

Finnula n'en revenait pas. Dans la lueur rougeoyante du

feu, le visage ridé du père de Rosamund, Miles Hillyard, était déformé par la colère.

— Oui ! La vérité ! s'écria-t-il. Ma fille s'en est ouverte à moi, cet après-midi. À deux reprises déjà aujourd'hui, avant cette attaque, la vie de monseigneur a été mise en danger, et Finnula Crais a eu, dans les deux cas, l'occasion…

— C'est de la folie ! intervint Robert. Vous déraisonnez !

Le grondement du feu n'était rien comparé à celui de sa voix.

— Ah oui ? Et que faites-vous de Sire Geoffrey ? Ne s'est-il pas mystérieusement éteint la nuit de ses noces ?

— Fi donc ! s'éleva une voix aiguë. Il est bien mort. Mais Finnula ne l'a point tué !

Patricia, suivie de près par Christina et Mellana, s'avança à son tour devant les accusateurs de sa sœur.

— Personne n'a jamais prouvé que Sire Geoffrey avait été assassiné, gronda Robert.

— Personne n'a jamais prouvé que Sire Geoffrey était mort de… de… Comment dit-on déjà ?

Mellana implora son frère d'un regard pour qu'il lui vienne en aide.

— D'une cause non naturelle. C'était une tout autre histoire ! Quelle raison Finnula pourrait-elle bien avoir de tuer Sire Hugo ? Regardez-la, vieux fou. Son amour saute aux yeux !

Que Miles Hillyard n'appréciât guère d'être traité de vieux fou par son futur beau-fils ou qu'il fût simplement las d'être contredit, il n'accorda pas plus d'importance à Robert Crais et à ses sœurs qu'à un nid de moineaux.

— Shérif, déclara-t-il d'une voix puissante, je vous somme d'arrêter cette fille pour suspicion de meurtre...

Un frémissement parcourut la foule, suivi de près par de nombreux cris de protestation et d'indignation. Finnula n'en avait cure. Les mains pressées sur sa bouche, elle ne détachait pas ses prunelles du corps sans vie de son mari. *S'il meurt*, pensa-t-elle, *si Hugo meurt...*

Matthew Fairchild vint se poster au côté de Robert et hurla :

— Vous ne pouvez arrêter madame Finn ! Même un simple d'esprit comprendrait que cette flèche n'a pu être tirée par elle...

— Oh ! Un simple d'esprit, n'est-ce pas ?

La patience de Miles Hillyard atteignait ses limites, surtout qu'il n'était pas habitué à la critique.

— Auriez-vous la bonté, reprit-il, de m'en expliquer la raison ? Je dois être moi-même un simple d'esprit.

— Avec joie, rétorqua Matthew en indiquant le corps de Hugo, qui avait été placé sur une des litières utilisées pour le transport des tonneaux de bière jusqu'au champ. Si madame Finn avait voulu se débarrasser de lui, elle n'aurait jamais utilisé une flèche de son propre carquois. Autant se rendre directement à la justice !

Peter s'esclaffa :

— C'est exactement ce qu'elle veut vous faire croire...

— Finnula est la plus douce des créatures que je connais, l'interrompit Patricia. Elle préfèrerait se couper un bras plutôt que blesser...

— Douce ! ricana Peter. C'est la meilleure ! Elle m'a pris dans un filet. J'aurais pu y laisser la vie.

— Vous savez fort bien que c'était pour capturer Sire

Hugo, le réprimanda Mellana. Elle n'aurait pu le ficeler correctement avec vous dans les pattes...

— Mellana, la coupa Patricia, tu n'arranges guère la situation.

— Et elle n'aurait jamais accompli pareil forfait, insista Mellana, en ignorant l'avertissement, si je ne l'avais pressée d'agir de la sorte. Finnula est la plus aimante et la plus loyale des sœurs.

— Aimante ! reprit Peter en secouant la tête. Étaient-ce mots d'amour que ceux qu'elle a lancés à la tête de monseigneur juste avant l'accident ? Je l'ai entendue le traiter de bâtard !

Des murmures coururent dans l'assistance. Tout le monde avait surpris l'insulte, même si personne n'en connaissait la cause. Finnula ne se défendit pas. Elle n'avait même pas conscience de ce qui se passait. Une seule pensée l'obsédait : *si Hugo meurt...*

— Je peux prouver que ce n'était point Finnula, insista Mellana.

Le shérif, qui avait assisté aux échanges avec une inquiétude patente, hocha la tête pour l'encourager :

— Allez-y, je vous écoute.

— Si Finn avait vraiment voulu tuer son mari, dit-elle avec emphase, elle ne l'aurait pas manqué.

Le maire poussa un soupir d'exaspération.

— Êtes-vous donc aveugle, madame ? Elle ne l'a pas raté ! Elle l'a blessé !

Comprenant enfin ce que Mellana cherchait à démontrer, Patricia s'écria :

— La flèche a manqué le cœur. N'entendez-vous pas ?

Finnula est le meilleur archer du Shropshire. Elle ne serait jamais passée à côté d'une cible aussi facile…

— Pouah ! s'exclama Hillyard en levant les mains. Balivernes ! Shérif, arrêterez-vous cette fille à la fin ? Ou faudra-t-il que je le fasse ?

John de Brissac prit une profonde inspiration en observant Finnula. Elle ne quittait pas des yeux le brancard qui emportait son mari.

Si Hugo meurt…

Elle mourrait également. Et pas parce qu'elle serait pendue pour meurtre.

— Je dois l'accompagner, murmura-t-elle.

Le shérif lui barra le passage d'un bras.

— Non, Finnula, dit-il d'une voix étonnamment douce, laissez faire Gregor. Il n'y a rien que vous puissiez…

— Vous ne comprenez point, l'interrompit-elle. Je dois l'accompagner. Je suis sa femme.

— Vous ne le pouvez pas, Finnula, reprit-il en se baissant pour ramasser le manteau qu'il avait placé sous la tête de Sire Hugo.

Il le secoua, puis le plaça sur les épaules de Finnula. Elle ne manifesta aucune réaction à ce geste et fit même quelques pas pour suivre son mari.

— Restez où vous êtes, meurtrière ! s'exclama Peter, qui s'était placé sur sa route. Shérif, vous ne pouvez laisser cette femme sans surveillance ! Elle ira se cacher dans les bois, elle les connaît mieux que quiconque…

Finnula recula jusqu'à sentir la main du shérif sur son épaule. Elle s'immobilisa alors et dévisagea ses accusateurs. Ce n'était point le crépitement des flammes qui grondait à ses oreilles mais le souvenir inquiétant d'une scène semblable à celle-ci, et qui s'était tenue près d'un an auparavant.

— Madame Finnula n'ira nulle part, jeune insolent, tonna Brissac.

— Insolent ! réagit le maire, qui prenait ombrage du ton employé par le shérif. John, vous savez aussi bien que moi que cette fille n'a jamais eu toute sa tête. Quel genre de donzelle se vêt de façon aussi scandaleuse ? Et chasse au lieu de coudre ?

— Vous avez soupé de gibier braconné par ma sœur plus souvent qu'à votre tour, monsieur le maire, lui rappela Patricia.

Robert s'avança, les poings serrés.

— Votre esprit bat la campagne ! Je ne le permettrai pas. Quelqu'un, ici, a tiré sur Sire Hugo, et ce n'était point ma sœur ! Le véritable assassin ne sera donc pas inquiété ?

— Nous le tenons déjà, rétorqua le maire. Voici la coupable. Nous aurions dû la faire pendre l'an passé, lorsqu'elle a empoisonné Sire Geoffrey...

La foule frissonna à ce souvenir.

— Vous n'avez aucune preuve de ce que vous avancez ! lança Robert. Quelqu'un a-t-il vu ma sœur sortir son arc ce soir ? Qui peut l'identifier comme l'assassin ?

— Cette discussion est dénuée de sens, déclara Miles Hillyard. Qu'on la jette au cachot ! Elle doit être traduite devant un tribunal. Et pendue !

Le shérif s'interposa entre Finnula et le maire, qui pointait un index menaçant sur elle.

— Il suffit, monsieur. J'accueillerai la châtelaine chez moi...

— Chez vous ? Pour quelle raison ? Elle doit être enfermée dans la prison du village, comme n'importe quel criminel...

— L'épouse du comte de Stephensgate ne peut être mise au cachot.

— Même si elle a assassiné son propre mari ? Shérif, vous me décevez. Vous êtes, vous aussi, tombé sous le charme de cette sorcière...

— Vous vous oubliez, Miles, l'interrompit Brissac sans se départir de son calme. Je suis le shérif de ce comté, rappela Brissac à la cantonade. J'ai été nommé par le roi lui-même. Le maire ne fait point la loi ici. Il lui obéit. Et je décide que madame Finnula n'ira guère en prison.

Miles Hillyard semblait prêt à contester cette décision, mais il referma la bouche dès qu'il vit les beaux-frères de Finnula, secondés par une poignée de paysans, fidèles à celle qui les avait aidés à passer l'hiver, fondre sur lui.

— Miles, commença le mari de Patricia. Vous n'avez pas intérêt à remettre les pieds dans mon auberge.

— Finn la Fière n'ira pas dans un cachot infesté d'rats, poursuivit un paysan.

Les autres signifièrent leur assentiment dans un langage plus ou moins châtié. Le maire recula en brandissant ses paumes.

— Comme vous voulez ! Si le comte vient à mourir et qu'elle s'échappe, vous serez tenus pour responsables.

Emmitouflée dans le manteau du shérif, Finnula avait assisté à ces échanges avec calme et désintéressement, comme s'ils concernaient quelqu'un d'autre. Son attention était tout entière dirigée vers le manoir. Elle cligna les yeux lorsque les torches de la chambre du comte furent allumées, et elle pria en silence pour que Hugo ne souffre pas. *S'il meurt, je mourrai aussi.*

Sa sœur, Patricia, dont le visage n'était plus qu'un masque de contrariété, se tourna vers elle en sifflant :

— Que t'arrive-t-il, Finnula ? Où est passée ta fougue ? Tu restes muette comme une carpe, alors que ces gens te vitupèrent. Dis-leur que tu n'as tué personne. *Dis-leur !*

Toutefois Finnula, qui n'avait jamais eu de mal auparavant à trouver sa langue, fut incapable, même pour sauver sa propre vie, d'émettre un seul son. Les lumières derrière les fenêtres de la chambre du comte vacillaient, mais elle ne percevait aucun autre mouvement. Le shérif finit par faire un pas dans sa direction, l'air aussi penaud que s'il avait lui-même porté des accusations contre elle. Elle leva des yeux remplis de larmes vers lui et acquiesça en silence lorsqu'il lui apprit qu'elle était en état d'arrestation. Il sembla aussi déstabilisé par son silence que sa sœur, et il réclama son cheval avec une agressivité inhabituelle.

— Finnula ! s'écria Mellana en pressant ses mains sur son cœur. Je suis marrie de cette nouvelle arrestation ! Par ma faute en plus ! Si je ne t'avais pas demandé d'enlever un homme, tout ceci...

— Mellana, l'interrompit brutalement Patricia, tais-toi.

Brynn, que sa timidité avait empêchée de prendre part à la querelle, posa une main câline sur le bras de sa petite sœur et lui murmura :

— Finnula, ma chérie, dis-moi que faire. Naturellement, je veillerai sur Sire Hugo, mais si je puis t'être d'un quelconque secours...

Finnula demeurait toujours silencieuse. Elle constata

que la monture de Brissac avait été amenée et qu'il attendait qu'elle ait achevé ses adieux. Elle s'arracha aux mains de ses sœurs pour rejoindre le shérif.

— Nous ne resterons pas les bras croisés, lança Robert en observant le sourire de Peter, que le maire félicitait.

— N'ayez crainte, Crais, murmura le shérif. La vérité éclatera au grand jour. En attendant, votre sœur sera mieux avec moi. Celui qui pourchasse Sire Hugo n'abandonnera pas tant que le comte ne sera pas mort, et il y a fort à parier qu'il n'hésiterait pas à se débarrasser de la châtelaine par la même occasion. Elle sera moins exposée chez moi.

Robert hocha la tête et ajouta :

— C'est pour la vie de messire que je tremble... J'ai toujours pensé que Sire Geoffrey avait été assassiné par Reginald Laroche, mais l'ennemi a dorénavant un visage ami semble-t-il...

— Je posterai des hommes devant la porte de Sire Hugo, lança le shérif à la cantonade. Personne ne sera admis dans cette chambre à l'exception de l'herboriste. À moins que son ennemi ne soit un fantôme et qu'il puisse passer les murs, le comte y sera en sécurité le temps de guérir... reprit-il plus doucement.

L'assemblée s'était considérablement amenuisée depuis l'attaque de Hugo ; les mères inquiètes avaient raccompagné leurs enfants pour les mettre au lit et les protéger d'une éventuelle flèche perdue. La plupart des hommes étaient restés, toutefois, et ils observèrent, l'air grave, l'arrestation de la femme à laquelle beaucoup devaient, sinon leur vie, du moins une table garnie de gibier durant l'hiver.

Le maire, qui observait la scène les bras croisés, interpella le shérif :

— Vous aurez besoin d'une longueur de corde, John, non ? Peter, mon garçon, va donc en quérir...

— Ce sera inutile, Miles.

Le shérif sauta en selle, puis se pencha pour tendre une main à sa belle prisonnière.

— Prenez appui sur l'extrémité de ma botte, ma chère. Voilà, c'est parfait... Comme la fois dernière, n'est-ce pas ?

Le pauvre sourire qui apparut sur le visage de Finnula s'effaça dès que la voix du maire résonna :

— Shérif ! Lorsque vous avez arrêté la grosse Maud, la semaine passée, pour s'être livrée à des actes obscènes devant le *Renard matois*, vous ne l'avez guère invitée sur votre selle !

— Non, répliqua doucement Brissac, en effet. Winnie n'aurait pu supporter le poids de Maud.

Voyant les badauds ricaner, le maire poursuivit :

— Shérif, vous devriez lier les poings de votre prisonnière et la forcer à vous suivre à pied...

— Père ! intervint Rosamund, pour la première fois depuis le début de l'altercation. De telles précautions sont superflues !

— Superflues ? Cette fille est une meurtrière ! Qu'est-ce qui l'empêchera de planter un couteau dans le cœur du shérif ? Elle est déjà destinée à finir au bout d'une corde pour meurtre, pourquoi n'en ajouterait-elle pas un autre à son actif ?

— Père !

— Voyons, ma fille ! C'est toi qui m'as supplié de l'arrêter ! Pourquoi prends-tu son parti, à présent ?

— Père ! fit-elle en tournant ses yeux larmoyants vers son fiancé.

Robert, qui n'avait pas raté une miette de leur échange, répondit d'un ton cassant :

— N'interrompez pas votre père ainsi, Rosamund. Je suis curieux d'apprendre ce qu'il a à dire.

— Eh bien… reprit le maire en s'éclaircissant la gorge, flatté d'avoir enfin trouvé une oreille attentive. Lorsque Rosamund est rentrée du moulin, tantôt, avec des histoires à dormir debout, des histoires de merlon et de chardon, je ne savais à quel saint me vouer. Je dois pourtant reconnaître que je ne suis guère surpris par le tour qu'ont pris les événements, ce soir… particulièrement lorsque l'on songe au mépris flagrant avec lequel cette créature du diable traite tout ce que nous, les hommes, chérissons dans le beau sexe.

— Je vois, lâcha Robert en se tournant vers Rosamund et en s'inclinant froidement. Madame, je ne puis que conclure, de votre attitude, que vous désirez être libérée de votre engagement…

— Comment ? Non, Robert !

— Vous êtes libre. Je vous souhaite une longue et heureuse vie.

Sur ces mots, Robert s'éloigna vers le manoir. Alors que ses sœurs le considéraient avec stupeur, la femme qu'il s'apprêtait, il y a encore peu, à épouser, éclata en sanglots.

— Oh, père ! Oh ! Qu'ai-je fait ?

— Du calme, ma fille, du calme. Inutile de te mettre dans pareil état. Tu seras bien mieux sans lui. Il était loin d'être à ta mesure. Maintenant, shérif, reprit-il comme s'ils n'avaient pas été interrompus, n'attacherez-vous donc pas votre prisonnière comme il se doit ?

— Monsieur le maire, ne vous a-t-on jamais appris à

vous mêler de ce qui vous regarde ? Laissez-moi traiter mes prisonniers comme bon me semble, je vous prie.

— J'en appellerai au jugement du roi, John, répliqua-t-il en agitant un index vengeur dans sa direction. Vous verrez de quoi je suis capable. Votre inclination pour cette jeune femme causera votre perte... Attendez ! Que faites-vous ? Revenez ! Vous m'entendez ? Je vous ai dit de revenir !

John de Brissac avait mis un terme à la discussion en talonnant sa monture.

Chapitre 22

Lorsque l'homme qui se présentait, de lui-même, comme son père avait été blessé par une flèche empennée de violet, Jamie était parti se cacher.

Il était responsable de cet accident, car il avait été averti du péril. Il avait vu la personne qui avait poussé le merlon. Il savait que quelqu'un en avait après Sire Hugo. Il aurait dû en parler au shérif, qui l'emmenait souvent à la pêche. Ou à madame Finn, qui ne s'était jamais plainte de sa saleté et qui lui avait appris à chasser et à tirer à l'arc. Ou à son père.

Il avait gardé le silence, toutefois. Et il s'était réfugié, comme un enfançon, sous la table où étaient entreposés les barils de bière. Quand il avait enfin trouvé le courage de sortir de sa cachette, le shérif et madame Finn étaient loin. Il était tout seul, désormais, sans personne avec qui partager son secret. Il ne valait guère mieux que le matou tigré qui vidait les seaux de lait. Il n'avait rien fait pour protéger son père.

Jusqu'à présent.

À présent, le comte était alité dans l'ancienne chambre de Sire Geoffrey, et un vieil homme accomplissait des gestes étranges au-dessus de lui. Ce grison avait annoncé à maîtresse Laver que Sire Hugo ne mourrait pas. Jamie en avait profité pour décrocher l'épée pendue à l'un des piliers du lit.

Il avait traîné la lourde arme dans un recoin sombre près de la chambre et s'y était tapi : il chasserait la personne qui souhaitait la mort de Sire Hugo. Il était trop petit pour soulever la lame et la brandir, mais il lui trouverait un usage. Il pourrait l'utiliser pour faire trébucher le sicaire. Il l'empêcherait de blesser encore le comte. Tantôt, le shérif et madame Finn seraient de retour, et il leur apprendrait tout. En attendant, il veillerait sur son père.

Jamie était invisible. Jamie était toujours invisible, sauf quand il voulait être vu. Il avait appris, il y a fort longtemps, que le seul moyen d'éviter la colère de Sire Geoffrey était de disparaître. Il avait ainsi appris à se mêler aux ombres, à être muet comme une tombe. Il se fondait dans les murs. La crasse était d'une grande aide naturellement. Personne ne discernait les traits de son visage, toujours maculé.

À la mort de Sire Geoffrey, Jamie avait évité les Laroche. Le bailli n'avait peut-être jamais levé la main sur lui, mais c'était parce qu'il ne réussissait pas à l'attraper. Avec mademoiselle Isabella, c'était une autre histoire. Elle était vive, et elle avait de longs ongles qu'elle aimait à planter dans la peau de Jamie. Elle l'immobilisait par le bras avant de le frapper avec le dos de sa brosse à cheveux.

Accroupi dans la pénombre, Jamie attendait le shérif. Maintenant qu'il avait la certitude que Sire Hugo ne mourrait pas, il n'avait plus peur. Depuis le retour du comte, Jamie n'avait pas été battu une seule fois. On ne l'en avait même pas *menacé*. Il avait honte de ne pas avoir répété ce qu'il savait, mais il allait se rattraper, et tout irait bien.

Lorsqu'il entendit des bruits de pas dans l'escalier, il se rencogna davantage et affermit sa prise sur l'épée de son père. Il espérait qu'il s'agissait du shérif, ou même de madame Finn, mais ce n'était ni l'un ni l'autre. Non, c'était Peter, le garçon que Sire Hugo avait ramené de Londres. Peter avait une très haute opinion de lui-même. Il n'avait pas encore frappé Jamie, sans doute parce qu'il ne voulait pas s'abaisser à le toucher. Jamie n'appréciait ni ses bliauds de velours, ni son accent londonien.

Ce furent d'ailleurs ses poulaines, arrangées à la dernière mode, qui apparurent au sommet des marches. La porte de la chambre de Sire Hugo était entrouverte, et Peter se dirigea vers elle.

Soulevant l'épée au-dessus de sa tête, Jamie porta tout son poids en avant pour l'abattre, avec un fracas retentissant, sur les dalles... à quelques pouces des orteils de l'écuyer.

— Enfer et damnation ! Qu'est-ce qui te prend ? s'écria icelui d'une voix étranglée. Tu aurais pu me couper le pied !

Jamie ne se démonta pas.

— Vous n'êtes pas autorisé à entrer dans la chambre de mon père, annonça-t-il solennellement.

— Ton père ! s'exclama Peter. Voilà qui me plaît ! Sire Hugo, ton père ?

Maîtresse Laver, attirée par le bruit, surgit dans le couloir comme une furie.

— Que se passe-t-il, ici ? Qu'est-ce donc que ceci ? dit-elle en voyant l'épée de Hugo entre les mains de Jamie. À quoi songez-vous ? Vous vous amusez quand messire est entre la vie et la mort ? Jamie, donne-moi...

Elle lui arracha l'arme d'un mouvement brusque et ajouta, en plongeant ses yeux dans ceux de l'écuyer :

— J'ai honte pour vous deux. Vous devriez être le plus raisonnable, Peter. Vous devriez montrer l'exemple à votre cadet. Maintenant taisez-vous et laissez Gregor œuvrer.

Elle ne claqua pas le lourd battant de bois derrière elle, par égard pour le blessé, mais elle le rabattit d'un geste ferme.

— Quel usage avais-tu de l'épée de monseigneur ? demanda Peter en s'adossant au mur et en croisant les bras sur sa poitrine. Me croyais-tu malintentionné ?

Jamie pressa les lèvres pour éviter de dire des choses qu'il regretterait. Peter, qui s'en était rendu compte, reprit :

— Je suis beaucoup plus grand que toi. Je pourrais te forcer à parler si je le voulais.

Jamie fit un pas de côté. Il savait que si les ombres l'engloutissaient de nouveau, il pourrait disparaître. Il aurait dû mentir, mais il n'avait aucun talent. Il s'entendait davantage à l'art de l'occultation.

— Sire Hugo serait ton père, ainsi ? poursuivit Peter en souriant.

N'étant pas né de la dernière pluie, Jamie ne baissait jamais la garde pour un sourire. Mademoiselle Isabella ne se départait jamais du sien, même lorsqu'elle avait une brosse à cheveux dans la main.

— Sire Hugo t'a-t-il reconnu ? insista l'écuyer. Il n'a guère dû apprécier la situation. Rentrer chez soi pour hériter d'un bâtard, un petit sauvageon crasseux de surcroît, ah ! Alors, dis-moi, t'a-t-il reconnu ?

Jamie songea soudain qu'on ne frappait pas le fils d'un comte, même illégitime.

— Oui, lâcha-t-il, oui, Sire Hugo m'a reconnu comme son fils...

— Vraiment ? Ainsi, s'il venait à mourir, tu serais son héritier ?

Jamie ne comprenait rien aux billevesées de Peter. Cependant, il en tira la conclusion qu'il risquait bien de finir roué de coups, fils de comte ou pas. Il fit un nouveau pas de côté.

— Eh bien ? Réponds-moi, petit ! Sire Hugo t'a-t-il parlé d'un éventuel héritage ? insista Peter en se caressant le menton. Non... non, il doit penser que cette coquine rousse lui donnera suffisamment d'héritiers légitimes. Nul besoin d'assumer sa paternité. Cependant, nous ne pouvons nous permettre de courir le moindre risque...

Jamie détala. Il ne savait pourquoi il s'était mis à courir, mais quelque chose dans l'intonation de l'écuyer lui avait donné la chair de poule.

Peter se lança à ses trousses en ricanant.

Chapitre 23

Ce ne fut que lorsqu'ils eurent mis suffisamment de distance entre le manoir et eux que la châtelaine de Stephensgate éclata en sanglots. Le shérif lui caressa maladroitement l'épaule, dans un mouvement qui n'était pas sans rappeler les cajoleries qu'il administrait à sa monture. Si elle n'avait pas été aussi accablée, Finnula eût éclaté de rire.

— Là, là, murmura John d'une voix apaisante. Ce n'est pas si tragique. Vous ne devez pas vous laisser atteindre par le maire. Après tout, Sire Hugo est toujours en vie...

— Pour combien de temps ? se lamenta-t-elle.

— Comme l'a dit ce vieil ermite, seul Dieu le sait. C'est un jeune homme robuste. Il vivra encore quelques années si vous ne l'épuisez pas trop vite.

Les pleurs de Finnula redoublèrent au souvenir des dernières paroles qu'elle lui avait adressées.

— J'ai employé des noms si vilains, fit-elle en reniflant et en s'essuyant les joues du revers des mains.

— En effet, et l'agresseur en a tiré profit. Vous sembliez suffisamment furieuse pour souhaiter sa mort.

— C'était le cas, confessa-t-elle.

Elle se retourna aussitôt pour regarder le shérif. La route sur laquelle ils cheminaient était plongée dans l'obscurité, la lumière de la lune perçait à peine à travers le feuillage touffu des arbres qui longeaient la voie. Malgré tout, elle discernait bien les traits de son compagnon.

— Vous ne pensez tout de même pas que j'aurais agi de la sorte ! s'écria-t-elle. Tuer mon mari pour une paire de chausses ? Oh, non !

— Je n'en crois rien, la rassura-t-il en souriant. Je crois, cependant, que quelqu'un nourrit le projet d'ôter la vie à monseigneur.

— Qui donc ? Qui pourrait haïr Hugo au point de le vouloir mort ? Il n'est revenu à Stephensgate que depuis quelques jours...

— J'ai ma petite idée... Étonnamment, pourtant, il n'était point là pour vous accuser, ce soir, comme il y a un an.

— Vous voulez parler de Reginald Laroche ? Pourquoi chercherait-il à attenter aux jours de Hugo ? Pour l'avoir chassé du manoir ?

— C'est une raison suffisante. Et monsieur Laroche pense peut-être qu'en se débarrassant de messire il héritera du titre...

— C'est impossible ! Et Jamie ?

— Hugo en a-t-il fait son héritier ? Il ne me semble pas. Laroche a davantage de légitimité pour prétendre au titre...

— Quelqu'un l'en empêcherait !

— Ne vous méprenez pas. Laroche a consacré beaucoup d'années à ce domaine, et il a beaucoup d'amis à la cour...

— Vraiment ?

Finnula imaginait difficilement l'ancien bailli avec des amis, encore moins riches.

— Ne vous découragez point pour autant, madame.

— Le roi qui favoriserait Reginald Laroche au détriment de Sire Hugo serait un fou, déclara-t-elle avec ressentiment.

— Ah, ma chère, répondit le shérif, vous devez apprendre à tenir votre langue, si vous voulez devenir une épouse digne d'un grand de ce monde...

Finnula se renfrogna. Était-elle condamnée à se voir éternellement rappeler qu'elle n'était pas à la hauteur de son titre ? La vie était si injuste. Elle avait été arrêtée pour un crime qu'elle n'avait point commis, alors que son mari, qu'on tentait de tuer, gisait dans son lit à quelques lieues de là. Deux semaines plus tôt, sa grande crainte était d'être condamnée pour braconnage. À présent, elle était accusée de meurtre.

— Vous devez intervenir, John, souffla-t-elle. Laroche n'aura de cesse d'atteindre son but. Il a déjà commis un assassinat... Hugo court un grave danger !

— Sire Hugo n'est pas le seul à être menacé, ma chère. C'est la principale raison de votre arrestation, d'ailleurs. La dernière chose dont nous ayons besoin, c'est que vous vous mettiez en quête de l'ennemi...

— Mais...

— Taisez-vous ! J'irai trouver monsieur Laroche demain matin, et j'y parviendrai sans votre aide, Finnula.

— Et dès ce soir... vous retournerez au manoir pour veiller...

Sa gorge se serra, et les larmes lui montèrent de nouveau aux yeux.

— Vous pouvez compter sur moi, ma chère. Je ne quitterai pas son chevet.

Finnula, enfin rassurée, s'abandonna au mouvement de la jument en écoutant le chant des crapauds et des cigales qui montait des bois bordant la route. Elle surprit soudain un bruit dont elle n'identifia pas l'origine. Elle se figea dans la selle, et le shérif l'interrogea sur la cause de son alarme.

— J'ai cru entendre quelqu'un respirer derrière nous...

Brissac tira sur ses rênes et posa une main sur la poignée de son épée.

— Qui va là ?

La lourde respiration résonnait dans le silence de la nuit. La lune, qui avait disparu derrière un nuage, éclaira soudain le chemin. Dans la lumière argentée, Finnula découvrit que ce n'était ni Laroche ni un fantôme qui les pourchassait, mais son mastiff.

— Gros Louis ! s'écria-t-elle, secouée par un éclat de rire mêlé de larmes.

Le chien, qui haletait d'avoir soutenu le rythme effréné de la jument, folâtra, tout à la joie d'entendre son nom dans la bouche de sa maîtresse.

— Vous avez de loyaux partisans, madame, remarqua le shérif, non sans soulagement. Si mes souvenirs sont bons, cette bête nous avait également raccompagnés lors de votre dernière incarcération.

— Et votre mère l'avait enfermé dans la cuisine, où il avait mangé tout le beurre, s'attendrit-elle. Oh, shérif ! pourra-t-il encore rester avec moi ?

Brissac haussa les épaules. De toute façon, sa mère ne se réjouirait ni de la présence de la prisonnière, ni de celle de son animal de compagnie. Le shérif avait d'ailleurs résolu de ne pas s'attarder chez lui et de retourner au plus vite au manoir. Le bénéfice serait double : il pourrait veiller sur la victime et n'aurait pas à supporter les plaintes de madame de Brissac.

Ce ne fut qu'en apercevant sa maison qu'il se mit à douter : était-il sage de laisser Finnula seule avec elle ? Si Reginald Laroche était le plus dangereux des deux, Clarissa de Brissac avait, elle aussi, un esprit assassin. Son arme de prédilection était sa langue : elle accablait ses proies de lamentations jusqu'à ce qu'elles meurent d'ennui.

Chapitre 24

Lorsque Hugo finit par reprendre conscience, le soleil, qui était haut dans le ciel, se déversait par les fenêtres, et la chambre était une véritable fournaise.

En tournant la tête, qui lui paraissait bourrée de laine de mouton, Hugo s'aperçut qu'un feu crépitait dans l'âtre, augmentant encore la température de la pièce. De surcroît, des peaux de loup avaient été empilées sur lui en si grand nombre qu'il avait le sentiment qu'une meute entière était couchée sur sa poitrine.

Il tenta de lever un bras pour repousser ces peaux, mais il ne parvint même pas à serrer le poing. Que lui avaient-ils donc fait ? Son épaule le lançait, mais c'était sa tête qui était la plus douloureuse. Sa bouche était aussi sèche que s'il avait mangé du sable, et ses yeux le brûlaient. Ses pires excès de boisson en Terre sainte ne l'avaient jamais laissé dans pareil état.

— Vous êtes réveillé !

Hugo aurait reconnu cette voix retentissante entre mille. Il plissa les paupières tant elle résonnait sous son crâne.

— Brissac, maugréa-t-il entre ses dents serrées, retirez-moi ces satanées peaux de bêtes avant que je ne m'étouffe.

— Avec plaisir, monseigneur, avec plaisir.

Hugo poussa un soupir de soulagement. Quand il ne fut

plus couvert que d'un drap, il se risqua à ouvrir un œil et découvrit l'énorme visage barbu du shérif.

— Où est ma femme ? Pourquoi est-ce vous que je trouve à mon chevet, et non elle ?

— Avez-vous oublié, messire ? Ah, vous deviez déjà être inconscient. Vous avez dormi deux jours entiers. Nous nous sommes inquiétés pour vous, maîtresse Laver et moi-même.

La voix de Brissac écorchait les oreilles de Hugo, il grommela et enfonça sa tête plus profondément dans les oreillers.

— Où... est... ma... femme ?

— En sûreté. Vous ne devez point vous inquiéter pour elle. Enfin, peut-être un peu pour son humeur. Il est vrai que ma mère ne manque pas d'idées pour l'occuper dans la maison, mais madame Finnula a besoin de grand air...

— Votre mère ? Pourquoi ma femme est-elle en compagnie de votre mère quand elle devrait veiller sur moi ?

— Parce qu'elle a été arrêtée, voyons.

— Arrêtée ?

Hugo fut si stupéfait qu'il en oublia la douleur et la gêne. En se redressant pour s'asseoir, il constata que, si ses membres étaient engourdis, ils lui répondaient toujours.

— Et pour quel crime ? reprit-il.

— Tentative de meurtre sur votre personne, dit Brissac avant d'ajouter, en brandissant un gobelet : un peu d'eau fraîche, monseigneur, pour adoucir votre gorge ?

Avec une rapidité surprenante pour un homme si grièvement blessé, Hugo envoya valser le gobelet en métal, qui rebondit sur les dalles, répandant son contenu par terre.

— Soyez maudit, Brissac ! Cessez ce petit jeu avec moi.

Apprenez-moi ce qui est arrivé, sans détour. Finnula a donc été arrêtée ?

La mine contrite, le shérif se baissa pour ramasser le gobelet.

— Oui... reconnut-il.

— Si vous l'avez jetée dans cette masure décrépite que vous osez appeler prison, je jure devant Dieu que...

— Non, messire. Votre épouse est détenue dans ma maison. Je l'ai remise aux bons soins de ma mère, qui, je dois le reconnaître, constitue la plus vigilante des gardes.

— Pourquoi l'avez-vous emprisonnée ? Par la mordieu, vous savez bien que ce n'est pas elle qui m'a tiré dessus !

— Bien sûr, messire. Ce n'est point moi qui l'ai accusée, mais le maire. J'ai jugé plus sage de la placer à l'abri, pour le cas où celui qui en a après votre vie déciderait de passer sa colère sur votre épouse.

Hugo accepta, cette fois, le gobelet que le shérif avait rempli et qu'il lui tendait. Il le brandit d'une main tremblante et lança :

— Mort au maire !

— Non, messire, vous ne pouvez tuer un homme pour ses convictions.

— Ah oui ? répondit Hugo en prenant une gorgée d'eau fraîche. Si ces convictions concernent ma femme, je crois au contraire que je le puis.

— Alors il me faudrait aussi vous incarcérer, messire. Et je n'aurais aucun scrupule à vous jeter au cachot avec les rats.

Hugo but encore et fut fort contrarié de constater qu'un geste aussi simple que porter un gobelet à ses lèvres l'épuisait. Il s'affala sur les oreillers.

— Puisque je refuse d'engager des poursuites contre elle, reprit-il, vous allez la relâcher, n'est-ce pas ?

— Non, monseigneur, non. Il vaut mieux que madame Finnula demeure chez moi.

En voyant l'expression de gravité sur le visage habituellement jovial du shérif, Hugo s'emporta :

— Vous ne m'avez pas tout dit. Je vous écoute.

— Nous pensons, votre femme et moi, que la culpabilité de Reginald Laroche ne fait aucun doute...

— Naturellement. J'aurais dû y songer. En partant, Laroche m'a annoncé que j'aurais de ses nouvelles...

— En effet. Il ne projetait pas seulement de vous tuer, mais aussi de voir votre épouse pendue pour ce crime.

— Il le paiera de sa mort.

— Ce n'est pas si simple, messire. Vous devez le trouver pour y parvenir, or il semble avoir disparu de la surface de la terre...

Le sourire qui se peignit sur le visage de Hugo était pour le moins moqueur.

— Comment ? Il n'est donc pas chez sa sœur à Leesbury ? Et moi qui m'imaginais qu'il attendrait sagement votre visite !

Brissac grimaça.

— J'ai été fou de croire qu'il s'y rendrait. Sa sœur m'a appris qu'elle n'avait pas eu de nouvelles de Laroche ou de sa fille depuis une huitaine. J'ignore où ils avaient l'intention de se rendre après avoir franchi les portes du manoir, mais guère chez elle.

— Laroche est donc en pleine nature quand ma femme est accusée de crimes dont il est coupable, rétorqua Hugo, qui ne souriait plus du tout. Je ne le tolérerai pas, John.

Dès que je serai sur pied, je traquerai cet ignoble chien, et je lui trancherai la gorge.

— Oui, mais vous ne le dénicherez point. J'ai déjà fouillé toutes les auberges, toutes les granges et tous les champs entre Leesbury et ici, et je n'ai trouvé aucun indice me renvoyant à lui ou à sa progéniture. À la vérité, messire, il s'est volatilisé.

Hugo fronça les sourcils.

— Il n'est guère compliqué pour un homme de se terrer, mais il y a sa fille. Mademoiselle Isabella n'est pas femme à accepter sans broncher de loger dans une étable malodorante ou un appentis. Je suis certain qu'elle a dû exiger un minimum de confort.

— J'ai rendu visite à toutes les maisons du comté, et personne ne les a vus...

— Ou n'a voulu l'admettre. Cet homme a vécu ici des années durant. Il a forcément des amis.

— Un de trop, je le crains.

Hugo le considéra avec inquiétude.

— Je n'aime guère votre ton, John. Que m'avez-vous encore dissimulé ? Quel ami m'a trahi pour Laroche ?

— Ce n'est point un ami à proprement parler, et vous ne serez sans doute pas surpris par cette nouvelle. Votre écuyer a disparu depuis le jour de l'accident.

Hugo fut, au contraire, fort surpris. Peter était passé à l'ennemi ? Cela semblait peu vraisemblable étant donné la pauvreté relative de cet ennemi. Ce garçon avait un goût excessif pour le luxe. Il n'avait cessé de se plaindre depuis qu'ils avaient quitté Londres. Pourquoi aurait-il troqué le confort du manoir contre une vie de clandestinité ?

— Êtes-vous sûr ? demanda Hugo d'une voix hésitante. Cela me paraît étrange…

— Moi aussi. Pour cette raison, j'ai fouillé la chambre où il logeait. Il a emporté toutes ses affaires, messire, ainsi que son cheval. Il est parti et ne reviendra probablement jamais.

— Il a dû rentrer à Londres. Oui, la ville lui manquait tant…

— Non, monseigneur, pas à Londres, répliqua le shérif en le couvant d'un regard plein de commisération.

Hugo, qui n'avait jamais inspiré de la pitié à personne, n'apprécia guère d'en être devenu l'objet. Il rétorqua sèchement :

— Qu'entendez-vous par là, pas à Londres ? Où donc pourrait-il être ? Il ne possédait rien en dehors des gages que je lui ai payés. Il a dû rassembler ses affaires et retourner…

— Vous ne trouvez guère étrange, messire, qu'il ait pris cette décision juste après que cette flèche vous a transpercé ? reprit le shérif d'une voix douce. Vous ne trouvez guère étrange qu'il n'ait pas attendu un seul jour, ne serait-ce que pour savoir si vous alliez, ou non, survivre ? Surtout après avoir accusé publiquement votre femme de vous avoir blessé… ?

Les yeux de Hugo n'étaient plus que deux fentes menaçantes.

— Qu'est-ce à dire, Brissac ? A-t-il osé…

— Ce garçon n'est pas aussi innocent que vous vous plaisez à le penser, l'interrompit le shérif.

— Mais pourquoi ? Pourquoi voudrait-il ma mort ? Il ne gagnerait rien à ma disparition…

— Non, mais son amante, oui.
— Son… Isabella ?
— C'est la seule explication. Laroche n'a rien, absolument rien pour appâter ce garnement écervelé. À l'exception, bien sûr, de sa charmante fille. Un vaurien comme Peter serait prêt à beaucoup pour séduire une donzelle pareille. Y compris à assassiner son maître, afin que le père de la damoiselle hérite…

Hugo secoua la tête en signe de réfutation muette. Le shérif eut un geste d'impatience.

— Oui, messire. Réfléchissez un peu. Lorsque Finnula vous a enlevé, vous avez envoyé le garçon en éclaireur. Il a goûté la compagnie des Laroche, seul, avant votre arrivée. Sa loyauté a sans doute été gagnée par les lamentations du père, mais surtout par les charmes de la fille…

— Elle aurait tenté de le séduire ? Je n'y crois guère. Elle ne se serait point abaissée à jeter son dévolu sur une proie qu'elle n'estime sans doute pas à la hauteur de son talent.

— Pas si ces manœuvres avaient échoué avec vous, reprit le shérif en jetant un regard entendu à Hugo. N'a-t-elle pas essayé de s'attirer votre… euh… sympathie, messire ?

Hugo dévisagea le shérif avec surprise. Pour la première fois, il découvrait que son masque de jovialité cachait un fin observateur de la nature humaine. Il se remémora soudain le jour de son retour au manoir. Peter, fin saoul, une nouvelle chaîne en or autour du cou…

— Oui, reconnut-il. Elle est venue à moi. La veille de mes noces…

— Et lorsque vous lui avez dit… euh… que vous n'étiez

guère intéressé, elle s'est tournée vers le garçon, qu'elle devait déjà entreprendre depuis un moment...

— Je ne comprends toujours pas pourquoi ! Qu'espérait-elle en retirer ? Mon écuyer ne possède rien !

— Vous vous trompez. Peter a quelque chose qu'Isabella et son père désiraient plus que tout. Votre confiance. Il était libre de ses mouvements. Le pion indispensable sur son échiquier meurtrier.

— Insinuez-vous que...

— Oui. Ce n'était point Reginald Laroche qui a poussé ce merlon, ni lui qui a placé ce chardon sous votre selle, ni lui encore qui a tiré cette flèche. C'était Peter.

— Évidemment, dit Hugo sans pouvoir soulever ses poings du lit tant il était affaibli. Je le tuerai. Je le débusquerai et je le tuerai...

— Ne voyez-vous point, messire ? Le garçon est un jouet entre les mains de cette intrigante d'Isabella. Elle lui demande de vous assassiner et de s'assurer que les apparences accuseront Finnula, faisant ainsi d'une pierre deux coups. Vous êtes occis, votre femme pendue pour ce crime, et Reginald Laroche devient le nouveau comte de Stephensgate. Ils auront pensé que vous n'aviez point eu le temps de rédiger un testament et que la cour se référerait à celui de votre père, par lequel Laroche devient l'héritier légitime si vous ne revenez pas de croisade.

Hugo sentait la fureur couler dans ses veines. Il ne pouvait rester alité une seconde de plus. Rejetant les draps qui le couvraient, il découvrit qu'il était nu.

— Ventrebleu ! Qui a pris mes affaires ?

— Maîtresse Laver, je suppose. Où comptez-vous aller, messire ?

— Mettre la main sur ce vaurien de Laroche !

— Ah oui, reprit Brissac d'un ton moqueur. Et où donc vous attendez-vous à le trouver, monseigneur ? Faut-il vous rafraîchir la mémoire ? Ni mes hommes ni moi n'avons pu le dénicher.

— Vous n'aviez guère la motivation nécessaire. Je veux récupérer ma femme.

— En risquant votre vie ? Si vous continuez à vous agiter de la sorte, vous réussirez seulement à rouvrir votre blessure. Le vieux Gregor a dit que vous ne deviez point quitter votre lit avant une semaine. Vous avez perdu beaucoup de sang, ajouta le shérif en voyant que Hugo déployait des efforts surhumains pour sortir de sa couche.

— Cela vous arrange bien, n'est-ce pas ? Vous espérez en profiter pour garder ma femme chez vous ? Ne rêvez pas, Brissac. Sortez-moi une chainse et des chausses de ce coffre, là.

— Je vous ferai savoir, rétorqua le shérif d'un ton légèrement pincé, que votre femme n'a pas échappé une seule minute à la vigilance de ma mère...

— Je n'en doute nullement. Madame de Brissac aimerait sans doute avoir une belle-fille comme elle.

— Je vous demande pardon ? Une belle-fille incapable de coudre, de nettoyer ou de cuisiner ? s'esclaffa-t-il. Si j'avais ramené Finnula comme épouse, ma mère l'aurait chassée de la maison dès le lendemain.

— Elle aurait essayé, plutôt, grogna Hugo. Finnula est d'une grande habileté avec les objets tranchants...

Hugo aurait poursuivi si le vertige qui l'avait pris quelques minutes auparavant n'était devenu insoutenable. La pièce vacilla devant ses yeux, et il fut contraint de se rallonger. Le shérif ne s'inquiéta pas le moins du monde de l'état de santé du comte. En gloussant, il se leva pour le recouvrir des peaux de loup.

— Voilà qui vous apprendra à m'accuser de convoiter votre épouse ! Comme je vous l'ai dit tantôt, on ne peut tuer un homme pour ses convictions, seulement pour ses actes. Je ne poserai jamais le petit doigt sur Finnula. De toute façon, elle me l'arracherait.

Hugo poussa un gémissement, mais il ne réussit pas à s'attirer la sympathie du shérif.

— Reposez-vous, mon ami, et laissez-moi m'occuper de cette affaire. Je retrouverai Laroche, votre femme vous reviendra, et tout ira pour le mieux.

— Le garçon... gémit Hugo.

— Peter ? Oui, lui aussi, je le retrouverai.

— Non. Pas ce garçon, souffla Hugo dans un râle, en faisant un effort surhumain pour agripper la manche de Brissac. L'autre.

— Quel autre garçon, messire ?

— Mon... fils.

— Jamie, murmura le shérif, qui paraissait soucieux, tout à coup. Oui, Jamie...

— Où est-il ? Quelqu'un est-il chargé de sa protection ? Il court aussi un grave danger...

— Jamie... répéta le shérif.

À l'expression de surprise de son visage, Hugo comprit que personne ne s'était inquiété du petit depuis un long moment. Il relâcha la manche du shérif et s'affala sur les oreillers en pestant contre sa faiblesse.

— Trouvez-le, gronda-t-il entre ses dents. Immédiatement.

Chapitre 25

Au cours des trois jours qu'elle avait passés chez les Brissac, Finnula avait été formée, presque constamment, à l'économie domestique. Madame de Brissac l'avait contrainte à assumer des tâches dont ses sœurs l'avaient toujours volontiers dispensée. Elle avait donc appris à baratter du beurre, à fabriquer du pain, à repriser des vêtements, à mettre en pelote un écheveau et à utiliser un métier à tisser.

Finnula ne supportait ces épreuves que parce qu'elle savait que l'alternative était la suivante, subir les vexations constantes de madame de Brissac ou croupir dans une geôle, et, bien qu'elle ne craignît ni les rats ni les poux, elle avait en horreur les espaces confinés.

Ses sœurs, qui lui rendaient de fréquentes visites, n'en revenaient pas de la voir supporter avec autant de stoïcisme un traitement aussi rude. Patricia lui suggéra même de s'évader et lui proposa son aide, que Finnula déclina. En dépit de sa docilité, la jeune femme souffrait terriblement. Elle s'inquiétait pour son mari. Elle prenait soin d'étouffer ses larmes, la nuit, dans son oreiller, mais le shérif n'était pas dupe. Tout comme il avait, naturellement, remarqué qu'elle guettait, chaque soir, son retour, pour prendre les dernières nouvelles. Bien plus que les coups d'éclat de Hugo, c'était la pâleur et la tristesse de Finnula qui motivaient Brissac dans ses fouilles quotidiennes.

Au soir de son quatrième jour de captivité, elle vit qu'icelui avait, en rentrant, une mine singulièrement chagrine. Craignant d'apprendre quelque malheur, elle battit en retraite. Madame de Brissac, parfaitement indifférente à l'humeur de son fils, lui tomba dessus dès qu'il eut franchi le seuil.

— Tu te demandes sans doute ce que cette tête de linotte a accompli aujourd'hui, demanda-t-elle en indiquant Finnula, qui s'était installée près de l'âtre pour démêler une bobine de fil. Je vais vous le dire : rien. Rien si ce n'est clabauder avec ses sœurs, qui ne valent guère mieux. Il semblerait que la plus jolie, celle qui a voulu fonder une famille avec ce troubadour, a été incapable de le garder. Il a disparu le lendemain de leur mariage avec l'argent que Sire Hugo leur avait donné, son rebec et Kate, son ânesse. Apparemment, la vie honnête de meunier était trop ennuyeuse pour lui…

Le shérif, qui s'était assis pour retirer ses bottes, interrogea Finnula du regard.

— Est-ce la vérité ?

La jeune femme acquiesça.

— J'en ai peur. Je doute que nous revoyions un jour Jack Mallory. Et si c'était le cas, mon frère l'embrocherait aussitôt…

— Je n'ai aucun mal à le croire, dit-il en se concentrant à nouveau sur ses bottes. Encore un autre qui a filé…

— Un autre ? Qui donc a disparu ? Je sais que vous cherchez déjà les Laroche et Peter.

Pour madame de Brissac, il importait peu que Finnula fût devenue châtelaine en épousant le comte de Stephensgate : elle resterait toujours la fille d'un meunier, d'un rang inférieur à son fils.

— Comment osez-vous vous adresser ainsi au shérif, jeune femme ? intervint-elle. Baissez les yeux et n'ouvrez pas la bouche avant d'y avoir été invitée.

John de Brissac jeta un regard noir à sa mère et lui réclama une pinte de bière. Lorsqu'elle s'étonna d'être sollicitée quand Finnula se tournait les pouces, il lança l'une de ses bottes contre le mur le plus proche d'elle, et elle détala en hurlant. Ce geste plaça un sourire sur le visage de Finnula, qui rêvait depuis des jours de faire de même.

— Vous avez manqué votre cible, remarqua-t-elle.

— Je sais, grommela-t-il. Nous n'avons pas tous été aussi gâtés que vous par Dieu.

Au souvenir des malheurs que ses talents d'archer lui avaient récemment attirés, Finnula perdit toute envie de sourire.

— Je vous prie de m'excuser, madame, pour ma maladresse, je ne voulais guère...

— Bien sûr... À présent, dites-moi ce que vous ne teniez point à divulguer en présence de votre mère. Hugo est-il... Est-il plus mal en point ?

— Non, oh, non ! s'exclama John. Quel imbécile je suis ! Écoutez, Finnula, ce n'est pas pour Hugo que je m'inquiète, mais pour Jamie.

— Jamie ? Et pourquoi donc ?

— Personne ne l'a vu depuis la nuit... la nuit où votre mari a été blessé. Sire Hugo craint qu'il ne soit en danger...

— En danger ! Oh, shérif, ont-ils assassiné Jamie, à votre avis ?

Brissac poussa un lourd soupir.

— J'en ai bien peur. Le garçon ne s'est jamais absenté aussi longtemps. Il se pourrait que Peter l'ait emmené avec lui...

— Jamie ne l'aurait jamais suivi, à moins d'y avoir été forcé.

— Je le sais. J'ai redoublé d'efforts pour découvrir où Laroche se terre ; en vain, jusqu'à présent.

Finnula se mit à arpenter la pièce en soufflant. Le shérif vit à son expression qu'elle réfléchissait.

— Avez-vous utilisé des chiens ?

— Oui, répondit-il en se levant et en tirant de sa poche un morceau de tissu.

Elle reconnut une tunique que Jamie portait souvent et qui n'avait sans doute jamais été lavée, ce qui, dans ces circonstances, était une bénédiction.

— Ils n'ont pas réussi à remonter sa piste au-delà du manoir.

— Gros Louis serait capable d'aller plus loin.

— Sans doute, mais vous savez que la bête ne répond qu'à vos ordres.

— Et vous vous refuseriez...

— N'y songez même pas, dit-il en empochant le vêtement. Tant que je n'aurai pas obtenu des aveux complets de Laroche et de l'écuyer, je ne pourrai pas vous autoriser à franchir cette porte, ne serait-ce que pour sortir prendre l'air dans la cour.

Elle demeura un instant silencieuse, avant de reprendre :

— Et si…

— Qu'y a-t-il ?

— Reginald Laroche désire une seule chose : la mort de Sire Hugo afin de récupérer le titre de comte de Stephensgate.

— Oui, et alors ?

— Si Hugo mourait, Laroche quitterait sa tanière.

— Oui, mais le comte n'est pas à l'agonie…

— Supposons, l'interrompit-elle, supposons simplement qu'il succombe à ses blessures dans la nuit…

Le shérif la considéra avec effroi.

— Êtes-vous en train de suggérer…

— … que vous annonciez publiquement que Sire Hugo est mort et que je vais être pendue pour son meurtre.

— Mais…

— Cette nouvelle attirera Laroche.

— Mais ce serait un mensonge !

— Naturellement ! Vous n'aurez aucune difficulté à convaincre tout le monde du trépas de Hugo. Cachez-le et ne dites à personne, pas même à maîtresse Laver, qu'il est en vie. Commandez un cercueil et préparez son enterrement. Proclamez ma pendaison. Les Laroche reviendront, avec Peter. Vous les interrogerez, et la vérité éclatera au grand jour. Peter sera incapable de tenir sa langue, je le sais. Vous les arrêterez alors pour enlèvement et tentative de meurtre. Est-ce un plan si compliqué à mettre en œuvre ?

— Pensez-vous que votre mari acceptera ? Il a guerroyé, et les soldats n'aiment guère s'allonger devant l'ennemi…

— Il ne laissera pas son fils mourir, tout de même ! Exposez-lui les choses de la sorte, et il endossera le rôle du mort.

John de Brissac s'abîma dans une profonde réflexion. Lorsqu'il releva enfin la tête, il déclara :

— Entendu.

— Entendu ?

— Oui. Je parlerai à Sire Hugo à la première heure demain.

— Il sera trop tard. Vous devez lui parler dès à présent, dit-elle en tapant du pied.

— Ce soir ? Et pourquoi ?

— Plus nous attendons, plus nos chances de retrouver Jamie en vie s'amenuisent. Hugo doit mourir ce soir ! Allez l'entreprendre sur-le-champ pour que la nouvelle de son décès puisse se répandre dès le lever du soleil...

Surpris par la véhémence de Finnula, le shérif leva les deux mains en guise de capitulation.

— Très bien, très bien... J'agirai selon vos désirs. Passez-moi mes bottes, voulez-vous.

Finnula s'exécuta avec plaisir et, alors que le shérif se penchait en avant pour les enfiler, elle lui subtilisa la tunique de Jamie et la dissimula dans sa large manche. En se redressant, il cria, à l'attention de sa mère, qu'il repartait. Il s'arrêta seulement sur le seuil pour demander à Finnula :

— Pensez-vous que le plan a des chances de réussir ?

— J'en suis persuadée, dit-elle.

— Bien.

Le shérif se détourna et s'éloigna dans le crépuscule. Adossée au chambranle de la porte, Finnula huma l'air. À son grand plaisir, il n'y avait pas un seul nuage dans le ciel, et nulle menace de pluie. Une nuit idéale pour chasser, songea-t-elle.

Chapitre 26

Finnula patienta jusqu'à ce que la nuit enveloppât le paysage d'ombres bleues, lui permettant de s'échapper en toute discrétion. Elle n'attendit pas que le shérif fût rentré ni que madame de Brissac se fût mise au lit ; elle refusait de courir le risque de perdre plusieurs heures qui pouvaient être fatales à Jamie.

Comme elle n'avait plus de chausses, elle revêtit son bliaud le plus sombre – bleu nuit avec une lisière argentée – ainsi qu'une jupe grise, puis elle abandonna sa coiffe et tressa ses cheveux. Elle était prête. Elle ouvrit les volets de sa chambre et s'avança sur le toit en chaume de l'appentis.

Gros Louis, qui avait été condamné à rester dans la cour, l'aperçut aussitôt. En chien bien entraîné, il n'aboya point, mais remua gaiement la queue lorsque sa maîtresse eut rejoint la terre ferme.

Elle n'avait ni couteau, ni arc, ni flèches. Elle n'avait pas non plus de provisions s'ils étaient contraints de passer la nuit dehors, et pas une seule pièce pour acheter à manger. Elle n'avait que sa lourde émeraude, contre son sein, qu'elle n'aurait pas échangée contre tout l'or du monde.

Elle était rongée de remords en songeant au shérif, qui serait sans doute châtié pour l'avoir laissée s'échapper. Si elle réussissait à retrouver Jamie avant le lever du soleil, toutefois – et c'est ce qu'elle espérait –, personne, en dehors des habitants de la chaumière, ne serait informé de son évasion. Elle comptait en effet regagner sa prison dès qu'elle serait rassurée sur le compte du garçon.

Sans un bruit, elle se faufila à travers la cour. Gros Louis était fou de joie à la perspective de la partie de chasse qui l'attendait. Ils évitèrent la route principale, bien sûr, et cheminèrent à travers bois jusqu'au manoir. Finnula ne pouvait se servir de la lune pour se diriger, mais elle connaissait la campagne par cœur, et ils progressèrent rapidement en dépit des accidents du terrain, des piqûres des ronces et des cours d'eau à franchir.

Lorsqu'ils approchèrent de Stephensgate, la lune s'était levée. Bien qu'elle fût encore basse dans le ciel, elle constituait à la fois un avantage et un inconvénient : si elle permettait à Finnula de voir où elle posait le pied, elle la rendait aussi plus visible, et c'était ce qu'elle souhaitait éviter par-dessus tout.

Quand elle fut suffisamment proche de la bâtisse, elle vit qu'une torche brûlait dans la chambre de son mari. Elle se sentit irrésistiblement attirée vers l'endroit où se trouvait son bien-aimé, et elle dut faire un effort surhumain pour s'en tenir à son plan initial. Elle tourna le dos à la tentation et se rendit à l'endroit précis où les chiens avaient, d'après le shérif, perdu la trace de Jamie. Tirant la tunique de sa manche, elle la tendit à Gros Louis, qui la renifla avidement.

Les mots étaient inutiles entre la chasseresse et son chien. Posant sa truffe sur le sol, il se mit à inspecter l'herbe printanière, les feuilles mortes et les crottes de moutons. Soudain, le museau toujours à terre, il partit en trottinant vers les bois sombres.

Finnula souleva le bas de sa robe pour le suivre.

Chapitre 27

— La peste soit de moi, si j'accepte !

Hugo s'était redressé dans son lit. Il se sentait plus fort d'heure en heure depuis qu'il avait chassé ce grison et ses cataplasmes nauséabonds. Hugo ignorait tout de leur composition, mais il savait qu'ils sapaient ses forces comme des sangsues aspirent le sang. Il était persuadé que seule sa détermination farouche à tuer Reginald Laroche l'avait gardé en vie.

— Messire, reprit le shérif, c'est l'unique moyen de...

— Trouvez-en un autre.

Hugo avait un besoin terrible de passer sa colère sur un objet. Il projeta donc le pichet d'eau posé près de son lit contre le mur opposé, et le pot de terre éclata avec un bruit satisfaisant. L'eau dessina un arc sur les dalles.

— Je ne jouerai pas les morts, vociféra-t-il. Si vous êtes incapable de mettre la main sur mon fils, je le chercherai moi-même. Maîtresse Laver ! Maîtresse Laver, apportez-moi mon épée !

Le shérif soupira. Il ne s'était pas attendu à ce que Sire Hugo accepte le plan de Finnula. Il se sentait ridicule de l'avoir suggéré. Avec un frisson, il songea soudain qu'il était étrange que Finnula, qui connaissait si bien son mari, ait eu pareille idée. Elle aurait dû se douter qu'il refuserait de laisser les autres agir à sa place.

— Shérif !

Un des hommes de Brissac ouvrit soudain la porte de la chambre en grand. Il pantelait, comme s'il avait parcouru une grande distance.

— Shérif ! C'est madame Finnula. Votre mère... votre mère vous fait dire qu'elle s'est enfuie !

Hugo n'était plus assis dans son lit. Il était debout à présent, et ses prunelles noisette étaient plus vertes que jamais, plus vertes que la pierre que le shérif avait aperçue au cou de Finnula.

— Comment ? souffla Hugo. Comment ?

Brissac porta une main à sa poche. La tunique du garçon avait disparu. La petite friponne ! L'ingénieuse petite friponne !

— Qu'entendez-vous par là : madame Finnula s'est enfuie ? brailla Hugo. Que veut-il dire, John ? Où est ma femme ? Où est ma femme ?

Brissac indiqua la fenêtre.

— Là, messire, dit-il en montrant les bois qui entouraient le manoir. Quelque part, là...

Chapitre 28

Elle le trouva bien avant l'aube.

Il n'était pas loin. Gros Louis et elle n'avaient eu qu'à marcher quelques heures. Le chemin n'avait pas été facile, pour autant. Il n'y avait pas de sente, les massifs de ronces déchiraient sa longue jupe et griffaient ses mains, alors que Gros Louis, avec son poil ras, se faufilait sans peine, comme un poisson dans l'eau. Il perdit la trace à plusieurs reprises, mais Finnula avait fait une découverte qui avait échappé à tous les hommes du shérif : les branches cassées et les broussailles aplaties indiquaient que plusieurs personnes étaient passées par là avant elle. Or ni les chasseurs ni les cueilleurs ne s'enfonçaient aussi profondément dans les bois, qui abritaient seulement en leur cœur des loups et des ronces. Reginald Laroche en avait tiré avantage.

La lune ne s'était pas encore couchée, quand le chien s'assit sur ses pattes arrière et se mit à gémir. Tout en lui caressant la tête, Finnula s'agenouilla à côté de lui et observa les alentours.

Elle n'était guère surprise que la grotte ait échappé à la vigilance des hommes du shérif. Elle se souvenait que, petite, on lui avait intimé de ne pas y jouer. La rumeur racontait qu'un enfant y avait disparu. Et Finnula savait avec certitude que des loups s'y réfugiaient au cours des rudes mois d'hiver. On l'avait d'ailleurs surnommée la Grotte aux loups.

C'était une autre variété de loups qui avait investi les lieux. La grotte avait été aménagée de sorte à être presque aussi accueillante que le manoir de Stephensgate. Un feu, à l'entrée de la cavité, projetait une lueur dansante sur les parois et illuminait la petite clairière d'une lumière dorée. Elle permit à Finnula d'identifier le cheval de Reginald Laroche ainsi que celui de Peter, qui paissaient tranquillement à l'orée de cette trouée. Un rideau de velours avait été tendu devant la bouche de la grotte, pour éviter les courants d'air. Une brise faisait justement flotter le linge propre qui avait été étendu sur une corde entre deux arbres. Finnula reconnut l'un des bliauds d'Isabella Laroche ; elle en conclut qu'elle devait dormir de l'autre côté de ce rideau en compagnie de son père. L'écuyer avait apparemment été assigné au premier tour de garde, et il s'acquittait bien mal de sa tâche, en ronflant paisiblement sur un tapis devant le feu. Derrière lui, Finnula aperçut, à son soulagement, Jamie. Il était ligoté.

À présent qu'elle les avait débusqués, il ne lui restait qu'une chose à faire. Elle rebrousserait chemin pour aller alerter le shérif. C'était, à l'évidence, le meilleur plan possible, puisqu'elle n'avait ni couteau ni arc.

Gros Louis, malheureusement, en décida autrement. Il était aussi épuisé que sa maîtresse par sa longue marche. Aussi, lorsqu'il aperçut un lièvre, laissa-t-il parler ses instincts. Avec un grognement sourd, il s'élança, effrayant ainsi l'un des chevaux, qui poussa un hennissement retentissant. Le bruit réveilla l'écuyer, et Finnula plongea dans les fourrés pour ne pas être découverte.

— Qu'est-ce...

Peter fut debout en moins de temps qu'il n'en faut pour le dire. Scrutant l'obscurité à la recherche du danger, il aperçut l'énorme tête argentée de Gros Louis, qui s'agitait frénétiquement pour rompre le cou du lapin. En prenant une inspiration bruyante, Peter s'exclama :

— Nom de Dieu !

Laroche apparut aussitôt en soulevant le rideau de velours, ajustant d'une main son bliaud, brandissant son épée de l'autre.

— Qu'y a-t-il ? Le shérif ?

— Non, répondit Peter en tremblant. Un loup, monsieur, le plus grand que j'aie jamais vu.

— Par la mordieu, pesta le bailli, qui écarquilla les yeux en avisant le museau ensanglanté de Gros Louis. Ne reste pas planté là, mon garçon. Va chercher quelque chose pour le chasser.

— Le chasser ? Mais il va me sauter à la gorge !

En maugréant, Laroche se baissa et ramassa une pierre grosse comme le poing. Finnula retint son souffle quand il visa Gros Louis. Elle n'avait pourtant aucun souci à se faire. Reginald Laroche aurait raté un canard dans un baquet, tant il était maladroit. Le projectile manqua largement la tête de Gros Louis, si occupé à dévorer sa proie qu'il ne remarqua même pas l'attaque.

— Oh ! se récria Isabella, qui venait de franchir à son tour le rideau en se frottant les yeux. Que se passe-t-il ?

— Un loup, l'informa Peter d'une voix que Finnula ne lui avait jamais entendue : plus grave, plus masculine s'imaginait-il sans doute. N'ayez crainte, mademoiselle. Je ne le laisserai pas vous attaquer.

Isabella ne semblait pas le moins du monde inquiète. Rejetant en arrière quelques mèches de ses longs cheveux, elle s'avança. Bien que dormant dans une grotte, elle portait l'une de ses robes de nuit arachnéennes, qui ne cachait rien de ses formes voluptueuses.

— Ce n'est point un loup, dit-elle avec un petit reniflement moqueur. Il s'agit du chien de Finnula Crais.

Icelle, accroupie dans le fourré, enfouit son visage dans ses mains.

— Comment ?! s'écrièrent en chœur Reginald et Peter.

— Vous m'avez parfaitement comprise, reprit-elle avec une pointe d'exaspération. C'est l'affreuse boule de poils de Finnula. Elle ne sort jamais sans lui. Débarrassez-vous-en, voulez-vous ? Il me dégoûte.

Elle se détourna pour rentrer dans la grotte, sans se douter de l'effet de ses paroles sur l'écuyer et sur son père. Les deux hommes se regardèrent.

— Si le chien est ici, reprit Reginald Laroche d'une voix qui donna des frissons à Finnula, sa maîtresse ne doit pas être loin.

— C'est impossible ! regimba Peter. Elle est en prison !

— Et le hasard aurait attiré son chien ici ? Non, elle est dans les parages, je le sens. À tout moment, une flèche surgira de l'ombre...

Peter se retourna aussitôt, comme s'il s'attendait à découvrir un trait fiché dans son dos.

— Vraiment, monsieur ? Mais c'est impossible ! Nous avons pris soin de...

D'un claquement de doigts, Laroche réduisit Peter au silence. Il scruta les bois à la recherche de Finnula. Ses yeux sombres glissèrent sur elle sans s'arrêter. Il ne l'avait pas vue. Pas encore. Mais il savait qu'elle était là.

Oh, oui, il le savait.

Il le prouva en tirant brutalement Jamie du sommeil et en le forçant à se mettre debout. Avec une indifférence que Finnula aurait crue impossible, il pressa sa rapière contre la gorge du garçon. Jamie tremblait de peur.

— Montrez-vous, madame. Votre présence n'est plus un secret. Montrez-vous, ou il mourra.

Finnula serra si fort ses poings que ses ongles se plantèrent dans ses paumes. Elle se sentait mal. Elle avait des sueurs froides, et la brise printanière lui semblait glaciale. Elle n'avait pas le choix. Elle se leva et s'avança dans la lumière de la clairière. Laroche avait une expression de triomphe au visage, Peter de surprise, Isabella de colère, et Jamie... Jamie éclata en sanglots.

— Non ! s'écria-t-il en se débattant. Non, madame ! Partez ! partez !

Finnula ne se laissa pas infléchir par ses cris. Elle s'approcha de l'ancien bailli et soutint son regard.

— Ah ! lança-t-il, la mine réjouie. Vois un peu qui voilà, Isabella ! La châtelaine de Stephensgate, venue jusqu'ici pour te rendre une visite de courtoisie.

— Tue-la, père.

— Ma fille a soif de sang ! s'esclaffa-t-il. Vous devez lui pardonner, madame Finnula. Elle a un sacré tempérament, vous savez.

Finnula avait encore suffisamment de présence d'esprit pour lâcher entre ses lèvres blanchies par la terreur :

— Gros Louis, rentre.

Avant que quiconque ait le temps de réagir, le grand

mastiff était déjà loin. Alors que Finnula regardait encore les fourrés qui l'avaient englouti, elle ne vit pas venir le coup qui l'atteignit violemment à la tête. Elle serait tombée à terre si une main ferme ne l'avait retenue et remise d'aplomb. Étourdie, le côté gauche du visage en feu, elle considéra Reginald Laroche avec dédain. Avant qu'il n'ait le temps d'ouvrir la bouche, elle lança :

— Le shérif et ses hommes sont sur mes traces. Ils seront bientôt ici. Vous auriez tout intérêt à nous libérer sur-le-champ.

— Ma chère, répondit l'ancien bailli, qui avait lâché Jamie pour s'occuper d'elle, vous n'êtes qu'une fieffée menteuse. Que ferai-je donc de vous ?

— Tue-la, père, répéta Isabella.

— Elle mourra, en effet, dit-il en jouant avec l'une de ses boucles rousses. C'était prévu depuis le début. Ou plutôt, c'est ce que nous avons décidé le jour où ce fou de Geoffrey vous a épousée, ma chère. Son trépas inespéré a cependant modifié nos desseins : il est décédé sans avoir eu le temps de vous mettre enceinte, et nous nous sommes crus tranquilles, soupira-t-il. Il a fallu, toutefois, que notre roi bien-aimé envoie de l'argent pour libérer ses courageux chevaliers et que vous enleviez Hugo... même si je doute que vous aviez prévu de vous retrouver, une fois de plus, châtelaine de Stephensgate. Il ne me restait qu'à reproduire le plan qui avait si bien fonctionné une première fois. Naturellement, j'ai rencontré quelques difficultés supplémentaires, ayant été banni du manoir et ne pouvant recourir, comme autrefois, au poison...

Finnula écouta son discours avec un effroi grandissant. Il n'aurait jamais été aussi franc s'il n'avait été absolument certain qu'elle ne vivrait pas assez longtemps pour répéter ce qu'il venait de lui apprendre. Ses soupçons furent confirmés par l'intervention d'Isabella.

— Tue-la, maintenant. Ne perds pas ton temps en vaines paroles. Tue-la et retournons nous coucher. Je suis épuisée.

Peter parut plus que surpris par la véhémence d'Isabella.

— Vous l'assassineriez de sang-froid ?

Isabella leva les yeux au ciel.

— Qu'y a-t-il ? Vous étiez prêt à occire Sire Hugo et la laisser payer ce crime de sa vie. Pourquoi ne pas devenir vous-même son bourreau ?

— Mais... mais c'est une femme. Ce serait mal. Et peu chevaleresque. Lorsque vous m'avez exposé votre projet, monsieur, poursuivit-il en s'adressant à Laroche, vous n'avez point mentionné le meurtre de femmes et d'enfants...

— Idiot ! l'interrompit Isabella. Tue-la, père, et enterrons son corps. Personne ne la trouvera dans ces bois. On croira qu'elle s'est enfuie pour échapper à la corde...

N'y tenant plus, Finnula intervint :

— Tuez-moi, qu'on en finisse, mais épargnez Jamie. C'est un enfant. Vous ne gagnerez rien à sa mort.

— Rien ? reprit Reginald Laroche. Jamie est l'héritier de votre mari, ma chère. Pour que mes desseins se réalisent, il ne faut d'autre héritier que moi.

— C'est un enfant illégitime, dit-elle en haussant les épaules et en feignant l'indifférence. Hugo n'en a cure. Il n'héritera pas. Laissez-le partir. Il ne pointera plus jamais le bout de son nez à Stephensgate. Tout le monde le pensera mort.

Elle n'osa pas regarder Jamie au cours de sa tirade, mais pria pour que le garçon comprenne qu'elle mentait.

Laroche ricana.

— Quelle éloquence ! J'ai, je dois bien le reconnaître, moins d'intérêt pour la mort de ce garçon que pour la vôtre. Sa légitimité serait moins grande que celle de la progéniture que vous pourriez engendrer. Il est toutefois indispensable que je me débarrasse de vous deux afin d'assurer mon avenir. Oui, il en sera ainsi. Peter, trouve une autre longueur de cette corde que nous avons utilisée pour attacher le garçon. Madame Finnula sera pendue, comme elle y aurait été condamnée si elle était passée devant un tribunal.

Elle ne réagit même pas, tant elle était déboussolée par la violence froide et calculatrice de cet homme. Elle éprouvait davantage de scrupules à ôter la vie à un cerf que lui à une femme. Jamie n'avait pas plus de chances de survie qu'un cochon de lait. Le regard de Finnula croisa soudain celui d'Isabella, qui cracha, avec haine :

— Petite dinde ! Tu t'imaginais que mon père allait libérer le bâtard de ton mari ! Il l'aurait saigné depuis longtemps si cet écuyer ridicule n'en avait pas fait toute une affaire.

Finnula étudia le visage de Peter pour voir comment il réagissait à cette déclaration, mais il gardait délibérément la tête baissée.

— Est-ce pour cette raison que Sire Hugo t'a épousée ? demanda Isabella. Parce que tu portes un autre de ses bâtards ? Dinde ! Tu vas être pendue, le garçon sera écorché, et je prendrai ta place en tant que châtelaine de Stephensgate. Je ferai une dame bien plus convenable que toi, la rouquine en chausses !

Isabella aurait dû savoir qu'on ne cherchait pas noise à quelqu'un qui n'avait plus rien à perdre. Du moins, elle aurait dû attendre que Finnula ait les mains liées avant que de l'insulter. Si elle avait eu cette patience, le poing de Finnula n'aurait pas pu atterrir au beau milieu de sa figure, sur son nez précisément. Le coup produisit un craquement si fort qu'il réussit presque à masquer celui de branches cassées qui leur parvenait de l'orée de la trouée. Les chevaux renâclèrent, et Finnula, en massant son poing douloureux, entendit les aboiements de Gros Louis et les hurlements d'une voix qu'elle ne connaissait que trop bien.

— Finnula !

Elle se retourna au moment où Skinner, portant un Hugo affaibli mais déterminé, pénétra dans la clairière.

Chapitre 29

John de Brissac eut beau cajoler, implorer, menacer, la résolution de Hugo était inébranlable : il prendrait part à la battue organisée pour retrouver sa femme. Le comte de Stephensgate fut en selle avant même que le shérif n'ait réussi à rassembler ses hommes. Impatient de se mettre en route, Hugo ne les attendit pas et talonna sa monture en direction des bois, armé seulement de son épée et de sa détermination farouche à tancer Finnula lorsqu'ils seraient réunis.

Non qu'il la blâmât d'avoir pris les choses en main quand les autres, autour d'elle, nageaient en pleine confusion. Au cours de ces jours qu'il avait passés allongé, il était parvenu à la conclusion qu'il n'y avait rien de surprenant à ce qu'un homme comme Reginald Laroche eût pu abuser de son pouvoir aussi longtemps. Il n'y avait eu personne pour se dresser sur sa route. Il aurait suffi qu'un homme, un seul, ait le courage de réagir, et d'autres auraient suivi.

Finnula avait été la seule dissidente dans un village qui comptait plus de cent âmes, et parce qu'elle était une femme sa rébellion avait été vaine... ou plutôt elle l'avait fait passer pour une excentrique. Ainsi, le moment venu, avait-elle constitué la victime expiatoire idéale.

Hugo avait combattu les Hillyard et les Laroche de ce

monde toute sa vie, et le temps de déposer les armes n'était pas encore venu.

Dès qu'il avait pénétré dans les bois sombres où, d'après Brissac, les chiens avaient perdu la trace de Jamie, il avait su où le garçon était. La Grotte aux loups. Le seul endroit du village que les parents interdisaient à leurs enfants. Hugo et son frère avaient escaladé ces rochers à maintes reprises, mais ils n'avaient jamais eu le courage d'entreprendre l'exploration de la grotte. Évidemment… la Grotte aux loups était la cachette parfaite pour les Laroche.

Il ne doutait pas que Finnula fût parvenue à la même conclusion. Pourtant, lorsque dans la lumière de l'aube rosissant il avait avisé Gros Louis, qui aboyait d'inquiétude, son cœur s'était soudain emballé. Pourquoi était-il seul ? Et pourquoi courait-il dans cette direction ? À moins, bien entendu, qu'elle lui eût intimé de partir…

Hugo avait interpellé l'animal, qui s'était arrêté et l'avait considéré avec une expression qui révélait davantage d'intelligence que Hugo n'en avait jamais soupçonné chez aucune bête. La queue frétillante, Gros Louis avait rebroussé chemin sans même s'assurer que le comte le suivait. Il avait aiguillonné Skinner, mais, à cause des branches basses et du sol irrégulier, il avançait avec une lenteur qui rendait Hugo fou.

Il ne s'était pas attendu à la scène qu'il découvrit en déboulant dans la clairière. Éclairée par la lumière désormais mauve du jour naissant, elle semblait appartenir à une tragédie grecque. Devant l'entrée de la grotte se tenait Isabella, à genoux, les mains pressées sur son nez, d'où jaillissait un flot de sang. À côté, les poings serrés, Finnula, avec son auréole de cheveux flamboyants. À quelques pas d'elles, Peter, qui semblait totalement déboussolé, et Reginald Laroche, qui paraissait également surpris, une corde à la main. Un peu plus loin se trouvait Jamie, écroulé à terre.

Ils considéraient tous Hugo avec des yeux écarquillés. Il avait tiré son épée bien avant de pénétrer dans la trouée et la brandissait sans savoir sur qui il devait l'abattre en premier. Il aurait dû se douter que, même sans arme, Finnula prendrait l'avantage. Il se sentait presque ridicule et eut soudain une envie irrépressible de rire.

Cette envie s'évanouit dès que Laroche, qui avait recouvré ses esprits, bondit pour passer un bras autour du cou de Finnula.

— Bien le bonjour, monseigneur, dit-il en posant la pointe de son poignard sur la gorge de la jeune femme. Quelle bonne surprise ! Si nous nous attendions à vous voir, nous aurions revêtu nos plus beaux atours, n'est-ce pas, Isabella ?

Cette dernière, qui tentait d'étancher le sang qui coulait de son nez avec sa robe de nuit, poussa un grognement.

— Hugo, lança Finnula d'une voix qui n'était plus qu'un souffle à cause de la pression que le bras de Reginald Laroche exerçait sur son cou. Hugo, que fais-tu, ici ? Tu n'aurais pas dû quitter ton lit. Tu n'es pas rétabli !

Il ne put retenir un sourire devant les remontrances de sa femme : elle ne l'avait pas réprimandé depuis longtemps.

— Suffisamment, répondit-il calmement. Le shérif et ses hommes me suivent. Ils nous rejoindront bientôt.

— C'est exactement ce que votre femme nous a raconté, ricana Laroche. Vous n'êtes qu'une paire de menteurs. Vous êtes parfaitement assortis. Et vous mourrez ensemble, n'est-ce pas touchant ?

Hugo s'éclaircit la gorge avant de reprendre.

— Comme je vous l'annonçais, sans tarder, le shérif et ses hommes seront ici pour vous arrêter, Laroche, ce qui me privera du plaisir de vous trancher moi-même la gorge. Je vous suggère donc de libérer ma femme afin de vous munir d'une épée, puisque je compte vous tuer séance tenante.

— Me prenez-vous pour un fou, cousin ?

Laroche resserra son bras autour du cou de Finnula, qui perdit complètement l'usage de la parole. Ses prunelles grises, cependant, en disaient long.

— Je sais que vous êtes une des plus fines lames du comté, poursuivit-il. Vous êtes aussi excellent ferrailleur que votre épouse est bonne tireuse...

— Ah oui ? Même avec une blessure à l'épaule ?

Hugo pivota de sorte que le bandage sous sa chainse blanche soit bien visible.

— Regardez, le pansement est déjà souillé de sang. Êtes-vous trop lâche pour affronter un homme blessé, Laroche ?

— Je ne me battrai pas avec vous, que vous soyez ou non blessé. Vous n'oserez pas lever la main sur moi tant que je détiendrai un otage aussi charmant, je vous prie donc de partir...

— Affronte-le, père, le supplia Isabella. Affronte-le. Il m'a humiliée ! Peter t'aidera, n'est-ce pas ?

— Non, répondit ce dernier.

— Comment ? rétorqua Isabella en lui jetant un regard noir.

— J'ai dit non. Laissez-la, monsieur, lança-t-il à Reginald Laroche, tout ceci est allé trop loin.

— Co-comment ? bredouilla-t-il. As-tu perdu la raison, mon garçon ?

— Non, répéta Peter en secouant la tête. Je viens tout juste de la recouvrer. Je vous ai cru, monsieur, lorsque vous m'avez raconté que Sire Hugo n'était qu'un fils cadet sans instruction, qui, par le plus pur des hasards, avait hérité du titre de comte. Je vous ai cru lorsque que vous m'avez expliqué que vous feriez un bien meilleur seigneur que lui, qui s'acoquinait avec les paysans et s'était choisi une épouse aussi extravagante. Mais je sais que Sire Hugo ne tuerait jamais une femme de sang-froid. Et je sais qu'il n'assassinerait point un enfant. Votre cousin, monsieur, est un homme droit et chevaleresque, ce que, à ma grande honte, je n'ai su percevoir avant.

Se tournant vers Hugo, Peter poursuivit, les yeux brillants de larmes :

— Messire, je me suis égaré. Je suis plus contrit que je ne pourrai jamais l'exprimer...

— Je l'espère, grogna Hugo en démontant et en tressaillant à la douleur que ce mouvement lui causa. Je compte te battre comme plâtre pour ce que tu as fait à ma femme, petit impertinent.

— À votre femme ? Pourtant j'ai tenté de les convaincre de l'épargner, monseigneur ! De quel crime me suis-je donc rendu coupable à son encontre ?

— Tu as failli lui briser une côte, pour commencer, le jour où nous l'avons rencontrée, exposa-t-il calmement. Ce que je t'aurais pardonné si tu n'avais pas veillé à ce qu'elle soit accusée de délits que tu avais toi-même commis.

Peter courba la tête en signe de sujétion.

— Entendu, messire, je me soumettrai à votre châtiment.

— Et comment ! Je t'ai accueilli chez moi, et pour tout remerciement tu m'as accablé de ton mépris. Cela causerait bien du chagrin à ton père, qui était mon ami.

— Fort heureusement, il est mort, murmura Peter.

Hugo acquiesça.

— Fort heureusement, oui. Et tu regretteras de ne pas partager son sort quand j'en aurai fini avec toi. À présent, cousin, je vous laisse le choix de votre arme.

Reginald Laroche avait été si surpris par la défection de Peter que son étreinte s'était considérablement relâchée. Finnula saisit cette occasion pour lui planter violemment un coude dans l'estomac. Elle lui échappa alors qu'il se pliait en deux de douleur. Se précipitant sur Jamie, elle l'entraîna à l'écart. Pendant qu'elle s'évertuait à défaire ses liens, Hugo se précipita près d'eux en criant :

— Es-tu folle ?

— Non, mais il me semble que toi, oui. Tu es blessé, ton cousin est désespéré, et tu as l'intention de l'affronter ? Ne...

— Je te remercie, mon amour, l'interrompit-il en surveillant Laroche, qui tentait de reprendre son souffle, mais j'ai bien l'intention d'avoir ma revanche.

— Ta revanche ! Il ne mérite pas cette peine, Hugo ! Remets-t'en au shérif.

— Il a tué mon père, et il t'aurait réservé le même sort si je n'étais pas arrivé à temps.

— Que diriez-vous, cousin, intervint Reginald Laroche,

qui avait enfin recouvré son souffle, d'un duel pour le domaine de Stephensgate ?

— Entendu ! Si vous me battez, Laroche, le titre vous appartient.

— Hugo !

Finnula était horrifiée. Hugo, lui, savait que c'était l'unique moyen d'affronter son cousin dans les règles.

— Vous serez mes témoins, dit Laroche en se tournant vers sa fille et Peter. Vous avez entendu ce qu'il a dit. S'il perd, je récupère son titre.

— Tue-le, père, cracha Isabella, et, tant que tu y seras, débarrasse-nous de la catin qu'il a épousée... et de ce traître, ajouta-t-elle en regardant Peter.

Reginald Laroche sourit, comme réjoui par la nature sanguinaire de sa fille, et tira sa rapière.

— Venez donc, cousin ! Décidons du sort de Stephensgate !

Hugo, qui avait surpris du bruit dans les bois avoisinants – Brissac et ses hommes approchaient –, était ravi d'avoir une occasion de tuer Laroche avant leur arrivée. Il adressa un sourire rassurant à Finnula, dont le visage paraissait singulièrement pâle à la lueur du petit matin, puis s'avança vers l'ancien bailli.

Icelui brandit son arme et se fendit en position de défense. Hugo n'était pas un duelliste, c'était un guerrier. Son épée était lourde, et il l'abattait pour blesser. Sa technique ne comportait ni feintes ni parades, il frappait d'estoc et de taille. Reginald Laroche n'était pas un soldat. Il s'était entraîné au duel dans une cour française. Il était plus léger que Hugo, et donc plus rapide. Celui-ci s'en rendit compte lorsque, irrité par les bonds incessants de son cousin, il fit décrire un arc de cercle à sa lame pour l'abattre sur sa tête. Son opposant l'esquiva aisément.

— On se fatigue, cousin ?

— Je suis las de vous voir vous agiter comme une marionnette au bout d'une ficelle, gronda Hugo. Cessez donc de gigoter, Laroche !

— Pour que vous puissiez me couper en deux ?

Finnula, qui était enfin parvenue à libérer Jamie, se posta à l'orée de la clairière pour observer l'affrontement avec inquiétude.

— Attention ! lançait-elle parfois, lorsque la rapière de Reginald Laroche frôlait la tête de son époux.

Elle voyait bien qu'il s'usait, qu'il avait de plus en plus de mal à soulever sa lourde épée. Quelle idée, aussi, de défier quelqu'un dans son état ? Il serait bien avancé si Laroche le tuait !

Malgré tout, l'habileté de l'ancien bailli au maniement des armes n'était rien en comparaison de celle de Hugo, rompu à l'art de la guerre. N'était cette blessure à l'épaule, il aurait battu son ennemi à plate couture. Le duel s'éternisant, le shérif et ses hommes finirent par arriver.

— Que se passe-t-il ? demanda John de Brissac en avisant les deux hommes qui croisaient le fer.

— Shérif, enfin ! dit Finnula. Hugo a perdu le sens, il a promis de céder son titre si son cousin gagne…

Tout en démontant, Brissac lâcha d'un air las :

— J'aurais dû me douter que si quelqu'un était capable de les débusquer, c'était vous, Finnula…

— Je vous en prie, shérif, intervenez ! Ils vont se massacrer !

— Je suis persuadé que c'est le but, ma chère. Cela étant

dit, en tant que représentant de la loi... je me dois de les arrêter.

— Oh ! s'écria Finnula comme Hugo esquivait un coup fourbe au dernier instant. Shérif ! Agissez !

— Je ne voudrais pas priver votre mari de cette occasion de laver votre honneur.

— Comment ? s'alarma Finnula en saisissant le bras de Brissac. Oh, John, non ! Hugo ne se soucie guère de mon honneur. Non, vous devez...

Le shérif demeurait de marbre, et Finnula dut se résoudre à observer les deux hommes, qui jouaient au chat et à la souris. Elle était persuadée que Hugo était en position d'infériorité, lui qui relevait à peine de convalescence, mais force lui fut de reconnaître que le combat était plutôt équilibré... jusqu'à ce que, soudain, Laroche montrât des signes de faiblesse. Elle sentit son cœur se gonfler d'espoir en voyant Hugo, qui avait économisé son énergie, bondir pour acculer son adversaire contre le rocher où se tenait Isabella.

— Dites-moi, cousin, se moqua Hugo en déchirant son bliaud d'un mouvement net, sans laisser une seule marque sur sa poitrine blanche et glabre. Est-ce vous qui avez empoisonné mon père ?

Laroche haletait tant qu'il ne pouvait répondre, mais Hugo l'ignora. De sa lame, il caressait les joues du gredin, tout en poursuivant :

— Était-ce vous ? Ou votre garce de fille ? Le poison est une arme féminine, après tout. Est-ce vous qui l'avez tué ?

Hugo s'approcha davantage pour attraper les deux pans

du bliaud déchiré et attirer le visage de l'ancien bailli contre le sien.

— Avouez que vous avez assassiné mon père, gronda-t-il. Avouez-le !

Laroche se savait battu. Il n'avait plus rien à perdre. Il partit d'un rire machiavélique qui poussa Jamie à enfouir son visage dans la robe de Finnula.

— Oui-da, j'ai tué le vieillard.

— Et accusé la femme que j'aime ?

— Oui, comme elle aurait porté la responsabilité de votre mort si l'idiot qui vous sert d'écuyer n'était pas un bon à rien.

Un rugissement retentit dans le silence de la clairière. Hugo sentit la terre tanguer sous ses pieds. Son visage était rouge de colère. Il tremblait de tout son corps dans l'effort surhumain qu'il faisait pour ne pas arracher les membres de son adversaire. S'arrachant à l'emprise de Jamie, Finnula s'élança et vint poser ses doigts délicats sur les bras de son époux.

— Non, Hugo, dit-elle d'une voix douce. Non, ne l'achève pas. Tu n'es plus au champ de bataille. Laisse les hommes de loi décider de son sort.

Hugo tourna vers elle ses pupilles qui, depuis quelques secondes à peine, n'étaient plus vertes, mais dorées. Il demanda d'une voix frémissante :

— Pourquoi ?

— Je ne sais pas, murmura-t-elle. Mais ne le tue pas. Rentre avec moi à la maison. Oui, viens, et aime-moi comme je t'aime.

Elle le sentit relâcher petit à petit ses muscles, puis il libéra Reginald Laroche et posa ses mains puissantes sur les épaules de Finnula, comme pour prendre appui sur elle. Le shérif s'avança pour s'occuper du prisonnier, mais Finnula le vit à peine. Toute son attention était concentrée sur son mari. Il y avait trop longtemps qu'elle n'avait pas été dans ses bras. Il l'attira vers lui, et la sensation de cette poitrine musclée contre sa joue apporta du réconfort à la jeune femme. Lorsqu'il lui souleva le menton pour trouver ses yeux, Finnula remarqua que ses prunelles étaient redevenues les deux soleils qu'elle affectionnait tant. Elle y lut pourtant non la confiance inébranlable à laquelle elle était habituée mais de l'incertitude. Il ne l'embrassa pas, et elle fut soudain prise d'un doute. Avait-elle mal entendu ? N'avait-il pas dit qu'il l'aimait ?

Toute à la gêne de s'être précipitée pour lui avouer ses propres sentiments, elle tenta de se dégager de son embrassement, mais, à sa grande surprise, l'étau des bras de Hugo se resserra.

— Est-ce que... est-ce que... bredouilla-t-il comme s'il cherchait ses mots avec soin. Tu me pardonnes, alors ?

Finnula le dévisagea avec étonnement. Il ne s'était pas rasé depuis plusieurs jours, et il ressemblait à celui qu'elle avait enlevé pour le compte de Mellana.

— Te pardonner ? Mais pour quelle raison ?

— Pour avoir brûlé tes chausses.

Elle ne put retenir un éclat de rire.

— Je te pardonne. Et toi, me pardonnes-tu ?

— De quoi donc ?

— De t'avoir enlevé contre une rançon.

— Ah, cela... dit-il en la serrant encore plus fort. Il n'y a rien à pardonner. Ces jours de captivité furent les plus délicieux de ma vie entière. Je nourris d'ailleurs l'espoir secret de retourner avec toi à la source pour une nouvelle baignade…

Elle le fit taire d'un baiser, ce qui n'est guère une tâche aisée lorsqu'on rit aux éclats.

Chapitre 30

Hugo lui offrit une nouvelle paire de chausses, mais elle fut vite dans l'incapacité de les porter.

Six mois après ces événements, son ventre s'était tellement arrondi qu'elle ne pouvait même plus mettre ses anciennes jupes. Ses sœurs s'empressèrent de lui prêter les leurs, surtout Mellana, qui était toujours rongée par la culpabilité. Elle avait donné naissance à un petit garçon et avait récupéré sans difficulté sa silhouette d'antan... même si Jack Mallory ne revint jamais à Stephensgate pour en profiter.

Le shérif de Brissac, toutefois, ce qui ne surprit personne sauf Mellana, était là pour admirer la taille fine de la jeune femme. Lorsqu'il ne partageait pas une pinte de bière avec Hugo au manoir, on pouvait être sûr de le trouver au moulin, prêtant main-forte à Mellana avec son fils ou ses gallinacés. On racontait que dès que madame de Brissac, bénie soit-elle, serait passée de vie à trépas – ce qui, grâce à un cas de goutte préoccupant, ne saurait tarder –, le shérif demanderait la main de Mellana.

Et beaucoup pensaient, Finnula en tête, qu'elle accepterait avec joie.

Finnula était décidée à ne pas laisser la maternité l'empêcher d'accomplir ses nouveaux devoirs de châtelaine et, en dépit de son tour de taille imposant, elle veilla à apporter, en personne, à chacun des vassaux de Hugo un morceau de gibier pour la Saint-Michel. Les clabaudages allaient bon train : Finn la Fière avait-elle abattu les bêtes elle-même ? Après tout, on la voyait souvent courir la campagne avec son mari, et tout le monde savait que, des deux, elle était, et de loin, le meilleur archer.

Hugo, en grande partie grâce à sa femme, se révélait un seigneur populaire et fort apprécié. Une fois passés le procès de son cousin et la pendaison qui s'ensuivit, il put goûter l'existence tranquille dont il avait toujours rêvé. Il se réjouissait même que Peter et Isabella aient réussi à échapper aux hommes du shérif. Ils avaient sans doute fui en Écosse, où ils devaient mener une vie fort inconfortable... mais, comme Hugo aimait à le faire remarquer à Finnula, ils étaient vivants.

Bien qu'elle feignît l'ignorance, Finnula savait que Hugo avait soudoyé les hommes du shérif pour qu'ils permettent au couple de s'enfuir. Elle était fière de son mari, qui avait résisté à ses instincts meurtriers.

S'ils en avaient eu vent, le bonheur domestique de Hugo aurait choqué ceux qui avaient été sous ses ordres pendant les croisades. Certains d'entre eux, cependant, venus rendre une visite surprise à leur capitaine peu avant les fêtes de Noël, en eurent un aperçu.

Finnula se tenait dans la grand-salle en compagnie de maîtresse Laver. Elle s'employait à huiler l'un de ses arcs, lorsqu'un valet annonça l'arrivée de cinq étrangers.

— On dirait qu'ils débarquent tout juste de Terre sainte, madame, s'exclama-t-il. Le visage aussi tanné que du cuir et la cotte de mailles reluisante !

— Eh bien, fit Finnula en haussant les épaules, qu'ils entrent.

Les hommes qui s'avancèrent étaient peut-être des chevaliers, mais leurs manières n'avaient rien de chevaleresque. Ils produirent un bruit de tous les diables et laissèrent des traces de neige et de boue sur leur passage. Leurs éclats de rire bruyants indiquaient qu'ils étaient ronds comme des barriques. En apercevant Finnula au coin de l'âtre, ils se rappelèrent qu'ils n'étaient plus dans une taverne. Tout en leur jetant un regard noir, maîtresse Laver demanda qu'on aille quérir messire.

— Holà, jolie dame ! lança l'un des chevaliers, dont la barbe était aussi broussailleuse que celle de Hugo lorsque Finnula l'avait rencontré. Serait-ce le manoir de Stephensgate ?

— Oui, répondit-elle d'une voix posée.

— Y aurait-il un Hugo Fitzstephen sous ce toit, ma jolie ?

— En effet. Il sera ici d'une minute à l'autre. Voulez-vous vous asseoir pour l'attendre ? Je vais vous faire apporter de la bière pour patienter, à moins que vous ne préfériez du vin.

Ils la regardèrent en silence avant que celui qui avait déjà pris la parole, partant d'un rire franc, rétorque :

— Je boirai une pinte si vous vous asseyez sur mes genoux pour que je me perde dans vos prunelles argentées.

Maîtresse Laver retint un cri.

— Monsieur ! Ignorez-vous...

— Je sais que cette jolie demoiselle est la plus charmante des petites qu'il m'ait été donné de croiser en six mois.

Avant que quiconque ait le temps de réagir, il avait attrapé Finnula par la taille, qui demeurait fine en dépit de son ventre arrondi, et avait planté un baiser humide et bruyant sur sa joue veloutée.

La réaction de Finnula fut instinctive. Elle tira le poignard incrusté de pierres précieuses qu'elle portait toujours au côté et, aussi rapide qu'un chat, en posa la pointe sur le cou du chevalier, à l'endroit exact où battait sa veine. L'homme s'immobilisa aussitôt, et sa respiration se précipita.

— Recommencez, monsieur, reprit-elle d'une voix toujours aussi calme, et l'on pourra faire couler la bière par un trou dans votre gorge.

À cet instant, le bruit familier des bottes de Hugo résonna sur les dalles de la grand-salle.

— Finnula ! J'apprends que nous avons des visiteurs ?

Ayant pris soin de secouer ses pieds sur le seuil pour les débarrasser de la neige, il avançait, à grandes enjambées. Jamie, propre comme un sou neuf et élégamment vêtu, trottait à côté de lui. Hugo était trop occupé à retirer ses gants doublés de fourrure pour remarquer la présence d'hommes près de sa femme.

— Ton frère te passe le bonjour, mon amour. Je ne crois pas m'abuser en affirmant que nous assisterons à son mariage au printemps. Rosamund s'est présentée, tantôt, sous le prétexte de voir Mellana, mais je connais les femmes, cette bague de fiançailles aura retrouvé le chemin de son annulaire avant Pâques...

Hugo se figea dès qu'il aperçut les chevaliers devant la cheminée.

— Sacrebleu ! Si mes yeux ne me trompent point...

Il suspendit la fin de sa phrase en découvrant que l'un de ses soldats tenait son épouse d'une façon fort inconvenante. Lorsqu'il avisa le poignard qui étincelait dans la main de celle-ci, un sourire s'épanouit lentement sur son visage rasé de frais.

— Eh bien, messieurs, je vois que vous avez fait connaissance avec ma femme !

Composition MCP – *Groupe JOUVE* – 45770 Saran
N° 379306G

Impression réalisée par
CPI BRODARD ET TAUPIN
La Flèche
en juillet 2009

« Pour l'éditeur, le principe est d'utiliser des papiers composés de fibres naturelles, renouvelables, recyclables et fabriquées à partir de bois issus de forêts qui adoptent un système d'aménagement durable. En outre, l'éditeur attend de ses fournisseurs de papier qu'ils s'inscrivent dans une démarche de certification environnementale reconnue. »

Imprimé en France
N° impression : 53203
Dépôt légal : juillet 2009
20.16.1819.0/01 - ISBN 978-2-01-201819-8

Loi n° 49-956 du 16 juillet 1949
sur les publications destinées à la jeunesse.